**ULRIKE RENK**

Seidenstadt-Schweigen

**MORD IM KREFELDER ZOO** Bei Bauarbeiten im Krefelder Zoo wird die Leiche eines Mannes gefunden. Es stellt sich heraus, dass er bereits vor 60 Jahren erschossen und dort verscharrt wurde. Da das Verbrechen schon so weit zurückliegt, hegen Hauptkommissar Fischer und sein Team keine allzu großen Hoffnungen den Fall aufzuklären. Doch als kurz darauf ein Tierpfleger an derselben Stelle ermordet aufgefunden wird, ahnt Fischer, dass die beiden Fälle miteinander zusammenhängen müssen. Zeitgleich erhält der Kommissar eine Postkarte, die ihn an einen seiner brutalsten Fälle erinnert. Obwohl der Mörder von damals bereits tot ist, häufen sich die Drohungen gegen ihn. Fischer weiß, dass er handeln muss, denn es scheint, als würde der Täter auch vor seiner Familie nicht zurückschrecken. Um den Fall aufzuklären, geht Fischer an seine Grenzen – und setzt sein Lebens aufs Spiel …

© Faureality

*Bestsellerautorin Ulrike Renk, Jahrgang 1967, ist in Dortmund aufgewachsen und studierte in den USA und an der RWTH Aachen Anglistik, Literaturwissenschaften und Soziologie. Nach der Geburt ihres zweiten Kindes zog sie an den Niederrhein und schreibt seit mittlerweile fast einem Vierteljahrhundert in der Samt- und Seidenstadt Krefeld.*

**ULRIKE RENK**

# Seidenstadt-Schweigen

*Kriminalroman*

GMEINER

Immer informiert

Spannung pur – mit unserem Newsletter informieren wir Sie regelmäßig über Wissenswertes aus unserer Bücherwelt.

Gefällt mir!

Facebook: @Gmeiner.Verlag
Instagram: @gmeinerverlag
Twitter: @GmeinerVerlag

FSC
www.fsc.org
MIX
Papier aus verantwortungsvollen Quellen
FSC® C083411

Besuchen Sie uns im Internet:
www.gmeiner-verlag.de

Gmeiner-Verlag GmbH
Im Ehnried 5, 88605 Meßkirch
Telefon 07575/2095-0
info@gmeiner-verlag.de

2. Auflage 2020

Lektorat: Claudia Senghaas, Kirchardt
Herstellung: Mirjam Hecht
Umschlaggestaltung: U.O.R.G. Lutz Eberle, Stuttgart
unter Verwendung eines Fotos von: © hari_net / pixabay
Druck: CPI books GmbH, Leck
Printed in Germany
ISBN 978-3-8392-2752-7

Personen und Handlung sind frei erfunden.
Ähnlichkeiten mit lebenden oder toten Personen
sind rein zufällig und nicht beabsichtigt.

# 1. KAPITEL

»Jürgen?«

Hauptkommissar Jürgen Fischer vom KK 11 hob den Kopf, als sein Kollege Oliver Brackhausen das Büro betrat. Oliver trug die schulterlangen, glatten Haare als Pferdeschwanz. Er war Mitte 30 und somit gut zehn Jahre jünger als der Hauptkommissar mit den raspelkurzen Haaren in der Farbe von Eisenspänen.

»Ein Anruf vom Zoo. Sie haben eine Bombe gefunden.«

»Eine Bombe?« Fischer sprang auf. »Wo?«

»Irgendwo beim Regenwaldhaus. Da wird gebaut und der Bagger ist auf eine Bombe gestoßen.«

»Ein Blindgänger aus dem Krieg?« Fischer ließ sich erleichtert wieder auf seinen Stuhl sinken. »Das fällt nicht in unsere Zuständigkeit, sag der Schutzpolizei Bescheid, die werden den Kampfmittelräumdienst in Düsseldorf informieren.«

»Der Baggerfahrer meint, dass neben der Bombe ein Toter liegt.«

»Ein Toter?« Fischer rieb sich über das Kinn. »Gerade jetzt. Ermter ist auf einer Tagung und bisher war alles so schön ruhig.«

»Ich fahr hin und schau es mir an.« Oliver warf einen Blick auf Fischers vollen Schreibtisch.

»Gut.« Fischer schob einen Aktenstapel nach rechts, die Akten schwankten, kippten aber nicht um. In zwei Tagen begann sein langersehnter Jahresurlaub und bis dahin wollte er alle Berichte abgearbeitet haben. »Fahr hin.«

»Ich hatte noch nie mit einem Bombenfund zu tun. Was passiert jetzt?«

Fischer seufzte. »Der Kampfmittelräumdienst wird informiert, sie werden ein Team nach Krefeld schicken. Die Schutzpolizei wird den Fundort absichern. Je nach Größe und Art der Bombe werden die umliegenden Häuser geräumt. Dann wird die Bombe entschärft und abtransportiert. Das dauert meistens ein bis zwei Tage. In der Regel werden Handzettel verteilt, im Radio wird es dazu auch Hinweise geben.«

Brackhausen schaute auf seine Uhr. »Gut, dann fahr ich mal. Ich denke, zur Abendbesprechung bin ich wieder da. Liegt sonst noch etwas an? Ich wollte pünktlich Feierabend machen.«

»Hast du etwas vor?«

Brackhausen nickte. »Vera kommt. Sie ist nun überall durch und hat sich auf eine Stelle hier oder in Mönchengladbach beworben. Aber erst mal hat sie ein paar Tage frei.«

Vera war eine junge Kollegin, die letztes Jahr im Rahmen ihrer Ausbildung einige Zeit beim KK 11 verbracht hatte. Seitdem waren sie und Brackhausen ein Paar. »Ich wollte auch Urlaub nehmen, aber das ging ja nicht, weil du schon frei hast.«

»Falls du damit rechnest, dass ich zu deinen Gunsten auf meinen Urlaub verzichte, muss ich dich enttäuschen, Oliver. Ich habe lange genug warten müssen und freue mich nun tatsächlich, zwei Wochen frei zu haben.«

»Wie weit seid ihr denn mit dem Umzug?«

»Noch lange nicht so weit, wie wir sein wollten. Immer

kommt irgendetwas dazwischen. Ein Handwerker kann nicht oder hält den Termin nicht ein, bestellte Möbel werden nicht pünktlich geliefert und so weiter.«

»Das Übliche eben. Na gut, wir sehen uns um halb sechs bei der Besprechung.« Brackhausen stand auf. »Ich finde das tatsächlich spannend, hab schon viel über Bombenfunde gelesen, aber es noch nie gesehen.«

Nachdem Brackhausen das Büro verlassen hatte, nahm sich Fischer wieder die Unterlagen vor. Zwischen zwei Ermittlungsmappen steckte ein Briefumschlag. Der Brief war an Fischer persönlich gerichtet und verschlossen. Die Adresse war mit Schreibmaschine geschrieben, es gab keinen Absender. Fischer konnte nicht entziffern, wo der Brief abgestempelt worden war.

Langsam riss Jürgen Fischer das Kuvert auf. Bevor er die Karte herausholte, sog er Luft ein, tastete in seiner Hemdtasche nach den Zigaretten. Vor einigen Jahren hatte er in seiner ehemaligen Dienststelle in Münster einen grausamen Fall bearbeitet. Der Täter hatte mehrere Stricherjungen langsam und qualvoll umgebracht. Vor jedem Mord hatte er Fischer eine Postkarte geschickt. Es waren historische Ansichtskarten von Friedhöfen.

Auch nachdem sie den Täter fassen konnten, hatte Fischer nie den Grund dafür erfahren, warum gerade er die Karten bekommen hatte.

Nun nahm der Hauptkommissar den Umschlag mit spitzen Fingern hoch und schüttelte den Inhalt auf den Schreibtisch.

Es war ein Foto eines Grabkreuzes.

»Scheiße.« Fischer nahm das Telefon. »Günther, schick mir doch mal jemanden von der Spurensicherung in mein Büro.«

»Was?«

»Du hast schon richtig gehört. Mach einfach, was ich dir sage.« Dann legte er auf, dachte kurz nach, wählte eine andere Nummer.

»Fischer, KK 11 Krefeld. Könnt ihr mal überprüfen, ob ein Heinz Schröter noch einsitzt? Er ist vor drei Jahren wegen Mordes zu lebenslanger Haft verurteilt worden.« Während Fischer auf eine Antwort wartete, zündete er sich eine Zigarette an. Es war erst die dritte an diesem Tag. Seit einiger Zeit bemühte er sich ernsthaft, seinen Nikotinkonsum zu verringern.

»Fischer, hörst du? Heinz Schröter hat am 4. Mai 2004 in Münster Lebenslänglich bekommen. Mord zum Nachteil von drei Jugendlichen. Meinst du diesen Schröter?«

»Ja.«

»Er hat die Haft hinter sich.« Der Mann am anderen Ende der Leitung lachte rau.

»Wie bitte? Er ist entlassen worden? Der Mann ist ein Psychopath.«

»Die Strafe war lebenslang. Er ist in der Haft verstorben. Vor genau drei Wochen.«

»Verstorben?« Fischer zog noch einmal heftig an seiner Zigarette, drückte sie dann im Aschenbecher aus.

»Jürgen?« Siegfried Brüx schaute in Fischers Büro. »Du brauchst mich?«

Fischer nickte, beendete dann das Telefonat mit einer Floskel. »Ich habe einen Brief bekommen. Einen anonymen Brief.«

»Eine Drohung?«

»Wie man es nimmt. Es ist eine Postkarte, nicht beschriftet. Sie steckte in diesem Umschlag.« Fischer deutete auf seinen Schreibtisch. »An mich persönlich adressiert, maschinengeschrieben, kein Absender.«

»Eine nicht beschriebene Postkarte ist für dich eine Drohung?«

»Vielleicht eher eine Warnung. Ich habe diese Art von Karten schon mal bekommen. Vor ein paar Jahren, während wir wegen einer scheußlichen Mordserie ermittelt haben.«

»Und?«

»Der Absender war der Täter. Wir haben ihn gefasst und er wurde verurteilt. Lebenslang.«

»Und nun hat er dir aus der Haft eine Karte geschickt?«

»Er ist in der Haft verstorben.« Fischer stand auf, streckte sich.

»Und wer hat dir jetzt die Karte geschickt? Ich versteh's nicht.« Brüx trat an den Schreibtisch.

»Da geht es dir nicht anders als mir. Bitte lass die Karte untersuchen. Fingerabdrücke, DNA, was auch immer ihr finden könnt. Ich werde die alte Akte aus Münster anfordern, dann können wir vergleichen.«

Nachdem Siegfried Brüx die Karte und den Briefumschlag mit einer Pinzette in eine Spurentüte geschoben und beides mitgenommen hatte, setzte Fischer sich wieder.

Heinz Schröter war tot und doch war die Karte von der Art, wie Fischer sie früher im Rahmen des Falles schon bekommen hatte. Was konnte das bedeuten? Es hatte damals nur einen Täter gegeben, er hatte keine Helfer, keine Komplizen. Er hatte seinerzeit mit der Kripo gespielt, sich für schlauer gehalten und nur durch einen Zufall hatten sie ihn fassen können. Während der Verhandlung hatte er geschwiegen, aber Fischer nicht aus den Augen gelassen. Dabei hatte Fischer die Mordkommission nicht geleitet, sondern war nur ein Mitglied gewesen.

Schon damals hatte Jürgen Fischer die Handlungsweise nicht verstanden, die heutige Post verstand er noch weniger.

War der Brief wirklich heute angekommen? Er lag zwischen zwei Akten, die Fischer schon eine Weile auf dem Tisch hatte. War der Umschlag dazwischen gerutscht und schon vor einiger Zeit angekommen? War es möglich, dass Schröter ihn aus der Haft geschickt hatte?

Was, wenn nicht?

Bei dem zurückliegenden Fall hatte der Täter seine jungen Opfer tagelang in seiner Gewalt und quälte sie entsetzlich. Immer kurz nachdem Schröter eine Postkarte an Kommissar Fischer geschickt hatte, brachte er sein Opfer um.

Die Postkarte war wie ein Déjà-vu. Würde nun wieder ein unschuldiger Mensch grausam sterben?

Fischer schauderte. Wieder griff er nach dem Telefon.

»Klaus, hier ist Jürgen Fischer. Ich brauch mal ein paar Daten, und zwar bundesweit. Wird irgendwo ein Junge vermisst? Ein Junge aus der Callboyszene? Nicht älter als 18?«

»Bundesweit?«

»Vor allem hier in der Gegend und in Münster. Vielleicht ist ja jemand aus dem Heim oder aus einer Wohngruppe verschwunden.«

»Vage Angaben, Jürgen.«

»Ich weiß.« Seufzend legte Fischer auf, zündete sich die vierte Zigarette des Tages an. Er fühlte sich unruhig.

Auf seinem Schreibtisch stapelten sich immer noch die unbearbeiteten Akten und der Urlaub rückte näher.

# 2. KAPITEL

**1939**

Fritz räumte seine Sachen in den Holzspind, strich die Hemden glatt, legte sie Kante auf Kante. Dann schaute er sich in dem Zimmer um. Es war Anfang Februar und bitterkalt. Er rieb sich die Hände. Noch war keiner außer ihm auf der Stube.

Nach den sechs Monaten beim Reichsarbeitsdienst waren die Muskeln des 19-Jährigen gestählt. Sein Gesicht hatte die Farbe von Nussholz. Die kurzen Haare, die er gescheitelt trug, waren ausgebleicht. Er strich sich über den Kopf. Heute würde sein Wehrdienst beginnen, dem er schon vor seinem Abitur im letzten Jahr entgegengefiebert hatte.

Er war gestern Abend mit dem Zug in Berlin angekommen, hatte eine kurze Nacht bei seiner Tante verbracht und war dann mit der S-Bahn zur Kaserne nach Stahnsdorf gefahren.

Noch war das Dachgeschosszimmer mit den sechs Etagenbetten leer. Er schaute sich um. Der Dielenboden war gebohnert, doch jedes Mal wenn ein schweres Fahrzeug vorbeifuhr, rieselte Staub aus dem Gebälk.

Fritz stellte sich an das kleine Gaubenfenster und schaute nach draußen. Es hatte begonnen, sachte zu schneien.

Vorgestern hatte seine Mutter ihn zum Abschied umarmt, etwas, was ihm peinlich war. Sie schmierte ihm Stullen für die Fahrt und gab ihm ein Paket mit.

»Da ist Schinken drin. Und dicke Socken. Pass auf dich auf, mein Junge.« Sie rieb eine Träne in ihre Wange. Fritz schaute zur Seite, wusste nicht, was er sagen sollte.

Sein Vater war unterwegs, um die neue Stoffkollektion der Weberei anzubieten. Er würde erst am Wochenende wieder zu Hause sein. Bevor er gefahren war, hatte er Fritz eine neue Armbanduhr geschenkt. Sie war nur vergoldet und Fritz schämte sich, sie zu tragen. Die Geschäfte der Weberei liefen schlecht. Die größeren Konkurrenten und die Verseidag nahmen ihnen die Kunden weg. Wenn es so weiterging, würde sein Vater schließen müssen.

»Es wird Krieg geben, Fritz«, sagte sein Vater zum Abschied. »Sieh zu, dass du dich unauffällig verhältst, deinen Dienst schnell ableistest und dann wieder nach Hause kommst. Ich brauche dich hier im Geschäft.«

Im Geschäft zu arbeiten war das Letzte, was Fritz wollte. Trotzdem fühlte es sich komisch an, das erste Mal so weit weg von zu Hause.

»Heil Hitler!«

Überrascht drehte Fritz sich um. Er hatte nicht gehört, dass die Tür geöffnet wurde.

»Heil Hitler!«, grüßte er zackig zurück. Er war schon lange bei der Hitlerjugend, ihm lag das Militärische.

»Heinrich«, stellte sich der Neue knapp vor. Er trug einen Mantel aus rauer Wolle. Schlechte Qualität, das sah Fritz auf den ersten Blick. Statt eines Koffers hatte er nur einen Pappkarton. Ohne zu fragen, schmiss er diesen auf das Bett, das an der Wand in der Nähe der Heizungsrohre stand. Eigentlich hatte Fritz diese Pritsche haben wollen, aber er war sich nicht sicher, ob sie freie Wahl hatten oder ob ihnen die Betten zugeteilt wurden. Doch wenn Heinrich sich einfach eines aussuchte, wollte er nicht nachstehen. Er nahm das Bett am anderen Ende des Zimmers. Als Neulinge mussten sie mit dem Dachgeschoss vorliebnehmen. Im Sommer stand hier die Hitze, im Winter schneite es durch die Dachpfannen, hatte man ihm erzählt.

»Wann sollen wir uns melden?«, fragte der andere.

»Um acht«, antwortete Fritz. Er fand Heinrich auf Anhieb unsympathisch.

»Hallo, bin ich hier richtig?« Diesmal hörte Fritz, dass die Tür geöffnet wurde.

Er drehte sich um, hob den rechten Arm, »Heil Hitler.«

»Jaja. Alfred Peerhoven. Und wie heißt ihr?« Der junge Mann zog sich Fahrradklammern aus den Hosenbeinen, lächelte offen und freundlich. Fritz sah ihm skeptisch entgegen. Er hatte nicht ordentlich gegrüßt, das würde er sich merken. Dann runzelte er die Stirn. Peerhoven kam ihm bekannt vor.

Alfred schmiss seinen Koffer achtlos auf eines der oberen Betten in der Mitte. Er befühlte den derben Wollstoff der Decke, rümpfte die Nase. Sein Koffer war von feinster Qualität, das sah Fritz sofort. Rindsleder, mit Messingbeschlägen. Auch die Schuhe des jungen Mannes waren edel, Fritz musterte ihn ausgiebig. Alfred sah seinen Blick, lächelte. Dann zog er ein Zigarettenetui aus Silber hervor. »Möchtet ihr?«

»Wo kommst du her?«, fragte Heinrich.

»Aus Krefeld, aus der Seidenstadt.«

So ein Zufall, dachte Fritz. Oder war es Schicksal? Bevor er sagen konnte, dass er aus Hüls war, öffnete sich die Tür erneut.

»Ick glop, ick werd verrückt. Mensch, hier friert einem ja der Arsch ab. Moin, Dieter Müller.«

»Heil Hitler!« Fritz riss den Arm hoch, die anderen schauten ihn merkwürdig an.

Nach und nach füllte sich die Stube. Fritz hatte Schwierigkeiten, sich die Namen zu merken. Das gibt sich mit der Zeit, dachte er.

Um acht Uhr traten sie zum Appell an, danach marschierten sie zum Einkleiden, ihnen wurden Uniformen und Ausrüstungsgegenstände ausgehändigt. Darüber war Fritz froh. Zwei auf der Stube kamen aus besseren Elternhäusern, das hatte er sofort gesehen. Einer hatte sogar einen adeligen Namen, von Steglitz. Sein Onkel war Gauleiter am Niederrhein. An ihn würde Fritz sich halten.

Als abends das Licht gelöscht wurde, wusste Fritz, dass nun die beste Zeit seines Lebens begonnen hatte. Alles würde anders werden. Alles. Anders und besser.

# 3. KAPITEL

»Jürgen?« Christiane Suttrop, die Sekretärin des Polizeichefs, stand in der Tür zu Fischers Büro. »Oliver hat mehrfach versucht dich zu erreichen, aber bei dir war immer besetzt.«

»Ich musste einiges abklären. Was will er denn?«

»Das hat er nicht gesagt. Nur, dass er dich sprechen muss.«

Jürgen Fischer nahm sein Diensthandy. Der Akku war leer. »Hast du mal eben Olivers Nummer?«

»Auswendig weiß ich sie nicht. Ich ruf ihn an und stell dann zu dir durch.«

Fünf Minuten später sprach Fischer mit einem aufgeregt klingenden Oliver Brackhausen.

»Ich bin im Zoo. Hier ist ein Blindgänger.«

»Das weiß ich.« Fischer stöhnte leise.

»Aber in der Grube ist auch noch etwas anderes. Eine Plane und Stiefel.«

»Jemand hat dort Müll entsorgt?«

»Jürgen, ernsthaft. Hier ist tatsächlich eine Leiche.«

Fischer stand auf. Es war schon vier Uhr nachmittags und der Stapel auf seinem Schreibtisch hatte sich an diesem Tag nicht wesentlich verkleinert. »Eine ältere Leiche oder etwas Aktuelles?«

»Kann ich nicht sagen, dazu müsste ich in die Grube steigen. Soll ich?«

»Um Gottes willen, nein. Ist der Kampfmittelräumdienst noch nicht da?«

»Nein, sie stecken im Stau.«

»Bleib wo du bist, lass niemanden in die Nähe. Ich komme.«

Egal, was sich sonst noch in der Grube befand, bevor die Bombe nicht entschärft war, durfte sich ihr keiner nähern. Fischer hatte einmal mitbekommen, wie ein kleiner Blindgänger hochging. Die Detonation war gewaltig und der Bombenkrater anschließend enorm. Da die Bombe auf einem entlegenen Feld gefunden worden war, kam niemand zu Schaden. In der Stadt konnten die Folgen weitaus schwerwiegender sein. Die Kollegen vom Räumdienst würden die Gefahr gut einschätzen können. Sie bestimmten, in welchem Umkreis evakuiert werden musste.

Da nicht viel los war, hatte Fischer die freie Auswahl an Dienstfahrzeugen. Er wählte den Astra, denn bei diesem Wagen funktionierte die Klimaanlage. Nachdem der Juli verregnet gewesen war, schlug der August mit heißem Wetter zu.

Ein Mitarbeiter des Zoos führte ihn zum Fundort. Dieser Bereich war abgesperrt.

»Es ist dort hinten, zwischen Regenwaldhaus und Zooschule. Wir hatten einen Rohrbruch und der Weg ist abgesackt.«

»Kommt immer mal wieder vor, dass man Blindgänger findet.« Fischer sah sich um. Er war bisher nur einmal mit Martina Becker, der Staatsanwältin, im Zoo gewesen.

Hinter dem Regenwaldhaus stand der Bagger, die Schaufel in eine Grube gesenkt. Die Arbeiter hatten sich auf eine Bank gesetzt und rauchten. Oliver Brackhausen kam Fischer entgegen.

»Gut, dass du da bist. Schau mal.« Er führte Fischer

zu der Grube, zeigte hinein. Der Blindgänger war unter Sand und Erde gerade zu erahnen.

»Viel Dreck.« Fischer konnte auf den ersten Blick nichts entdecken, das auf eine Leiche hinwies.

»Da rechts, neben der Bombe.«

Der Hauptkommissar ging in die Hocke, starrte in das Loch. Mit viel Mühe und einiger Fantasie konnte er einen Umriss ausmachen. »Meinst du den Wulst da?«

Brackhausen nickte. »Schau mal ein Stück weiter runter. Von da vorne ist es besser zu erkennen.«

Er führte Fischer auf die andere Seite. »Sieh mal, das ist doch ein Stiefel.«

»Sieht tatsächlich so aus.« Wieder ging Fischer in die Hocke. »Anscheinend hat da jemand etwas in eine Plane eingewickelt und in das Loch geschmissen.«

»Etwas?«

»Oliver.« Fischer richtete sich auf und klopfte sich den Staub von der Hose. »Es können Kleider sein oder es sind nur die Plane und Stiefel. Es kann auch ein toter Mensch sein. Erfahren werden wir das erst, wenn die Bombe entschärft und beseitigt worden ist.«

»Besteht nicht Handlungsbedarf bei Verdacht auf einen Mord?«

»Immer langsam. Wer sagt dir denn, dass das ein Mord war? Dieser Stiefel und die Plane liegen schon lange hier. Vermutlich seit dem Krieg. Da eilt gar nichts.«

»Hallo.« Jemand trat auf die beiden zu. »Ich bin Werner Schneider vom KMRD. Mein Kollege Dieter Völler kommt auch noch. Was habt ihr denn hier Schönes?«

»Einen Blindgänger.« Fischer wies zur Grube. »Jürgen Fischer, KK 11.«

»KK 11?«

»Ja. Mein Kollege vermutet, eine Leiche neben der Bombe gefunden zu haben. Dort, die Plane.«

»Plane?« Schneider schüttelte den Kopf. »Na, mit viel Fantasie erkenne ich es. Den Stiefel, ja. Ist schon älter, vermutlich aus dem Krieg. Nicht selten wurden Bombenkrater mit Müll aufgefüllt. Oder wenn etwas reingefallen war, hat man es tunlichst vermieden, es wieder rauszuholen. Zu gefährlich. Heute immer noch.« Er schaute sich um. »Wie ist die Bebauung hier? Ist das Ordnungsamt schon informiert? Viele Anwohner?«

»Ja. Und da hinten ist eine Grundschule.«

»Auch das noch. Erst mal muss ein Erdwall errichtet werden. Gut einen halben Meter hoch, rundherum.« Schneider drehte sich um. »Das Haus ist natürlich klasse. Glas. Herrje, sollte etwas schiefgehen, ist es hin. Was ist da drin?«

»Das ist unser Regenwaldhaus. Auf einer Fläche von gut 1100 Quadratmetern leben hier etwa 350 Tier- und Pflanzenarten in einem Ökosystem. Das Haus ist gut 17 Meter hoch und hat eine Konstruktion aus Holz und Plexiglas.« Der Mitarbeiter des Zoos rasselte die Informationen herunter.

»350 Tierarten?« Schneider schüttelte den Kopf. »Wie lange brauchen Sie, um das Haus zu räumen?«

»Räumen? Das können wir nicht räumen. Zum größten Teil sind es Insekten. Blattschneiderameisen und Schmetterlinge.«

Der Mann vom Kampfmittelräumdienst zuckte mit den Schultern. »Ihre Entscheidung, nicht meine. Ich werde mich gleich mal vorsichtig an das Schätzchen da unten herantasten. Vor morgen können wir die Bombe aber nicht entschärfen.«

»Und was ist mit der Leiche?«, fragte Oliver Brackhausen.

»Ob das wirklich eine Leiche ist, werden wir morgen sehen, früher nicht.« Schneider nickte Brackhausen zu. »Jetzt muss erst einmal ein Erdwall her.«

»Ich versteh es nicht, Jürgen. Ich habe genau den Stiefel gesehen und die Umrisse eines Körpers. Muss da nicht die Staatsanwaltschaft informiert werden?«

»Wenn dort jemand liegt, dann schon. Aber stell dir vor, es ist nur ein Kleiderbündel. Jemand von der SS, der sich am Ende des Krieges all seiner Sachen entledigt hat … und du machst jetzt die Welle.« Fischer lachte.

»Dort liegt ein toter Mensch. Du wirst schon sehen, dass ich Recht habe.«

»Warten wir es ab, Oliver, warten wir es ab.«

# 4. KAPITEL

Siegfried Brüx stand im Flur vor dem großen Besprechungsraum.

»Hast du etwas finden können?« Fischer blieb stehen,

tastete nach seinen Zigaretten, nahm die Packung aber nicht aus der Tasche.

»Jede Menge Fingerabdrücke auf dem Umschlag, nichts auf der Postkarte. Sie ist von einem Foto gemacht worden. Es gibt da so Dienste im Internet, da kann man seine Bilder hinschicken und diese werden auf Karton gedruckt. Keine wirklich gute Qualität. Jemand hat die Karte aber sorgfältig abgewischt und gesäubert, sie wurde sogar mit Bleiche eingesprüht. Das war ein Fachmann, der wusste, wie man DNA-Spuren vernichtet.«

»Was?« Fischer schüttelte verblüfft den Kopf. »Bleiche?«

»Ja. Bleiche, sie zerstört organische Spuren. Wir machen noch weitere Tests, aber ich kann dir nicht viel Hoffnung machen.«

Fischer biss sich auf die Unterlippe.

»Hast du denn etwas herausfinden können? Wer könnte dir so eine Karte schicken und warum?«, fragte Brüx.

»Ich habe nicht den Schimmer einer Ahnung. Jemand, der die Geschichte von damals kennt. Solange nichts weiter passiert, sehe ich es als dummen Streich.« Jürgen nickte dem Kollegen zu und betrat das Besprechungszimmer. Obwohl er die Angelegenheit so abgetan hatte, blieb ein ungutes Gefühl zurück.

»Ermter ist noch zwei Tage auf einer Tagung.« Fischer zog den Stuhl an den großen Resopaltisch im Besprechungsraum und blickte in die Runde. »Das ist aber nicht weiter schlimm, wir haben nichts Großartiges vorliegen.«

»Bis auf die Bombe im Zoo«, sagte Sabine Thelen und lächelte.

»Ja, damit haben wir aber nicht viel zu tun. Das Ordnungsamt weiß schon Bescheid. Die Grotenburgschule muss geschlossen bleiben, der Parkplatz wird abgesperrt und der Zoo wird morgen früh nicht öffnen. Eventuell müssen wir die Schutzpolizei unterstützen.«

»Ist der Fundort gesichert?«, fragte Hauptkommissar Roland Kaiser.

»Ja, die Schutzpolizei ist dort. Meldungen an die Presse und Welle Niederrhein sind raus, es werden noch Handzettel gedruckt. Das Ordnungsamt hat einen Sammelplatz für die Anwohner in der Gesamtschule am Kaiserplatz eingerichtet. Es wird einen Fahrdienst für die älteren Leute geben.« Fischer räusperte sich. »Eventuell müssen wir die Kollegen unterstützen. Wenn alles glatt geht, soll die Bombe morgen Nachmittag entschärft werden.«

»Morgen schon?«, fragte Sabine Thelen.

Fischer nickte. »Die Männer vom Kampfmittelräumdienst meinten, dass sie einen Roboter einsetzen können. Sie sagten, es sei unspektakulär. Der Zünder ist nicht großartig verrostet oder eingedrückt. Mag an dem sandigen Boden dort liegen.«

»Und was ist mit der Leiche?« Oliver Brackhausen verschränkte die Arme vor der Brust. Ein wenig sah er so aus, als würde er schmollen. Fischer grinste.

»Ob da tatsächlich eine Leiche im Bombenkrater liegt, klären wir morgen. Liegt sonst noch etwas an?«

»Die übliche Einbruchsserie in den Landschaftsbaubetrieben in Traar. Jedes Jahr wieder. Keine brauchbaren Spuren.«

»Die Spurensicherung war vor Ort?«

»Ja.« Roland Kaiser zog eine Mappe heran und schlug sie auf. »Es sind endlos viele Spuren gefunden worden, aber nichts, was man eindeutig einem Täter zuordnen könnte. Die Betriebe werden gut besucht, und jeder

Besucher hinterlässt DNA-Material und Fingerabdrücke. Relativ aussichtslos, dort etwas Relevantes zu finden. Hilft uns auch nicht, solange wir keine Fingerabdrücke der Täter in unserer Kartei haben. Wieder wurden große Geräte entwendet.«

»Das geht schon ins vierte Jahr.« Ulla Klemenz seufzte. »Immer die gleichen Betriebe, die gleiche Ware. Schwere Geräte, sie müssen mit dem LKW kommen und das Diebesgut wegfahren.«

»Diesmal ist auch die Elfrather Mühle betroffen. Die Täter haben das Schloss ausgebohrt und ein anderes eingesetzt. Das wurde zum Glück rechtzeitig erkannt.« Roland Kaiser schloss die Mappe. »Wir stehen mit der Polizei in Wesel und im Kreis Viersen in Kontakt. Auch da kam es zu Einbrüchen ähnlicher Art.«

»Sonst noch etwas?« Wieder schaute Fischer in die Runde. Keiner reagierte. »Gut, dann machen wir Feierabend. Ich werde morgen schon früher hier sein und dann zum Zoo fahren.«

»Darf ich mitkommen?« Oliver Brackhausen sah ihn erwartungsvoll an.

»Klar. Halb sieben hier.« Fischer nickte Brackhausen zu.

Eine halbe Stunde später saß Fischer in seinem Wagen auf dem Weg nach Hause. Er hatte überlegt, Unterlagen mitzunehmen und zu Hause durchzugehen, aber in dem Chaos, in dem sich seine Wohnung momentan befand, würde er nicht zum Arbeiten kommen.

Morgen ist auch noch ein Tag, dachte er.

Er parkte den Wagen auf der Rheinstraße, schloss die Haustür auf und stieg die Treppe nach oben. Vor der Wohnungstür blieb er einen Moment stehen. Fast zwei

Jahre hatte er hier mehr gehaust als gelebt. Dabei hatte das kleine Appartement eigentlich nur eine Übergangslösung sein sollen. So lange, bis sein jüngster Sohn das Abitur geschafft hatte und seine Frau Susanne von Münster nach Krefeld ziehen konnte. Dazu war es nie gekommen. Sie hatten sich voneinander entfernt und sich schließlich getrennt.

Der Gedanke daran tat Jürgen Fischer immer noch weh. Über 20 Jahre Ehe, zwei Söhne und ein gemeinsames Haus konnte er nicht so von einem Tag auf den anderen abschreiben. Aber jeder Versuch, die Beziehung wieder zu beleben, war gescheitert.

In der Staatsanwältin Martina Becker hatte er eine neue Partnerin gefunden. Auch diese Beziehung war nicht einfach, doch Fischer glaubte, durch die gescheiterte Ehe einiges gelernt zu haben. Früher war er vollständig in seinem Beruf aufgegangen, hatte Familientermine verpasst, die Wünsche und Bedürfnisse seiner Frau an die zweite Stelle gedrängt.

Martina war verwitwet. Nach dem Tod ihres Mannes hatte sie die Stelle in der Staatsanwaltschaft in Krefeld angetreten und wohnte in ihrem Haus in Moers.

»Ich möchte nicht in der Stadt wohnen, in der ich arbeite. Die Gefahr, beim Einkaufen meine Klienten zu treffen, ist zu groß«, sagte sie am Anfang der Beziehung.

Jürgen mochte nicht in das Haus ziehen, das sie mit ihrem verstorbenen Mann bewohnt hatte. Zu viele Dinge dort zeugten von der Beziehung, die die beiden geführt hatten. Er kam sich immer wie ein Eindringling vor.

Nur kurz schaute er sich in der kleinen Wohnung um. Egal, wie oft er lüftete, es roch immer leicht muffig. Auf dem Tresen, der die Küchenzeile von dem Wohnzimmer abtrennte, standen zwei vollgepackte Kartons. Er lud sie in seinen Wagen, füllte einen weiteren Karton mit Geschirr. Eigentlich wollten sie die Sachen gemeinsam in Ruhe aussortieren, aber die Zeit war viel zu schnell vergangen und Ende der Woche musste Fischer die Wohnung geräumt haben.

Wir haben noch genug Zeit, dachte Fischer und wusste, dass er sich damit belog.

## 5. KAPITEL

Er fuhr die Moerser Straße entlang, bog auf die Moerser Landstraße ein. Am Ende von Traar, fast schon in Kapellen, hatten sie ein kleines Haus gefunden, das ihnen beiden gefiel. Sie mieteten das Haus mit der Option, es später zu kaufen.

Martinas BMW stand auf dem Stellplatz vor der Garage, Fischer parkte seinen Wagen dahinter.

Fischer holte einen Karton aus dem Wagen und schloss die Haustür auf.

Martina stand in der Mitte des zukünftigen Wohnzimmers. Ihre Haare hatte sie hochgesteckt, bekleidet war sie mit einem ausgeleierten Sweatshirt und einer alten Jogginghose. Die Hände hatte sie in den Rücken gestemmt. Langsam drehte sie sich um ihre Achse, betrachtete die frischgestrichenen Wände. Die Farbauswahl war ein Problem gewesen. Ihr Haus in Moers hatte Martina in sanften Pastellfarben gestrichen. Jürgen wollte keine Kopie davon bewohnen. Nur weiße Wände, so wie in seiner bisherigen Behausung, fand sie zu langweilig. Sie einigten sich darauf, jeweils eine Wand pro Raum in einer kräftigen Farbe zu streichen. Da Martina schon seit gestern Urlaub hatte, übernahm sie diese Aufgabe.

»Na, was sagst du?« Martina strahlte Jürgen an. »Gefällt es dir?«

Fischer stellte den Karton ab und schaute sich um. Die Stirnseite des Raumes hatte seine Freundin in einem tiefen Rot gestrichen.

»Ochsenblutrot. Es ist genauso geworden, wie ich es haben wollte.« Sie kam auf ihn zu, küsste ihn, vorsichtig darum bemüht, mit ihren farbbekleckten Händen und Armen seinen Anzug nicht zu berühren.

»Es sieht toll aus. Doch, es gefällt mir.« Jürgen Fischer war zuerst skeptisch gewesen. Nun nickte er. »Ich zieh mich um, dann kann ich dir helfen.«

Martina folgte ihm nach oben in das zukünftige Schlafzimmer. Sie hatten ein neues Bett und Matratzen gekauft.

»Eigentlich bin ich mit dem Streichen fertig für heute. Lass mich schnell duschen, dann schauen wir, was wir noch machen können.«

Fischer zog seinen Anzug aus, hängte ihn in den Schrank, den sie aus Martinas Haus mitgenommen hatten. Es sah komisch aus, fand er. Nur der eine Anzug und ansonsten leere Bügel.

Er schlüpfte in eine Jeans und ein T-Shirt, schaute sich um. Das Bett war noch nicht bezogen, der Karton mit der Bettwäsche stand in der Ecke. Grinsend holte er Bezüge und Laken hervor. Wenn es nach ihm ginge, würden sie erst einmal das Bett einweihen.

Martina schien ähnliche Gedanken zu haben. Sie kam, nur in ein großes Badelaken gewickelt und mit nassen Haaren aus dem Badezimmer.

»Du hast das Bett bezogen? Gute Idee. Im Kühlschrank steht eine Flasche Sekt.«

»Eigentlich sollten wir noch etwas tun, Kartons auspacken, Sachen einräumen.«

Draußen war die Dämmerung hereingebrochen, während sie sich geliebt hatten. Jürgens Hand fand ihre, sie verschlangen die Finger ineinander. Für einen Moment überlegte er die Lampe einzuschalten, aber bisher hing nur die nackte Glühbirne von der Decke, ein kaltes Licht.

»Keine Lust. Wie war dein Tag?«

»Bis auf einen Blindgängerfund am Zoo war alles ruhig. Hast du Hunger?«

»Wie ein Wolf.« Martina lachte.

Sie beschlossen sich anzuziehen und Essen zu gehen.

Am nächsten Morgen stand Jürgen früh auf. Es war ungewohnt, in dem halbleeren und noch fremden Haus aufzuwachen. Er duschte, küsste Martina, die sich murmelnd umdrehte, um weiterzuschlafen. Der Weg von Traar zum Präsidium am Ostwall war um einiges länger, daran würde er sich erst noch gewöhnen müssen.

Oliver Brackhausen wartete schon auf ihn.

»Guten Morgen. Gibt es etwas Neues?« Fischer überflog die Notizen, die auf seinem Schreibtisch lagen.

»Nein«, brummte Brackhausen.

»Noch nicht ausgeschlafen?« Fischer lachte.

»Scheißnacht gehabt.«

»Vollmond?«

»Nein, Streit mit Vera.«

Brackhausen sah nicht so aus, als würde er darüber reden wollen, deshalb fragte Fischer nicht weiter nach.

Das Schweigen hielt auch während der Fahrt an. Fischer parkte den Wagen am Grotenburg-Stadion. Als sie den Zoo betraten, kam ihnen ein Mitarbeiter entgegen.

»Guten Morgen. Friedel Schmitz, stellvertretender Zooleiter. Sie sind Hauptkommissar Fischer, richtig? So wie es aussieht, dauert es noch.«

»Gibt es Probleme?«, fragte Fischer.

»Wir können das Regenwaldhaus nicht räumen. Die Gefahr, dass das Haus beschädigt wird, wenn die Bombe hochgehen sollte, ist sehr groß. Es gibt aber ein Spezialzelt, das man über derartige Blindgänger aufstellen kann. Ein besonderes Gewebe, das die Druckwelle abfängt. Es wurde speziell für Bombenfunde in U-Bahnen und auf großen Plätzen entwickelt. Das Zelt muss aber erst noch organisiert werden. Ich bin froh, dass es so etwas gibt. Nicht auszudenken, was mit den Tieren passieren würde, sollte doch etwas schiefgehen.«

»Sind die Kollegen aus Düsseldorf schon da?«

»Ja, sie warten dort hinten. Bleiben Sie hier? Ich habe jemanden geschickt, um Kaffee zu holen.«

Wenn es hier nichts weiter für ihn zu tun gab, wollte Fischer lieber wieder fahren und seinen Schreibtisch in Ordnung bringen. »Danke, nein.«

Brackhausen war schon vorgegangen und hatte die Kollegen vom Kampfmittelräumdienst in ein Gespräch verwickelt. Fischer lächelte. Er konnte sich noch gut an seinen ersten Bombenfund erinnern.

»Ich fahre wieder zum Präsidium. Wenn die Bombe beseitigt ist und dort in der Grube tatsächlich eine Leiche liegt, werden wir die nötigen Maßnahmen ergreifen und uns darum kümmern.«

»Die Leiche – falls da eine ist – ist aber alt, nicht wahr? Das gibt keinen Skandal?«, fragte der stellvertretende Zoodirektor.

»Ich gehe davon aus, dass es jemand aus dem Krieg sein könnte. Machen Sie sich keine Sorgen, für mich sieht es bisher nur aus wie ein Kleiderbündel.«

Fischer ging zurück zum Eingang. Dort stand Lutz Rosen, ein Schutzpolizist, und diskutierte mit einem älteren Mann. Der Mann trug einen feinen hellbraunen Anzug. Er stützte sich auf einen Rollator.

»Ich habe es Ihnen doch schon erklärt.« Lutz seufzte. »Sie können vorläufig nicht hier rein.«

»Ich habe eine Jahreskarte. Ich bin jeden Tag hier. Sie ist gültig, schauen Sie.« Der Mann zog seine Brieftasche aus dem Jackett und nahm eine Karte hervor.

»Guten Morgen, Herr van Treek, gibt es ein Problem?« Friedel Schmitz trat zu den beiden.

»Dieser Mann will mich nicht einlassen.« Der alte Mann fuchtelte entrüstet mit seiner Jahreskarte herum. »Dabei ist die Karte gültig. Sagen Sie ihm das, Herr Schmitz.«

»Sie können jetzt tatsächlich nicht in den Zoo. Es ist eine Bombe gefunden worden, die muss entschärft werden. Ich hoffe, heute Nachmittag ist alles behoben und geklärt, dann werden wir wieder öffnen.«

»Eine Bombe? Wer macht denn so etwas?«

»Das ist eine Bombe aus dem Krieg. Ein Blindgänger.«

Van Treek zog die buschigen Augenbrauen zusammen. »Wo denn?«

»Hinten am Regenwaldhaus.«

»Was mach ich denn jetzt? Ich kann doch nicht nach Hause gehen und dann wiederkommen. Was, wenn ich dann immer noch nicht rein darf? Das können Sie doch mit mir nicht machen.« Van Treek schien in sich zusammenzusacken.

»Kann ich Sie nach Hause bringen?«, bot Fischer dem alten Mann an. Dieser schüttelte unwillig den Kopf, drehte sich um und ging langsam die Straße hinunter.

»Er kommt fast jeden Tag. Muss schon an die 90 sein. Als er einen Schlaganfall hatte und einige Zeit nicht kommen konnte, haben wir ihn regelrecht vermisst.« Schmitz schaute dem Mann hinterher. »Er spendet immer und hat auch schon Tierpatenschaften übernommen.«

»Wahrscheinlich wird morgen alles wieder seinen gewohnten Gang gehen und er kann wiederkommen.« Fischer verabschiedete sich und ging zum Wagen.

# 6. KAPITEL

1939

»Antreten!« Der Ruf des Ausbilders hallte durch die Gänge.

»Was denn? Es ist doch gleich Essenszeit. Elender Schinder. Wenn der uns wieder durchs Gelände jagt …« Fritz stöhnte auf.

»Was dann?« Alfred lachte. Beide waren aufgesprungen und griffen nach ihrer Ausrüstung.

»Wir sind hier nicht auf Urlaub. Los, los Ihr Säcke!«, brüllte der Ausbilder.

Innerhalb weniger Minuten war die Kompanie zugweise im Hof angetreten, der Kompaniechef äußerte sich kurz zu den soldatischen Tugenden und sprach von der zu jeder Zeit notwendigen Härte gegen sich selbst. Dann übernahmen die Zugführer.

»Geländedienst, Männer. Fertig werden!« Der Feldwebel ließ den Blick die Reihe entlangwandern. »Stillgestanden, Gruppenführer übernehmen!« Fritz kontrollierte unauffällig, ob die Gasmaske ordentlich befestigt war. Sein Gruppenführer, Unteroffizier Heff, hatte ihn schon wegen kleinerer Vergehen zur Schnecke gemacht.

Im Gleichschritt marschierten die Gruppen vom Kasernenhof. Nach zwei Kilometern strammen Marsches erreichten sie die Heide. Dort scherte ihre Gruppe aus und ging in Linie vor.

»Stellung!«

Fritz ließ sich auf den Bauch fallen, nahm die Hacken herunter und schob das Gewehr feindwärts. So manches Mal hatte er vergessen die Hacken herunterzunehmen. Diesbezüglich gab Heff kein Pardon, immer wieder schnauzte er, dass die Hacken ein gutes Ziel bildeten, und dass man mit angeschossenen Fersen nur eine Belastung und Gefahr für seine Kameraden darstelle. Mitunter ließ er sich dazu hinreißen, hochstehende Fersen einfach um zu treten.

»Deckung!«

Fritz drückte sein Gesicht in die kalte Erde, legte die Arme um den Helm, die vereiste Pfütze unter seinem Bauch brach, er spürte das eisige Wasser durch die Kleidung dringen.

»Sprung auf! Marsch, Marsch!«

Sie erhoben sich und stürzten in die befohlene Richtung. Der Klappspaten hatte sich aus dem Futteral gelöst, Fritz griff im letzten Moment danach, bekam ihn mit der Linken zu fassen. Die Gasmaskendose schlug gegen seine rechte Hüfte, das Sturmgepäck lastete schwer auf seinem Rücken.

»Fliegerangriff, neun Uhr!«

Wieder nahmen sie Deckung. Fritz kam dabei so unglücklich zu Fall, dass er sich die kugelige Verdickung am Ende des Holzstiels seines Klappspatens genau zwischen die Beine schlug. Stöhnend richtete er sich auf, zog den Spatenstiel aus dem Schritt.

»Sie da!« Der Unteroffizier zeigte auf ihn. »Soll das volle Deckung sein? Sie sind tot. Weiß Ihr Vater, was für einen Blindgänger er da gezeugt hat? Wollen wir doch mal schauen, ob Sie wenigstens 20 Liegestützen zusammenbringen und zwar hier.« Er wies auf eine ausgedehnte

Pfütze. Fritz sank in den Schlamm und führte den Befehl aus.

Immer wieder gingen sie in Stellung, stürmten im Sprung, nahmen Deckung vor imaginären Maschinengewehren und unablässig feuernden Schlachtfliegern. Sie stürmten, ließen sich fallen, gingen ins Ziel, stürmten erneut und nahmen Deckung. Etliche weitere Kameraden seiner Gruppe kamen in den Genuss zusätzlicher Bewegungsübungen. Ihr Uffz war heute wieder in Geberlaune.

Als sie wieder auf dem Kasernenhof eintrafen, trieften sie vor Schlamm und Schweiß.

»Wegtreten zum Waffenreinigen!«

Im Flur vor den Stuben saßen sie einander gegenüber, während die Ausbilder in der Gangmitte das Waffenreinigen überwachten.

»Da sind ja noch Elefanten im Lauf!« Diesmal nahm der Unteroffizier Adolf aufs Korn. Adolf zog den Gewehrlauf nochmals durch, hielt ihn dem Unteroffizier hin. Ihre Mägen knurrten, aber bevor sie ihre Uniformen und Stiefel nicht gesäubert hatten, würde es kein Essen geben.

Es war nur die Grundausbildung, da mussten sie durch, sagte sich Fritz, als er abends todmüde ins Bett fiel.

# 7. KAPITEL

Der Tag blieb ruhig. Gegen 15 Uhr bekam Fischer den Anruf, dass die Bombe entschärft war.

Kurze Zeit später klingelte wieder Fischers Diensttelefon.

»Ich habe es gewusst!« Oliver Brackhausen klang aufgeregt.

Fischer wechselte den Telefonhörer in die andere Hand, nahm einen Stift und einen Zettel. »Was hast du gewusst?«

»Es ist ein Toter in der Grube. Eingewickelt in eine Plane. Ich hab nur vorsichtig nachgeschaut.«

»Welchen Eindruck hast du denn? Wie lange ist er schon tot?«

»Das ist ein Soldat aus dem Krieg.«

»Ich werde den Staatsanwalt informieren. Bleib vor Ort, ich melde mich gleich wieder bei dir.«

Staatsanwalt Altmann ging sofort ans Telefon.

»Fischer, KK 11. Im Zoo wurde eine Leiche gefunden.«

»Ich dachte eine Bombe? Davon hab ich jedenfalls gehört.«

»In dem Bombenkrater liegt ein Toter. Gut möglich, dass er dort schon so lange liegt wie der Blindgänger. Brackhausen hält ihn für einen Soldaten aus dem Krieg.«

»Ist da überhaupt noch etwas zu identifizieren? Außer Knochen? Nach über 60 Jahren?« Altmann klang verwundert. »Der große Angriff auf Krefeld war doch 1943.«

»Der Leichnam war wohl in eine Plane gewickelt. Ich habe ihn selbst noch nicht gesehen, kann auch nichts über eine vermutliche Todesursache sagen. Dass er in eine Plane gewickelt war und in einem Bombenkrater lag, spricht nicht für einen natürlichen Tod.« Fischer nahm die Schachtel Zigaretten aus der Jacke, legte sie auf den Schreibtisch.

»Nicht unbedingt. Aber ob wir da jemals etwas herausbekommen werden?«

»Also keine Spurensicherung? Da sind so viele Leute vom Räumdienst gewesen, Spuren gibt es sicherlich nicht mehr.«

»Nein. Lassen Sie ihn abholen und nach Duisburg zur Rechtsmedizin bringen. Alles Weitere sehen wir dann.«

Für einen Moment war Fischer versucht in den Zoo zu fahren und beim Abtransport der Leiche anwesend zu sein. Irgendetwas an der Sache berührte ihn, obwohl es vermutlich kein Fall werden würde. Doch dann schaute er auf den Stapel Unterlagen, die er noch abzuheften hatte und rief Brackhausen an.

Die abendliche Besprechung verlief ruhig. Im Moment gab es keine dringenden Fälle und Fischer verabschiedete sich für die nächsten zwei Wochen in den Urlaub.

»Ich hab noch drei Akten, die ich durchgehen muss«, sagte er der Sekretärin Christiane Suttrop. »Die nehme ich mit und reiche sie im Laufe der Woche ein.«

»Kein Problem. Wann ist denn dein Umzug?«, fragte sie.

»Wir machen das so häppchenweise. Martina hat für Freitag einen Wagen bestellt, sie hat mehr Möbel als ich. Aber ich muss meine Wohnung noch streichen. Und die Übergabe ist schon in wenigen Tagen.«

»Streichen? Eine elende Arbeit, abkleben, abdecken, du hast mein Mitleid.«

»Wohl wahr. Die Wände sind gelb vom Nikotin. Ich hoffe, die Farbe deckt gut.«

»Selbst schuld. Falls etwas ist, unter welcher Nummer kann ich dich erreichen?«

Fischer überlegte einen Augenblick. Am liebsten hätte er gesagt: gar nicht. Wenn er mit Martina weggefahren wäre, könnte ihn auch niemand erreichen.

»Über mein Handy. Zur Not musst du auf die Mailbox sprechen.«

»Der Chef kommt ja übermorgen wieder und im Moment ist nichts los. So ruhig war es schon lange nicht mehr. Schönen Urlaub … ähm … Umzug, Jürgen. Ich freue mich für euch.« Sie zwinkerte ihm zu.

»Hoffen wir, dass es so ruhig bleibt.«

Jürgen Fischer fuhr zu seiner Wohnung an der Rheinstraße. Wieder belud er ein paar Kartons. Er hatte nun fast alles eingepackt. Sein Bett und die Matratze kamen übermorgen auf den Sperrmüll, zusammen mit einigen anderen Sachen, die er nicht mehr brauchte. Morgen wollte er streichen. Die Farbeimer standen schon im Flur sowie Abdeckfolie, Kreppband und Pinsel. Streichen und sauber machen, dann war er fertig. Zufrieden belud er den Wagen und fuhr nach Traar.

Diesmal scholl ihm keine Musik entgegen, als er aus dem Wagen stieg. Das Haus war nicht beleuchtet und auch Martinas Wagen stand nicht auf dem Stellplatz.

»Martina?« Er rief ihren Namen in das dunkle Haus, obwohl ihm klar war, dass sie nicht da sein konnte. »Martina?«

Es roch intensiv nach frischer Farbe und Allzweckreiniger. Langsam ging er durch die Räume, schaltete die Lampen an. Die nackten Glühbirnen verbreiteten ein kaltes Licht. Im Wohnzimmer hatte sie die Abdeckplanen zusammengerollt und in die Ecke gelegt. Das Kreppband klebte noch um die Fenster- und Türrahmen.

Er stieg die Treppe hoch, ging ins Schlafzimmer. Martina hatte einige Kartons mit Kleidungsstücken ausgeräumt und in den Schrank geräumt. Das Bett war gemacht, sogar eine Tagesdecke, die er nicht kannte, lag dort.

Sein Handy klingelte. Es war in seiner Jackentasche und die Jacke hing im Flur. Fischer lief die Treppe hinunter, doch er kam zu spät. Das Display zeigte Martinas Nummer, er betätigte den Rückruf.

»Wo bist du?«

»Hallo.« Sie klang irgendwie anders, aufgelöst oder verzweifelt.

»Ist etwas passiert?«

»Nein.« Martina zögerte. »Doch.«

»Wo bist du denn?«, fragte Fischer besorgt und fühlte sich hilflos.

»In Moers.«

»Was ist denn passiert?« Er hasste es, wenn er jemandem Informationen aus der Nase ziehen musste. »Verdammt, nun antworte mir doch.«

»Eigentlich ist nichts passiert. Ich packe nur noch einiges ein.« Sie klang, als würde sie weinen.

»Ich komme.«

»Nein …«

Fischer hatte schon aufgelegt. Er nahm sich seine Jacke und die Autoschlüssel, ließ die Haustür hinter sich ins Schloss fallen, ohne abzuschließen. Auch das Licht ließ er brennen. Um die Geschwindigkeitsbegrenzung kümmerte er sich nicht. So schnell war er noch nie nach Moers gefahren. Was mochte ihr zugestoßen sein? Hatte sie sich verletzt?

Er parkte vor dem Haus, lief zur Tür und schellte.

Martina öffnete die Haustür. Ihre Augen waren verquollen. Jürgen nahm sie in die Arme, drückte sie an sich.

»Ich hab mir solche Sorgen gemacht. Hast du dich verletzt? Bist du gestürzt?«

»Nein, nichts von alledem. Komm …« Sie zog ihn in den Flur, schloss die Tür.

»Was ist es dann?« Fischer stieß die Luft aus und rieb sich über das Kinn.

»Möchtest du einen Kaffee?«

»Kaffee? Martina! Ich habe mir Sorgen um dich gemacht, bin fast hierhergeflogen. Du hast geweint, warum?« Auf einmal verspürte er die unbezwingbare Lust auf eine Zigarette. Martina war in die Küche gegangen und betätigte die Kaffeemaschine. Auch hier war schon vieles eingepackt. Überall lag Zeitungspapier und Klebeband. Fischer ging durch das Wohnzimmer, es war ein Slalom zwischen Kartons und Kisten. Er öffnete die Terrassentür, nahm die Zigaretten hervor, steckte sich eine an und inhalierte tief.

Martina trat hinter ihn. Er konnte den würzigen Duft des Kaffees riechen. Sie legte ihm eine Hand auf den Rücken.

»Ich wollte nicht, dass du dir Sorgen machst.«

»Das ist dir nicht gelungen.«

»Das tut mir leid. Ich hatte es nicht so gemeint. Ich wollte dir nur Bescheid sagen, dass ich noch hier bin und später komme.«

Jürgen drehte sich zu ihr um. »Weshalb?«

»Ich habe gepackt und aussortiert. Dabei sind mir die alten Fotoalben in die Hände gefallen. Bilder von früher …« In ihren Augen glitzerte es verdächtig.

Fischer biss sich auf die Unterlippe. Martinas Mann war vor einigen Jahren an Krebs gestorben. Martina war lange Zeit nicht über seinen Tod hinweggekommen. Immer noch gab es Momente, in denen Jürgen das Gefühl hatte, dass sie in die Vergangenheit abtauchte. Gegen einen Toten anzukommen, war für ihn unmöglich. Die schlechten Erinnerungen vergaß man und die guten wurden übermächtig. Er seufzte.

»Soll ich dir beim Packen helfen?«

Martina schüttelte den Kopf.

»Was kann ich dann tun?«

Sie schwieg.

»Martina?« Fischer zog noch einmal an seiner Zigarette, warf sie dann zu Boden und trat sie aus. »Sollen wir essen gehen? Ich lade dich ein.«

»Ich glaube, ich möchte noch ein wenig alleine sein.« Ihre Stimme klang hoch und unsicher.

Fischer schloss die Augen, dann nickte er. »Okay. Ruf mich an, wenn du mich brauchst.«

Er fuhr langsam über die Dörfer zurück, wählte Umwege, verfuhr sich beinahe. In Neukirchen-Vluyn hielt er bei McDonald's und gönnte sich einen Hamburger Royal TS. Fischer hatte kein gutes Gefühl, was Martina anging. Ob sie ihren Entschluss zusammenzuziehen schon bereute? Zweifelte sie an der Beziehung, an ihrer Liebe? Oder hat sie festgestellt, dass Fischer nie so wie ihr verstorbener Mann sein würde?

Es roch immer noch intensiv nach Farbe, als er die Haustür zu ihrem Haus aufschloss. Diesmal hatte der

Geruch etwas Chemisches, es roch nicht wie die Vorankündigung von neuem Glück.

# 8. KAPITEL

Sabine Thelen öffnete die Tür ihres Kühlschranks und starrte hinein. Ihr Magen knurrte, aber sie konnte sich nicht aufraffen, eine der Tupperdosen zu öffnen, die ihre Mutter eingepackt hatte, und das Essen warm zu machen.

Für einen kurzen Augenblick überlegte sie nach Oppum zu ihren Eltern zu fahren, doch dort war sie vorgestern schon gewesen. Außerdem konnte sie den besorgten Blick ihrer Mutter nicht mehr ertragen.

»Isst du genug, Kind? Du siehst so dünn aus? Du arbeitest sicher zu viel. Komm, nimm dir noch ein Stück Kuchen. Soll ich dir auch Kuchen einpacken?« Sätze dieser Art kamen immer. Obwohl Sabine wusste, dass ihre Mutter es gut meinte, fand sie die Fürsorge übertrieben und konnte nur schlecht damit umgehen.

Ihre Katze maunzte und rieb sich dann schnurrend an Sabines Beinen.

»Du hast auch Hunger, nicht wahr?« Sabine füllte den Napf der Katze, sah dem Tier beim Fressen zu. Auf dem Küchenschrank stand eine Flasche Rotwein, den Sabine gestern geöffnet hatte. Sie nahm sich ein Glas, schenkte es voll. Dann ging sie auf den Balkon.

Schon seit einigen Jahren wohnte sie in der Dachgeschosswohnung eines Hauses in der Dürerstraße. Den Blick über die Gärten empfand sie als beruhigend, die Wohnung gut geschnitten. Trotzdem schaute sie immer mal wieder in die Zeitung, auf der Suche nach einer neuen Wohnung.

Vor zwei Jahren war ihr Lebensgefährte und Kollege bei einem Einsatz ermordet worden. Sabine hatte inzwischen fast alles von ihm weggegeben, aber die Erinnerungen blieben.

Das Schellen der Wohnungstür riss sie aus ihren Gedanken. Im Flur nahm sie den Hörer der Gegensprechanlage ab. Wer würde sie um diese Zeit besuchen? Wahrscheinlich waren es die Zeugen Jehovas.

»Sabine? Hier ist Oliver …«

»Komm hoch.« Verwundert drückte sie den Türöffner. Seine Schritte klangen laut in dem engen Treppenhaus. An der Tür blieb er stehen, sah verlegen auf den Boden.

»Ich wollte dich nicht stören …«

»Komm rein. Ist was passiert?«

»Ich habe versucht dich telefonisch zu erreichen …« Oliver stand immer noch an der Tür.

Sabines Handy lag auf dem Tischchen in der Diele. Sie warf einen Blick darauf. »Der Akku ist leer. Verflucht, ich hatte das Ding doch gerade erst aufgeladen.«

»Zeig mal.« Endlich trat Brackhausen in die Wohnung und schloss die Tür hinter sich. »Kann sein, dass der Akku kaputt ist. Da kannst du aufladen bis der Arzt kommt, das Ding ist sofort wieder leer. Hast du Ersatz?«

»Ja, irgendwo. Ich such nachher. Magst du ein Glas Wein?«

»Ein Bier wäre mir lieber.«

»Hab ich auch. Geh schon mal auf den Balkon.«

Oliver blieb am Geländer stehen. Er wischte sich über das Gesicht, schaute in die Gärten, ohne etwas wahrzunehmen. War es richtig gewesen, zu Sabine zu fahren? Die Kollegen hielten zusammen, waren wie eine Familie. Sie kannten sich in Ausnahmesituationen, manchmal kannten sie sich besser als der Partner zu Hause. Er hatte jemanden zum Reden gesucht und Sabine war ihm als Erstes eingefallen. Ohne großartig nachzudenken, war er zu ihr gefahren.

»Hier.« Sabine reichte ihm die Bierflasche. In der warmen Luft des Augustabends bildete sich sofort eine Kondensschicht auf der kalten Flasche. Oliver nahm sie, öffnete sie mit seinem Feuerzeug und trank einen großen Schluck. Er machte einen fahrigen Eindruck, wirkte unglücklich.

»Setz dich doch.« Sabine wies auf die Alustühle und den kleinen Bistrotisch. Sie zündete zwei Teelichter an, die dort standen.

»Vera hat Schluss gemacht.« Oliver lehnte sich mit dem Rücken an das Geländer, trank noch einen Schluck.

»Wann?«

»Vor einer Stunde. Sie war gestern bei mir, wollte mit mir reden. Sie ist fertig mit ihrer Ausbildung und ich war der Meinung, dass sie sich hier oder in der Umgebung auf eine Stelle bewirbt. Will sie aber nicht. Sie will das Bundesland wechseln.«

»Oh, das ist gar nicht so einfach.«

»Nein, ist es nicht. Aber möglich. Ihr Traum, das hat sie mir gestern gesagt, war schon immer, am Meer zu wohnen.«

»Gestern? Ach. Ihr kennt euch schon knapp zwei Jahre und gestern erzählt sie dir ihren Lebenstraum?«

»Ich habe es auch erst nicht begriffen. Wir haben uns gestritten. Heute hat sie mir dann gesagt, wenn ich nicht mitgehe, dann war es das.«

»Ein Ultimatum?« Sabine schüttelte den Kopf. »Kannst du dir vorstellen, hier wegzugehen?«

»Keine Ahnung. Hat sich aber auch erledigt. Es war nur ein vorgeschobener Grund. Sie hat da oben jemanden kennen gelernt. Er arbeitet in Kiel.« Wieder trank Oliver. Diesmal leerte er die Flasche.

»Willst du noch eins?«, fragte Sabine.

Er nickte stumm.

Sabine holte das Bier, drückte es ihm in die Hand.

»Sie wollte gar nicht, dass ich mitkomme, suchte nur einen Aufhänger für einen Streit, einen Grund für die Trennung.«

»Miese Masche.« Sabine schluckte. Sie war nicht gut darin, andere zu trösten. »Hast du Hunger?«

»Hunger?«

»Ich wollte gerade kochen.« Sabine überlegte kurz. »Nudeln.«

»Klingt gut. Kann ich helfen?« Oliver folgte ihr in die Küche und ließ sich auf einen Stuhl sinken. Er stützte die Arme auf den Tisch und vergrub den Kopf in den Händen.

Schweigend setzte Sabine Wasser auf. Ihr wollte nichts Tröstliches einfallen. Ein ›sei froh, dass du sie los bist‹ erschien ihr zu platt.

Schließlich setzte sie sich neben ihn und legte den Arm um seine Schulter. »Sei traurig. Du hast das Recht dazu. Dann sei wütend. Hasse sie, verdamme sie, trauere um sie. Irgendwann lässt der Schmerz nach.«

»Vermisst du Martin?«

»Nein«, log sie.

»Hast du noch ein Bier?«

»Eins oder zwei. Sonst nur Wein.«

»Ich nehme alles, was mich über die Nacht bringt.«

Zwei Stunden später deckte Sabine Oliver mit einer Wolldecke zu. Er hatte schon geschnarcht, bevor sein Kopf das Kissen auf dem Sofa berührte. Nur mit Mühe hatte sie ihn ins Wohnzimmer verfrachtet.

Als er am nächsten Morgen aufwachte, stand die Sonne schon hoch am Himmel. Das Licht schien in seinen Augen zu explodieren und seine Zunge klebte am Gaumen. Mühsam hob er den Kopf, drückte eine Hand gegen die Schläfe, hinter der es schmerzhaft pochte.

Er hatte Schwierigkeiten sich zu orientieren. Wo war er? Was war passiert? Stöhnend richtete er sich auf und kämpfte gegen die Übelkeit an. Er war nicht zu Hause, aber wo dann?

Nach und nach begriff er, dass er in Sabines Wohnung war. Die Erinnerung an den gestrigen Abend kehrte bruchstückhaft zurück. Er hatte Sabine sein Herz ausgeschüttet, weil Vera sich von ihm getrennt hatte. Sabine gab ihm Bier und später fand sie noch eine Flasche Ouzo. Seine Erinnerungen endeten in der Küche, wie er ins Wohnzimmer gekommen war, wusste er nicht.

Ihm wurde klar, dass es schon spät am Vormittag sein musste und er eigentlich im Dienst war.

»Scheiße, Scheiße, Scheiße.« Brackhausen stand auf,

tastete sich an der Wand entlang zur Küche. Sein Mund war trocken und die Zunge wie Sandpapier. Der Nachdurst quälte ihn gewaltig. Auf dem Küchentisch lag ein Zettel, daneben eine Packung Aspirin.

»Ich habe dich krankgemeldet. Im Badezimmer ist eine neue Zahnbürste. Gruß, Sabine.«

»Gott sei Dank«, murmelte er, beugte sich über die Spüle, drehte den Wasserhahn auf und trank.

# 9. KAPITEL

**Herbst 1939**

»Liebe Mutti, …« Fritz saß an dem wackeligen Schreibtisch in dem Zimmer, das er sich mit Alfred Peerhoven teilte. Es war der dritte Versuch, seiner Mutter einen Brief zu schreiben. Zwei Bögen Papier lagen zerknüllt auf dem Boden.

»Liebe Mutti,

nun habe ich die Grundausbildung hinter mich gebracht. Es war eine gute Zeit, besser als die Monate davor beim Reichsarbeitsdienst. Keine Feldarbeit mehr, sondern Kopfarbeit. Natürlich haben wir auch Sport gehabt und mussten uns körperlich verausgaben. Marschieren mit voller Ausrüstung ist ganz schön anstrengend und die Geländeübungen und der Gefechtsdienst erst. Nur gut, dass du mir hin und wieder Pakete hast zukommen lassen. Die Speckseiten waren köstlich.« Er kaute an seinem Füller. Es gab so viel, was er hätte schreiben wollen, doch seine Eltern würden ihn nicht verstehen.

»Jetzt bin ich an der Offiziersschule in der Nähe von Hannover. Wünstorf, falls du auf der Karte nachschauen möchtest.

Ich habe mir diese Entscheidung nicht leicht gemacht. Natürlich weiß ich, dass Vati und du gerne mit mir darüber gesprochen hättet. Ich weiß auch, dass Vati ärgerlich sein wird. Er hat mir sehr deutlich klar gemacht, dass er nichts von dieser Laufbahn hält, dass er mich lieber zu Hause hätte, damit ich das Geschäft übernehme. Nun sind die Zeiten aber nicht danach. Letzte Woche sind wir in Polen einmarschiert. Wir haben das schon lange geahnt, lange befürwortet. Es ist Krieg und wir werden ihn gewinnen. Meine Zukunft liegt in der Armee. In ein paar Monaten werdet ihr meine Entscheidung verstehen und begrüßen, da bin ich mir sicher.

Dies hier ist die Panzertruppenschule. Ihr habt richtig gelesen. Ich werde in den nächsten Monaten am Panzerspähwagen ausgebildet und ein Aufklärer sein.

Vielen Dank, Mutti, für die Zeitungsausschnitte. Mich interessiert natürlich sehr, was in der Heimat passiert. Zu gerne wäre ich am 9. November letzten Jahres dabei gewesen.

Einer meiner Kameraden war auf Sonderurlaub, da seine Mutter verstarb. Er hat mir vom Brand der Synagoge erzählt. Mann, was habe ich ihn beneidet.« Er las die letzten Sätze noch mal, überlegte, sie durchzustreichen. Sein Vater beschäftigte Juden in der Weberei. Darüber hatten sie schon oft heftig gestritten. »Ich sehe den Menschen und nicht seine Herkunft«, argumentierte sein Vater. »Sie sind fleißig und gut ausgebildet.« Fritz konnte darüber nur den Kopf schütteln.

»Ich habe jetzt einen Weg beschritten, um das Vaterland zu schützen. Seid stolz auf mich! Ich hoffe, dass ich die Ausbildung schnell schaffe und noch eine Chance habe, an der Front eingesetzt zu werden.

Heil Hitler

Euer Fritz.«

Noch einmal las er sich die Zeilen durch. Sein Vater, das war ihm schon lange bewusst, war ein Kleingeist. Er sah nicht das Große des Staates, sondern nur seine Weberei und den Tuchhandel. Er wollte Fritz an seiner Seite. Aber als kleiner Tuchhändler würde Fritz sein Leben nicht beenden.

Es lag eine knisternde Spannung über der Kaserne. Diejenigen, die schon länger dabei waren, hofften auf einen Einsatz. Fritz war klar, dass er noch lange nicht so weit war. Doch er würde sich alle Mühe geben, um schnell voranzukommen. Adolf war da anders. Er meinte, die Offiziersausbildung wäre ein Spaziergang. Er wollte keine Befehle entgegennehmen, er wollte sie geben.

Macht war die Triebfeder für Fritz. Davon war er besessen. Eigentlich hätte er nach der Grundausbildung Anspruch auf einen kurzen Heimaturlaub gehabt, doch diesen schlug er aus. Er wollte keine Zeit verlieren.

»Kommst du? Gleich gibt es Essen. Bin ja mal gespannt, ob die Kantine hier besser ist als in Stahnsdorf.« Auch Adolf war nicht nach Hause gefahren. Das lag aber an der zweiten Frau seines Vaters. Nach dem Tod der Mutter hatte Peerhoven eine Frau geheiratet, die so alt war wie sein Sohn. Adolf war voller Wut auf seinen Vater, seine Stiefmutter wollte er erst gar nicht sehen.

Fritz faltete den Briefbogen zusammen, steckte ihn in einen Umschlag, verschloss diesen sorgfältig.

»Na, haste Mami geschrieben?« Adolf grinste. Fritz wusste inzwischen, dass sein Freund die Gefühle hinter einer großen Klappe verbarg. Er hatte das Bild seiner Mutter immer dabei. Nachts, wenn er dachte, dass es niemand bemerkte, holte er es hervor.

»Ich habe ihnen meine Entscheidung mitgeteilt. Mein Vater wird sich aufregen. Aber in ein paar Wochen wird er es verstehen. Gibt es etwas Neues von der Front?«

»Lass uns runtergehen, dort ist ein Volksempfänger und wir können die neusten Nachrichten hören.«

Fritz stand auf, strich seine Uniform glatt. Er mochte das Schwarz mit den feinen rosa Paspelierungen. Es sah edel aus. Er nahm ein Zigarettenetui aus der Tasche, bot Adolf eine an. Er hatte das silberne Etui in Berlin gekauft, es glich dem Peerhovens.

»Danke.« Adolf riss ein Streichholz an, gab ihm Feuer. In dieser Stube zog es wenigstens nicht mehr so und auch die Heizung schien zu funktionieren. Überhaupt war alles besser als in Berlin, auch wenn sie hier ab vom Schuss waren.

Fritz folgte Adolf nach unten. Er war glücklich und zufrieden, sicher, dass er die richtige Entscheidung getroffen hatte.

# 10. KAPITEL

»Wir haben eine arg dezimierte Mannschaft.« Sabine Thelen rieb sich über die Augen. »Fischer hat Urlaub, Ermter ist auf einer Tagung, Oliver ist krank. Hoffentlich bleibt es ruhig.«

»Nicht nur Oliver ist krank. Roland und Uta haben sich auch krankgemeldet. Magen-Darm-Grippe. Sehr ansteckend. Scheint umzugehen. Hat Oliver das auch? Dann bekommen wir es alle.« Volker schaute besorgt in die kleine Runde. Er hatte sich noch keinen Kaffee genommen und wischte sich nun die Hände an seiner Hose ab. Sabine Thelen musste grinsen.

»Oliver hat nur schwere Kopfschmerzen. Morgen ist er sicherlich wieder im Dienst. Auch Ermter ist morgen wieder da. Gibt es irgendetwas?«

»Heute Nacht ist es ruhig geblieben bei den Landschaftsgärtnern. Keine Einbrüche. Keinerlei Vorkommnisse.«

»Und sonst?«, fragte Sabine.

»Ich habe eine Meldung aus der Rechtsmedizin in Duisburg. Der tote Wehrmachtsoldat …« Vienkrath suchte in seinen Unterlagen nach dem Fax. Als er es fand, setzte er umständlich die Lesebrille auf. »Der Soldat wurde erschossen. In den Kopf. Die Kugel steckte noch.«

»Ist der Mann zu identifizieren?« Sabine sah ihn interessiert an.

»Ja, es ist schon eine Anfrage an das Rote Kreuz und das Ministerium ergangen. Offensichtlich trug er seine Marke noch.«

»Weiß der Staatsanwalt darüber Bescheid?«

Niemand äußerte sich.

»Dann sollten wir ihn informieren. Er wird alles Weitere in die Wege leiten. Ich weiß gar nicht, was mit einem Toten aus dem Krieg passiert. Muss man noch Angehörige informieren?« Sabine Thelen massierte sich den Nacken. Sie hatte schlecht geschlafen. Immer wieder war sie von den Geräuschen aus dem Nebenzimmer geweckt worden. Es war ungewohnt, jemanden in der Wohnung zu haben.

»Soweit ich weiß, wird die Kriegsgräberfürsorge eingeschaltet. Anhand der Feldpostnummer kann man die Identität feststellen und eventuell auch Angehörige ausfindig machen.« Vienkrath schob das Fax wieder in die Mappe.

»Informieren wir erst mal Altmann, der wird schon wissen, wie es weitergeht. Sonst noch was?«

Da nichts weiter anlag, beendeten sie die Besprechung. Gerade als alle den Raum verlassen wollten, kam Christiane Suttrop herein.

»Ich habe gerade einen Anruf aus Köln erhalten«, sagte sie aufgelöst. »Der Chef hatte einen Unfall. Ein LKW ist ungebremst an einer Ampel auf seinen Wagen gefahren. Guido ist schwer verletzt und liegt in der Uni-Klinik.«

Sie sahen sich fassungslos an.

»Und nun?« Dieter schob seinen Stuhl zurück, stand auf, nahm eine Packung Taschentücher hervor.

»Laut Plan ist Fischer seine Vertretung, aber der hat doch ab heute Urlaub.«

»Hilft alles nichts, wir müssen Jürgen anrufen.« Vienkrath schnäuzte sich.

»Aber er zieht doch um.« Sabine Thelen schüttelte den Kopf. »Da können wir ihn doch nicht rausreißen.«

»Es geht doch nur um das Formale. Da nicht viel los ist, werden wir ihn wohl kaum brauchen.«

»Ich ruf Fischer nachher an und du Altmann.« Sabine seufzte.

Als Fischer heute Morgen aufwachte, war Martina nicht da.

Ihre Seite des Bettes war unberührt. Er hatte bis spät in die Nacht Kartons ausgepackt und Sachen eingeräumt. Das Kreppband um die Tür- und Fensterrahmen hatte er sorgfältig entfernt und den Müll in blaue Säcke gepackt. Als er nichts mehr zu tun fand, duschte er und ging ins Bett. Der Versuchung, Martina anzurufen, widerstand er, obwohl es ihm schwerfiel.

Er hinterließ ihr einen Zettel und fuhr in seine Wohnung. Alle fünf Minuten schaute er auf sein Handy, doch sie meldete sich nicht. Er überprüfte den Akku und den Empfang, beides war in Ordnung. Langsam fing er an sich Sorgen zu machen.

Jürgen Fischer schaute sich in der Wohnung um. Er hatte alle seine Sachen eingepackt, das klapprige Bett nach unten geschafft und auch die anderen Dinge, die er nicht mehr brauchte, zum Sperrmüll gestellt. Die Wände hatte er weiß gestrichen. Die Wohnung war gefegt und gewischt. In einer halben Stunde würde der Vermieter kommen und Fischer hoffte, die Schlüssel ohne Probleme abgeben zu können.

Das Telefon klingelte in dem Moment, als auch die Türglocke schellte.

»Verdammt«, fluchte Fischer, nahm ab und öffnete dann die Tür. »Hallo? Martina?«

Er war erleichtert ihre Stimme zu hören.

»Es tut mir leid, Jürgen.«

Er bildete sich ein, dass sie fröhlicher klang als gestern, hoffte es sehr. »Wo bist du?«

»Ich bin im Haus … hier. In unserem Haus in Traar.«

Ein ganzer Berg schien ihm vom Herzen zu fallen. Unserem. Alles würde gut werden.

»Mein Vermieter ist gerade gekommen …«, sagt Jürgen.

»Meldest du dich anschließend, Jürgen?«

»Natürlich.«

Der Vermieter war an der Tür stehen geblieben, schaute verlegen zu Boden.

»Entschuldigung. Wir können jetzt.« Fischer führte ihn durch die Räume. Nach wenigen Minuten war sie fertig. Einen Augenblick zögerte Fischer, dann ließ er den Schlüsselbund in die Hand des Vermieters fallen. Jetzt war es endgültig und für Fischer gab es kein Zurück. Martina wusste noch nicht, was mit ihrem Haus in Moers werden sollte. Sie schwankte zwischen verkaufen und vermieten, konnte sich zu keiner der beiden Lösungen wirklich durchringen.

Jürgen traute ihrem Entschluss, mit ihm zusammenzuziehen, noch nicht ganz. Sie hatte immer noch eine Rückzugsmöglichkeit. Er hatte seine gerade aufgegeben.

Als er auf der Straße stand, klingelte sein Handy erneut. Sabine Thelens Dienstnummer erschien auf dem Display.

»Jürgen? Ich weiß, du hast Urlaub.« Sie hörte sich verlegen an.

»Stimmt.« Fischer fuhr sich durch das raspelkurze Haar.

»Zwei Dinge.« Sabine räusperte sich, zögerte dann.

»Ja?« Jürgen wurde ungeduldig. Er wollte nach Traar,

wollte zu Martina, überlegte, wo er einen großen Strauß Blumen kaufen könnte.

»Zum einen hat ein Kollege von dir aus Münster angerufen. Irgendein Hansi Soundso ... er wollte dich persönlich sprechen.«

»Hans-Jürgen Müller? PHK Schupo Münster?«

»Ja, ich glaube schon. Dienstgruppenleiter der Berta?« Es war eine Frage, keine Antwort.

»Ein alter Freund von mir. Was wollte er?«

»Keine Ahnung, das wollte er persönlich klären.«

»Er hat meine Handynummer.« Jürgen wurde immer ungeduldiger.

»Mag ja sein, er hat trotzdem hier angerufen und nach dir gefragt. Ich überbringe nur Nachrichten.« Sie schluckte hörbar.

»Was ist noch? Du hast von zwei Dingen gesprochen.«

»Nun ja.« Wieder zögerte Sabine. »Da ist noch was, richtig.« Sie hielt inne, versuchte die passende Formulierung zu finden.

»Spucke es aus, Mädchen.«

»Es geht um Guido. Er ist verunglückt.«

»Was?«

»Er hatte einen Autounfall und ist in der Uni-Klinik in Köln.«

»Oh mein Gott!«

Beide schwiegen. Jürgen vor Entsetzen und Sabine, weil sie nicht wusste, wie sie fortfahren sollte.

»Wie geht es ihm?«

»Ich habe keine Ahnung. Vor einer Stunde war er noch im OP.«

Fischer suchte nach seinen Zigaretten. Er hatte die letzte aus der Schachtel vorhin geraucht, fiel ihm ein.

»Gibt es irgendetwas, was wir tun können? Weiß es Sigrid schon?«

»Ja, sie weiß es, natürlich. Tun … nun ja … ich weiß, du hast Urlaub …« Sabine stockte.

»Urlaub hin oder her, wenn ich etwas tun kann, dann mache ich das.«

»Du bist als seine Vertretung eingetragen, Jürgen.«

Das hatte er vergessen.

»Stimmt.« Der Drang nach einer Zigarette wurde immer größer. Fischer stieß die Luft aus. »Und das heißt? Ich habe Urlaub, Sabine.« Die letzten Worte hätte er am liebsten wieder zurückgenommen, als ihm klar wurde, weshalb seine Anwesenheit gefordert wurde. »Was ist mit Roland?«

»Der leidet unter Montezumas Rache. Ein heftiger Magen-Darm-Virus mit Fieber scheint umzugehen. Fast die Hälfte der Belegschaft ist schon krank.«

Fischer schnaubte. »Na gut. Kann man nicht ändern. Liegt etwas an?«

»Nicht wirklich. Nur der Tote im Zoo. Altmann will deswegen zur Abendbesprechung kommen.«

»Der Tote im Zoo? Doch nicht etwa der tote Soldat aus dem Krieg? Eine über 60 Jahre alte Leiche? Und Altmann will ein Verfahren einleiten oder was? Wissen wir denn, wer es war?«

»Ich hab keine Ahnung, weshalb der Staatsanwalt mit uns reden will, aber es geht um den Soldaten, ja.« Sabines Stimme war ganz hoch und dünn. Sie tat Fischer auf einmal leid. Schließlich konnte sie nichts dafür.

»Halb sechs, wie immer?«, fragte er und bemühte sich sachlich zu klingen.

»Hmm.« Sabine brummte nur.

Fischer beendete das Gespräch und schaute auf die Uhr. Es war ein Uhr mittags.

Er hatte noch jede Menge Zeit bis zur Besprechung. Die Straße herunter neben dem Bari-Videoverleih war ein Kiosk. Dort hatte er schon oft Zigaretten geholt. Jetzt war es vermutlich das letzte Mal.

Dann ging er zu seinem Wagen, der bis oben hin vollgepackt war, setzte sich hinein und nahm wieder das Handy hervor. Er wählte Ermters Nummer. Es klingelte bestimmt 15-mal, bevor endlich der Anrufbeantworter ansprang. Fischer legte auf. Natürlich, Sigrid, die Frau des Polizeichefs, war in Köln bei ihrem Mann.

## 11. KAPITEL

Um kurz nach fünf machte Fischer sich auf den Weg zum Präsidium.

Er hatte ein langes Gespräch mit Martina geführt. Sie hatte sich noch mal entschuldigt.

Leise fluchend stieg er die Steintreppe in den vierten Stock hoch. Gestern erst hatte er sich in den Urlaub verabschiedet und heute war er wieder da. Wenn er mit Martina auf die Malediven geflogen wäre, hätten sie ihn auch nicht erreichen können.

Die Tür des Besprechungszimmers stand auf. Die pralle Sonne beschien den Raum und trotz weit aufgerissener Fenster war es so heiß wie in der Sauna. Zwei Mechaniker schraubten an den Rollladenkästen.

Sabine Thelen trug einen Stuhl aus dem Raum.

»Jürgen, schön, dass du da bist.« Sie biss sich auf die Lippe, grinste dann schief. »Wir treffen uns in meinem Büro.«

»Was ist denn mit dem Rollladen?«

»Kaputt. Ich hoffe, sie bekommen es schnell in den Griff oder das Wetter schlägt um. Ist ja kaum auszuhalten da drin. Mein Büro liegt im Schatten.«

»Dein Büro ist winzig.«

»Richtig, aber wir sind ja auch nur wenige. Dieter hat sich gerade krankgemeldet.«

»Schon wieder?« Sobald irgendjemand der Kollegen krank war, konnte man davon ausgehen, dass Dieter es auch bekam.

»Ja, allerdings bildet er es sich diesmal nicht ein. Es hat ihn hier erwischt und wir waren froh, als er es nach einer Stunde endlich aus dem WC schaffte.«

»Erspare mir die Details.«

Fischer nahm einen der unbequemen Plastikstühle und folgte Sabine in ihr Büro. Sie schob die Unterlagen auf ihrem Schreibtisch zusammen und jemand stellte zwei Flaschen Wasser und ein paar Gläser hin.

Werner Altmann saß in der Ecke. Er hatte den Schlips abgenommen und die Ärmel seines Hemdes aufgerollt.

»Sind alle da?«

»Alle, die den heutigen Tag überstanden haben.« Sabine lachte leise.

»Fischer, es tut mir leid um Ihren Urlaub.«

»Ich dachte, ich wäre nur pro forma hier.« Fischer nahm sich ein Glas Wasser.

»Solange nichts weiter los ist, ja. Hoffen wir, dass es so bleibt.« Altmann schlug die Beine übereinander. »Ich habe vorhin mit Sigrid telefoniert. Guido hat die Operation überstanden, aber es ist immer noch kritisch.«

»Was ist denn überhaupt passiert?«, fragte Fischer.

»Ein Lastwagen ist auf Autos aufgefahren, die an einer Ampel standen. Der Fahrer war wohl eingeschlafen und hatte auch Alkohol im Blut. Es gab einen Toten und mehrere Schwerverletzte. Einer davon ist Guido. Er hat eine Beckenfraktur und einen Schädelbasisbruch. Die Milz ist gerissen und musste entfernt werden.«

»Ach du Scheiße!«

»Es wird eine Weile dauern, bis er wieder arbeiten kann.«

»Können wir irgendetwas für die Familie tun?«, fragte Fischer.

»Im Moment wohl nicht. Julia, seine Tochter, wohnt momentan bei uns. Sie ist mit meiner Tochter befreundet. Nächste Woche wissen wir sicherlich mehr und wenn Ermters Familie Unterstützung braucht, wird sie die von uns bekommen.«

Da sie sich alle wie eine große Familie fühlten, nickten alle zustimmend.

»Im Moment ist ja nicht viel los, was bei dem hohen Krankenstand auch besser ist. Ich habe mit der Rechtsmedizin in Duisburg gesprochen. Die Leiche ist eindeutig ermordet worden. Eine Neun-Millimeter-Waffe, Schuss in den Hinterkopf, die Kugel steckte noch. Der Mann ist nur teilweise skelettiert, er war in eine mit Wachs beschichtete Plane eingehüllt und die Sandschicht, die wohl über ihn geschüttet worden war, hat ihn gut abgedeckt. Dadurch ist er ausgetrocknet und mumifiziert.«

»Das wird aber doch jetzt kein Fall werden, oder doch?« Sabine schüttelte den Kopf.

»Wir werden den Fall aktenkundig machen. Aber das war es auch schon. Heute nachzuforschen, wer den Mann in den Kriegswirren ermordet hat, ist schlicht unmöglich.«

»Und er ist definitiv schon so lange tot?«

»Ja, er trug die schwarze Uniform der Wehrmacht.« Altmann öffnete die Mappe und balancierte sie auf seinen Knien. »Die Rechtsmedizin schreibt in dem Fax: schwarze Uniform, rosa Paspelierung. Ein Zeichen dafür, dass er zur Panzerspähtruppe gehörte. Niemand würde Jahre später noch so herumlaufen. Er hatte Briefe dabei, die auch aus der Zeit stammen. Außerdem wurde er mit einer MP 40 erschossen. Alles Indizien. Er wurde neben dem Blindgänger gefunden und ich bezweifle, dass jemand dort freiwillig ein Loch buddelt und eine Leiche ablegt. Da das Gelände zum Zoo gehört, wäre es nicht unbemerkt geblieben, wenn die Leiche erst in letzter Zeit dort abgelegt worden wäre.«

»Und wie verfahren wir jetzt?«, fragte Sabine.

»Durch seine Marke und die Feldpostnummer kann er identifiziert werden. Die Unterlagen sind schon unterwegs zu den entsprechenden Stellen in München und Potsdam. Wir werden dann sehen, wer er war und ob es noch Angehörige oder Nachfahren gibt. Die werden informiert und können ihn beisetzen. Akte geschlossen, Fall beendet.«

»Wenn es nur immer so schnell ginge.« Alle lachten.

»Da nichts weiter anliegt, können wir die Besprechung beenden.« Fischer streckte sich. Durch das ungewohnte Schleppen der Kartons hatte er Muskelkater. »Und wenn heute Nacht nichts weiter passiert, bitte ich euch, auf meine Anwesenheit bei der Frühbesprechung zu verzichten. Morgen kommt der Umzugswagen … Ich bin natürlich telefonisch erreichbar, sollte etwas sein.«

Erleichtert verließen alle das kleine Büro. Obwohl der Raum nur morgens von der Sonne beschienen wurde und das Fenster weit geöffnet war, stand jetzt die Luft im Raum.

»Darf ich die Akte haben?«, fragte Fischer, als Altmann an ihm vorbeiging.

»Aber natürlich. Doch warum?«

»Die Details interessieren mich einfach. Wer weiß, ob ich Zeit habe, darin zu lesen, aber vornehmen kann ich es mir ja mal.«

Altmann nickte. »Ich wünsche Ihnen einen guten Umzug. Mein letzter ist Jahre her, aber ich erinnere mich noch an das Chaos. Fürchterlich.«

»Spaß macht es nicht, das stimmt. Aber meine neue Herberge ist wesentlich gemütlicher als das Wohnklo, in dem ich bisher gehaust habe.« Fischer wunderte sich über den freundlichen Ton des Staatsanwalts. In der Vergangenheit waren sie öfters aneinandergeraten.

»Und die nette Mitbewohnerin bekommen Sie obendrauf.« Altmann zwinkerte Fischer zu. »Schönen Gruß an die Kollegin.«

# 12. KAPITEL

»Hast du viel Stress, Jürgen?« Sabine räumte die Gläser zusammen.

»Mit dem Umzug? Ich habe es mir schlimmer vorgestellt.« Er rieb sich nachdenklich über das Kinn. »Wo ist eigentlich Oliver? Auch krank?«

Sabine lachte. »Ja, aber nur heute. Der hat gestern einen über den Durst getrunken. Liebeskummer.«

»Oh je. Er hatte mir erzählt, dass es Streit gab.«

»Und jetzt ist es vorbei. Manchmal ist das so.« Sabine runzelte die Stirn.

Fischer sah sie nachdenklich an. Etwas anderes lag ihm noch auf der Seele, aber er wusste nicht, wie er anfangen sollte. Die beiden hatten ein sehr enges, freundschaftliches Verhältnis zueinander, seit Fischer sie vor zwei Jahren aus den Händen eines Entführers befreit hatte. Dieser Mann, ein Kollege, war auch für den Tod ihres Lebensgefährten verantwortlich. Durch die brutale Gewalttat verlor Sabine ihr Baby. Seitdem war Jürgen eine Art väterlicher Freund für sie.

Ob ihm das aber das Recht gab, einige Fragen zu stellen, wusste er nicht sicher.

»Hast du irgendetwas, Jürgen?«

»Nun ja, ich wollte dich etwas fragen.« Er räusperte sich.

Sabine warf einen Blick auf ihre Uhr. »Lass uns zusammen einen Kaffee trinken. Drüben im BarCelona.«

Sie hatten Glück, dass gerade einer der Tische auf dem Platz vor dem Café frei wurde. Fischer nahm die Zigaretten hervor, hielt sie in der Hand, steckte sie dann wieder in die Tasche.

»Na, wie klappt es mit dem weniger Rauchen?« Sabine lächelte.

»Es geht so.« Er stockte.

»Komm, spucke es aus. Was hast du?«

»Es geht um Martina. Ist ein wenig kompliziert. Ich weiß auch gar nicht, ob ich das Recht habe, dich das zu fragen.«

»Das weiß ich auch erst dann, wenn du fragst.«

»Es ist alles nicht so ganz einfach für sie. Ich meine, wir wollten beide zusammenziehen, das war klar. Meine Wohnung war natürlich absolut indiskutabel.«

»Ihr habt euch doch ein Haus gemietet?«

»Ja, in Traar. Ich wollte nicht in ihr Haus ziehen. Wegen ihrem verstorbenen Mann.«

Sabine senkte den Kopf und starrte auf ihre Hände.

»Sie hat ihren Partner verloren. So wie du.« Nun nahm Fischer doch eine Zigarette, steckte sie an. »An ihrem Haus hängen alle ihre Erinnerungen. Dort waren sie glücklich. Ich konnte nicht dahin ziehen. Martina hatte mir angeboten alles zu ändern, zu renovieren, zu streichen. Ich konnte es trotzdem nicht. Deshalb haben wir ein neues Haus gesucht. Sie nimmt viele Möbel mit, ich keine. Das stört mich nicht.« Er zog an der Zigarette, inhalierte tief.

»Was stört dich dann?«

Fischer überlegte. »Stören ist das falsche Wort. Ich möchte einen Neuanfang. Ich habe mit Susanne abgeschlossen. Aber Susanne lebt noch. In Münster.«

»Und ihr Mann lebt nur noch in ihren Erinnerungen.« Sabine nickte. »Gibst du mir eine?«

Wortlos schob Fischer die Zigarettenschachtel über den Tisch, gab ihr Feuer.

»Es ist schwer, Jürgen. Das weißt du.«

»Ich kann es nur ahnen. Erkläre es mir.«

»Ich finde es gut, dass ihr euch zusammen etwas Neues gesucht habt. So kann sein Geist euch nicht heimsuchen.« Sabine lachte leise, zog an der Zigarette, hustete. »Scheiße, ich sollte es lassen. Es schmeckt noch nicht einmal.« Sie drückte die Zigarette im Aschenbecher aus.

»Sein Geist. Ja, das Gefühl habe ich auch. Irgendwie ist der da. Was mach ich dagegen?«

»Klingt ein bisschen sehr esoterisch für zwei Menschen wie uns.« Wieder lachte Sabine leise. »Aber es ist so. Wenn jemand stirbt, stirbt er nie so ganz. Wir bewahren ihn in unseren Erinnerungen.« Sie holte tief Luft. »Erst wenn wir ihn vergessen, ist er wirklich tot.«

Fischer kniff die Augen zusammen, strich mit der flachen Hand über seine Haare. Er meinte, es knistern zu hören.

»Aber das Leben geht weiter, Jürgen. Ein Stück von einem selbst stirbt mit, ein anderes Stück lebt mit der Erinnerung weiter.«

»Und wo ist Platz?«

»Platz für einen anderen? Das kann ich dir nun wirklich nicht beantworten. Ich weiß es nicht. Aber ich denke, einen neuen Wohnort suchen, neu anzufangen, das ist schon der richtige Weg.«

»Was ist mit dir, Sabine?«

»In meinem Leben ist noch niemand aufgetaucht, der Raum brauchte.«

»Martina hat gestern Sachen gepackt.« Jürgen schluckte, zündete sich eine weitere Zigarette an, hasste sich dafür, aber genoss den Geschmack des Nikotins. »Sie ist über Nacht nicht nach Hause gekommen. Ich meine, sie ist nicht in unser Haus in Traar gekommen, sondern in Moers geblieben. In ihrem Haus. Ihrem und dem ihres Mannes.«

»Warum?«

»Sie sagt, sie hätte alte Fotoalben gefunden, wäre darüber verzweifelt und schließlich eingeschlafen.«

»Kann ich verstehen.«

»Ich nicht. Hilf mir.«

»Du verstehst es nicht?«

»Irgendwie schon. Aber war dann unser Entschluss zusammenzuziehen falsch? Ich kann doch nicht gegen einen toten Mann ankämpfen. Susanne ist keine Konkurrenz für Martina. Susanne hat tausend Fehler und will mich nicht mehr. Martinas Mann ist tot. Er hatte keine Fehler, er hat sie nicht willentlich verlassen, er ist gestorben. Sie liebt ihn immer noch.«

»Vermutlich.« Sabine war froh, dass der Kaffee gebracht wurde. Sie nippte an dem heißen Getränk.

Fischer sah sie fragend an.

»Na ja.« Sabine rutschte unruhig auf dem Stuhl herum. »Sie will doch dich, will mit dir zusammen sein, zusammenziehen.«

»Ja.« Jürgen senkte den Kopf.

»Es ist nicht so einfach.«

»Das habe ich nie angenommen, Sabine.«

»Er ist noch da, in ihren Erinnerungen und vermutlich liebt sie ihn noch. Vielleicht hasst sie ihn auch.«

»Hasst?« Fischer schien das Wort auszuspucken.

»Ja. Natürlich. Ich hasse Martin.« Sabine schluckte hart. »Manchmal. Er ist tot und ich muss weiterleben. Sicherlich denkt man an die schönen Dinge. Klar. Aber auch an die Streitigkeiten, die Wut. Man kann nichts mehr klären. Ich kann ihn nichts mehr fragen, er kann mir keine Antworten geben. Wenn du wolltest, könntest du Susanne anrufen und sie fragen. ›Warum hast du dich damals so und so verhalten?‹ Ich kann das nicht mehr und Martina auch nicht.«

»Du hast schlechte Erinnerungen an Martin?«

Sabine nickte. »Manchmal hab ich mehr schlechte Erinnerungen als gute. Und ich bin wütend auf ihn. Und fühle mich verlassen, entsetzt, allein. Aber es hilft nicht. Er kommt nicht zurück, niemals. Ich muss damit abschließen, aber es ist verdammt schwer.«

»Hast du mal überlegt umzuziehen?«

»Jeden Tag, den Gott schafft.« Sabine stockte, lächelte Fischer dann an. »Martina hat die richtige Entscheidung getroffen, aber sie braucht Zeit. Gib sie ihr.«

»Natürlich gebe ich ihr alle Zeit der Welt. Ich will es nur richtig machen. Weißt du, sie redet nicht darüber. Und ihre Gedanken kann ich nicht lesen. Ich hoffe, du bist mir nicht böse, weil ich dich gefragt habe.«

»Es wird schon werden. Ich glaub an euch.«

Fischer hoffte inständig, dass sie Recht haben würde.

# 13. KAPITEL

**Dezember 1939**

Am 6. Oktober standen die Truppen bei Brest-Litowsk. Fritz verbrachte jede freie Minute vor dem Volksempfänger. An der Wand in seiner Stube hatte er eine große Landkarte gepinnt, auf der er den Frontverlauf mit Stecknadeln und Fähnchen festhielt. Als am 18. September die polnische Regierung floh, sah er seine Chancen schwinden, noch an die Front zu kommen.

Der Polenfeldzug wurde Ende Oktober für beendet erklärt. Fritz konzentrierte sich auf seine Ausbildung. Marschieren, Schießen, staatsbürgerlichen Unterricht, Truppenkunde. Am meisten genoss er die Stunden auf dem Panzerspähwagen.

»Soll ich dich abfragen?« Adolf und Fritz saßen sich in ihrer Stube am Tisch gegenüber, über die Bücher gebeugt.

»Ja, gerne.« Fritz schlug sein Buch zu, lehnte sich zurück.

»Bezeichnung?«

»Sd.Kfz. 234, Panzerspähwagen.«

»Reihe?«

»ARK.«

»Bauweise?«

»Kompakt. Rahmen und Wanne bestehen aus einem Teil. Allradlenkung. Zwei Fahrersitze, jeweils einer nach vorne, einer nach hinten.«

»Gänge?«

»Sechs Vorwärts- sowie sechs Rückwärtsgänge. Monocoque, Antrieb über Tatra, acht Räder.«

»Ausrüstung?«

»20 Millimeter KwK.«

»Wunderbar. Wenn du nun das Maschinengewehr blind auseinandernehmen und wieder zusammensetzen, es ohne Zeitverzögerung bestücken kannst, dann ist alles gut.«

»Scheiße ist alles.« Fritz holte das Etui aus der Tasche, nahm eine Zigarette heraus, klopfte damit auf den Tisch und steckte sie sich dann zwischen die Lippen. Er warf seinem Freund das silberne Etui zu.

»Was ist denn Scheiße?« Adolf zündete sich ebenfalls eine Zigarette an. Er schob den Stuhl zurück und legte die Füße auf den Tisch. Seine Stiefel waren sauber geputzt und glänzten.

»Polen ist vorbei. Und wir sitzen immer noch hier und drehen Däumchen. Was beneide ich die Truppe, die letztes Jahr ihre Ausbildung begonnen hat und wenigstens für ein paar Wochen dabei sein durfte. Diese Spielereien in der Heide sind doch was für Kinder. Ich will in den Kampf. Ich will etwas für das Vaterland leisten.«

»Ich habe gehört, dass sie einen neuen Panzerspähwagen entwickeln. Mit einer 50-Millimeter-Kanone.«

»Das wäre ja was. Den möchte ich fahren. Aber nicht hier im Gelände.«

Fritz spürte, dass etwas vor sich ging. Spannung wie Elektrizität lag über der Kaserne.

Er arbeitete hart, lernte jeden Abend. Es machte ihm Spaß. Seinen Führerschein erwarb er auf einem Opel Olympia. Da die 3. Panzerdivision am Polenfeldzug teilnahm, waren sie, abgesehen von der Fahrschule, fast alleine in der Kaserne. Obwohl Fritz alle Informationen in sich aufnahm wie ein Schwamm das Wasser, wartete er doch sehnsüchtig auf seinen ersten Einsatz.

Die zweite und verbesserte Baureihe des Sd.Kzf., des Spähwagens, wurde geliefert. Sie machten sich mit dem Fahrzeug vertraut, übten Geländefahrten tags und nachts.

Als sie den Lehrgang endlich beendet hatten und nach Cottbus verlegt wurden, stieg Fritz' Anspannung. Wieder wurden sie geschult, hatten Unterricht und Fahrten auf den neuen Wagen. Die Spähwagen konnten bei gutem Gelände 60 Stundenkilometer schaffen.

Jeden Abend saß er vor dem Volksempfänger und hörte die Nachrichten. Auch in Cottbus hatte er seine Landkarte aufgehängt, trug jede Veränderung ein, führte ein Tagebuch über die Sondermeldungen. Doch die Zeit zog sich dahin, ohne dass sie eingesetzt wurden.

## 14. KAPITEL

»Links, mehr nach links! Noch ein Stückchen!«

Heute Morgen hatten die Monteure des Umzugsunternehmens die Küche in Martinas Haus abgebaut. Jetzt trugen sie die Schränke und Elektrogeräte in das neue Haus und bauten sie auf.

Bis zum Abend, das hatten sie versprochen, würden sie fertig sein. Martina räumte Bücher in die Regale im Wohnzimmer. Jürgen hatte versucht ihr zu helfen, doch sie hatte ein eigenes System und schickte ihn weg. Er versuchte, hier und da mit anzufassen, hatte aber das Gefühl, eher im Weg zu sein als zu helfen.

»Jürgen, fahr doch mal zur Bäckerei. Ich habe belegte Brötchen bestellt«, rief Martina aus dem Wohnzimmer.

Als Fischer die Tabletts mit den Brötchen in seinen Wagen lud, klingelte das Handy. Die Nummer vom Präsidium stand auf dem Display.

»Jürgen? Ich weiß, es ist ein ungünstiger Zeitpunkt, aber ich fürchte, du musst kommen.« Oliver Brackhausen klang nervös.

Fischer stöhnte auf. »Was ist passiert?«

»Eine Leiche wurde im Zoo gefunden.«

»Das weiß ich doch.« Fischer hatte die Akte gestern auf seinen Nachttisch gelegt, aber nicht mehr darin gelesen.

»Nein, da ist ein weiterer Toter.«

»Wo?«

»Im Zoo, hab ich doch gesagt.«

»Könntest du ein wenig mehr ins Detail gehen? Ist dort jemand gestorben? Hitzschlag? Oder gab es einen Unfall?«

Fischer hielt die Luft an.

»Nein, es sieht so aus, als wäre jemand ermordet worden. Der Mann liegt in der Baugrube. Da, wo die Bombe war.«

»Das kann doch wohl nicht wahr sein«, murmelte Fischer. »Wer ist dort?«

»Sabine. Sie rief gerade an und sagte, dass wir von einem Gewaltverbrechen ausgehen müssen.«

»Wunderbar. Ich komme zum Präsidium. Nein, Quatsch. Ich fahre direkt zum Zoo.«

Fischer brachte die Brötchen nach Hause. Martina war nicht erfreut über die Neuigkeiten, verabschiedete ihn jedoch mit einem Kuss.

Sabine wartete schon am Eingang des Zoos auf ihn. Die Sonne schien von einem fahlen Himmel und es war schwülwarm. Es würde sicher später gewittern.

Fischer wischte sich den Schweiß aus dem Nacken.

»Der gleiche Fundort?«

Sabine nickte stumm. Sie hatte ihre blonden Haare zu einem lockeren Knoten hochgebunden und trug Jeans und T-Shirt.

»Ich war noch nicht an der Leiche dran, aber es sieht so aus, als sei sie erschossen worden. Die Spurensicherung ist da und der Rechtsmediziner ist unterwegs.«

»Verdammt.« Fischer rieb sich über die Stirn.

»Tut mir leid. Was macht der Umzug?«

Sie gingen an den Kamelen und Eseln vorbei Richtung Regenwaldhaus. Es roch intensiv nach Tier. Fischer hörte das laute Bellen der Seehunde.

»Der Umzug läuft. Wir haben ein Unternehmen beauftragt. Quasi all-inclusive. Sie bauen ab und wieder auf, stellen sogar die Gläser in den Küchenschrank.«

»Nett, aber sicherlich teuer.«

»Es spart Nerven. Das war es uns wert.«

Sie gingen um die Absperrung der Baustelle herum und traten an die Grube.

»Wann wurde die Leiche entdeckt?«

»Vor gut einer Stunde. Ich bin sofort hierher gefahren.

Die Arbeiter wollten heute hier weitermachen, da ja die Bergung des Blindgängers und der Leiche einige Zeit in Anspruch genommen hat. In der Zwischenzeit wurde der Bagger wo anders eingesetzt.«

»Vor einer Stunde erst?« Fischer schüttelte verwundert den Kopf.

»Der Platz ist abseits des üblichen Rummels. Die Tierpfleger kommen hier nicht vorbei. Keiner hatte einen Grund, in die Grube zu schauen.«

»Klingt logisch.« Fischer schaute nach unten. Ein Mann in einer grünen Arbeitshose und einem weißen T-Shirt lag auf dem Bauch in der Grube. Sein Kopf war von oben nicht richtig zu erkennen, aber Fischer meinte Blut in den Haaren zu sehen.

»War irgendjemand unten?«

Sabine schüttelte den Kopf. Der Fotograf war inzwischen eingetroffen und machte Bilder von allen Seiten. Die Kollegen von der Spurensicherung warteten abseits. Fischer ging zu ihnen.

»Sobald der Rechtsmediziner da ist, könnt ihr loslegen.«

»Wir haben die Umgebung schon angeschaut«, sagte Siegfried Brüx. »Hier brauchbare Spuren zu finden, dürfte so gut wie unmöglich sein. Der Zoo wird jeden Tag gut besucht. Und vorgestern waren die Leute vom Kampfmittelräumdienst hier und haben alles platt getrampelt. Jede Menge Kippen, Papier, Fußspuren ohne Ende.«

Fischer biss sich auf die Unterlippe. »Da werden wir ja Spaß haben.«

»Guten Tag, bin ich hier richtig?« Eine Frau trat zu ihnen. Sie war mindestens 1,80 Meter groß, sehr schlank und hatte das feuerrote Haar hochgesteckt, so dass sie noch größer wirkte. »Maria Papanikolaou, Rechtsmedizin Duisburg.«

»Was ist mit Doktor Meyer?« Fischer rieb sich über das Kinn. »Entschuldigung. Ja, Sie sind hier richtig. Fischer, Hauptkommissar Jürgen Fischer KK 11. Die Leiche liegt da vorne in der Baugrube.«

Doktor Papanikolaou lachte. Sie streckte Fischer die Hand entgegen. Ihr Händedruck war fest und trocken. »Meyer hat Urlaub. Ich bin die Vertretung. Was ist passiert?«

»So genau wissen wir das noch nicht. Wir haben auf Sie gewartet. Vor drei Tagen wurde ein Blindgänger aus dem Krieg bei Bauarbeiten entdeckt. Daneben lag ein toter Soldat.«

»Richtig. Der ist im Moment noch bei mir in der Kühlkammer. Haben Sie schon herausgefunden, wer er war?«

Fischer schüttelte den Kopf. »Ich weiß es nicht. Ich war heute noch nicht im Präsidium. Jedenfalls ist vorhin an genau derselben Stelle eine weitere Leiche gefunden worden.«

»Dann schauen wir uns das doch mal an.«

Drei Stunden später betrat Fischer den Besprechungsraum im vierten Stock des Präsidiums. Er meinte, die Luft wegschieben zu müssen, so drückend war es. Zwar waren die Jalousien repariert worden, aber eine Klimaanlage besaßen sie nicht. Jemand hatte zwei Ventilatoren mitgebracht und aufgestellt. Doch das half kaum gegen die schwüle Luft. Der Himmel hatte die Farbe von dunklem Aluminium. Das Gewitter konnte nicht mehr lange auf sich warten lassen.

Der Hauptkommissar war nach Hause gefahren, nachdem die Leiche geborgen und weggebracht worden war. Der Mann war vermutlich durch einen Schuss in den Hinterkopf getötet worden. Voller Entsetzen hatten Mitarbeiter des Zoos ihn als einen Kollegen identifiziert. Der junge Tierpfleger war nur 28 Jahre alt geworden.

Fischer hoffte, dass jetzt erste Ergebnisse der Spurensicherung vorliegen würden. Sein Blick glitt über die anwesenden Kollegen. Sie waren nur zu siebt, viel zu wenig für eine Mordkommission.

»Möchte jemand Wasser?« Oliver Brackhausen stellte drei gekühlte Flaschen Mineralwasser auf den Tisch. Alle griffen zu.

»Was haben wir?« Fischer setzte sich an das Kopfende des Tisches, eigentlich war das Ermters Platz. »Hat jemand etwas von Guido gehört?«

»Altmann hat heute Mittag mit Sigrid telefoniert. Es geht ihm besser, aber es ist immer noch kritisch. Er muss aber nicht mehr beatmet werden.« Sabine nahm sich auch ein Glas Wasser.

»Wo ist Altmann überhaupt?« Fischer krempelte die Hemdärmel hoch.

»Bei Gericht. Er meinte aber, dass das nicht lange dauert und er wollte noch kommen.«

»Also gut. Ich habe ein Fax aus der Rechtsmedizin. Der Verstorbene, Henning Roepstorf, war 28 Jahre alt, 1,78 Meter groß, knappe 80 Kilo schwer. Körperlich fit, durchtrainiert. Er hat gestern Abend zuletzt etwas zu sich genommen, und zwar Bier, Würstchen und Kartoffelsalat.« Fischer schlug die Seite um. »Der Blutalkoholwert ergab, dass er keinesfalls betrunken war. Der Adrenalinspiegel war hoch, was bedeutet, dass er vermutlich wusste, dass er sich in einer Gefahrensituation befand.«

Fischer nahm sein Glas, trank einen Schluck. »Gestorben ist er durch einen Schuss in den Hinterkopf. Die Waffe, ein Neun-Millimeter-Gewehr vermutlich, wurde nicht aufgesetzt, muss mindestens aus einem halben Meter Entfernung abgefeuert worden sein. Die Kugel steckte im Kopf. Todeszeitpunkt wahrscheinlich zwischen drei oder vier Uhr heute Morgen.« Er sah auf.

»Der Mann wurde nicht im Zoo erschossen«, fügte Siegfried Brüx hinzu. »Wir haben zwar Blut gefunden, aber nicht annähernd so viel, dass er dort getötet worden sein kann. Wie so oft hatten sich seine Blase und der Darm nach dem Tod entleert, aber es waren keine Urin- oder Kotspuren unter der Leiche zu finden. Wohl aber in der Kleidung. Ich habe den Eindruck, dass die Leiche dort nur abgeladen wurde.«

»Ich habe es nicht verfolgen können, wie viel ist über den toten Soldaten in der Presse berichtet worden?«, fragte Fischer.

»Eine halbe Seite, sowohl in der Rheinischen Post als auch in der Westdeutschen Zeitung. Die WZ hatte Bilder vom Tatort. Meinst du, es war ein Trittbrettfahrer, der den Fundort für eine gute Idee hielt?«

»Möglicherweise. Allerdings muss dem Täter klar sein, dass wir die Leiche heute finden. Der Zoo ist ja kein abgelegenes Waldstück.« Fischer atmete hörbar aus.

»Ich habe versucht die Familie ausfindig zu machen. Es gibt in Krefeld nur seine Großmutter. Seine Mutter wohnt in Amerika. Er hatte eine Freundin, allerdings war das wohl nur eine lockere Beziehung«, sagte Sabine.

»Was verstehst du unter ›lockerer Beziehung‹?« Jürgen sah sie fragend an.

»Sie haben sich getroffen, sind miteinander ausgegangen. Nichts wirklich Festes. Sie haben nicht zusammen gewohnt.«

»Aber eine sexuelle Beziehung?«

»Ich glaube schon. Sie war entsetzt, als ich ihr von seinem Tod berichtet habe, hat geweint.«

»Wir müssen sie befragen. Und die Großmutter.« Jürgen schenkte sich nachdenklich ein neues Glas ein.

»Die ist fast 90 und wohnt im Altenheim. Ich war bei ihr. Mir ist nicht ganz klar, ob sie mich wirklich verstanden hat und begreifen konnte, was passiert ist. Als ich sagte: Henning, ihr Enkel, ist tot, hat sie mich entrüstet angesehen und gesagt: ich weiß, dass Henning tot ist. Dann hat auch sie geweint. Ich werde gleich noch mal zu ihr fahren. Sie wohnt am Wilmendyk.« Sabine strich sich das Haar aus der Stirn. Es war heiß und stickig im Raum.

»Gut. Wir sind zu wenig Leute. Ich werde zusehen, wer noch von der Wache West abkömmlich ist. Heute Abend gilt es, das Umfeld des Opfers zu erforschen. Mögliche Feinde, Krach im Freundeskreis oder unter Kollegen zu finden. Je schneller wir auf einen Tatverdächtigen treffen umso besser. Ein Motiv wäre auch nicht schlecht. Wer macht die Spurensammlung?« Fischer schaute in die Runde.

»Ich.« Philipp Verhöffen zeigte auf. Er war relativ neu dabei. Fischer war froh, dass er sich freiwillig meldete. Die Spuren zu übernehmen war eine undankbare Aufgabe. Alle Berichte und Zeugenbefragungen, die hereinkamen, mussten sortiert und kopiert werden, sodass jeder der MK schnellstmöglich auf dem neuesten Stand war. Viel Bürokratie, jede Menge langweiliger Arbeit.

»Sabine und Oliver, ihr besucht noch mal die alte Dame und die Freundin. Ich möchte Namen aus dem Freundeskreis, seine Hobbys und so weiter. Was hat er gemacht und mit wem? Wo gab es Ärger?« Fischer schnaufte. »Dieter und Markus, ihr nehmt euch die Kollegen vor. Seit wann hat er im Zoo gearbeitet, in welchem Bereich, wie war er, mit wem hat er sich verstanden, mit wem nicht. Siegfried, ich möchte, dass ihr versucht Hunde von der Staffel aus Düsseldorf oder Köln zu bekommen. Vielleicht wurde er irgendwo an anderer Stelle im Zoo ermordet.«

»Ich hab schon angefragt. Es wird schwierig werden. Im Zoo wird jede Menge rohes, blutiges Fleisch verfüttert, manchmal auch Lebendfutter. Und der Wildgeruch der Tiere könnte die Hunde zusätzlich irritieren. Aber wir werden es versuchen. Noch heute Abend. So sehr ich mir einen erfrischenden Regenguss wünsche«, sagte er und schaute nach draußen, »so sehr hoffe ich aber auch, dass dieser erst morgen kommt. Regen könnte die Suche noch erschweren.«

»Gut, ihr beide«, Fischer zeigte auf zwei weitere Kollegen, »übernehmt das Umfeld. Findet alles über ihn heraus, was es gibt. Wo hat er gewohnt?«

»Rheinstraße. Im Haus neben dir.« Sabine räusperte sich.

»Ist nicht dein Ernst. Na ja, ich hab so gut wie keinen meiner Nachbarn gekannt.« Fischer schluckte. Es war trotzdem ein seltsames Gefühl. »Warst du schon in seiner Wohnung?«

Sabine schüttelte den Kopf. »Ich hab die Adresse gerade erst herausbekommen. In seiner Karteikarte im Zoo stand eine ältere Adresse.«

»Okay. Spurensicherung in die Wohnung und danach alles absuchen. Jeder winzige Hinweis, den wir finden können, bringt uns weiter.« Fischer stand auf. »Wir sehen uns in zwei Stunden. Sollte etwas sein, dann auch eher.«

## 15. KAPITEL

War es ein Zufall, dass der Tote in der Grube im Zoo abgeladen wurde oder war es Absicht? Fischer las noch einmal alle bisher vorliegenden Informationen. Es war ein Neun-Millimeter-Geschoss, die Waffe wurde jedoch in dem Bericht nicht erwähnt. Oliver war mit in Duisburg gewesen, um die Obduktion zu begleiten. Jetzt war er mit Sabine unterwegs, um die Familie zu befragen.

Fischer nahm das Telefon und wählte die Nummer der Rechtsmedizin. Er hatte Glück.

»Papanikolaou.«

»Fischer, KK 11, Krefeld.«

»Guten Abend, Herr Fischer.«

»Ich schau mir gerade die Unterlagen an. Henning Roepstorf wurde durch ein Neun-Millimeter-Geschoss, getötet. Welche Waffe war das denn?«

Die Rechtsmedizinerin räusperte sich. »Ich bin da ein wenig unsicher und muss das abklären lassen. Genaueres weiß ich erst morgen.«

Diese Aussage war ungewöhnlich, aber Fischer nahm sie hin.

»Gibt es sonst noch etwas, was Ihnen aufgefallen ist?«

»Nein. Keinerlei Kampfspuren. Keine Abwehrspuren, er hat nicht versucht sich zu wehren. Da war Dreck unter den Fingernägeln. Stalldreck, Spuren von Vogelfedern, Mist. Keine Haut, kein Blut. Keine frisch abgebrochenen Nägel. Auch sonst keine Verletzung. Ein paar blaue Flecke, aber die sind schon älter.«

»Hinweise darauf, dass er sich geprügelt hat?«

»Die Flecke waren an den Beinen, an den Außenseiten der Oberschenkel knapp über dem Knie. Sieht für mich so aus, als hätte er sich dort regelmäßig gestoßen. Er war Tierpfleger?«

»Richtig.« Fischer nickte.

»Dann könnten das Male von den Eimern sein, die er zu tragen hatte.«

Der Hauptkommissar überlegte, versuchte, es sich bildlich vorzustellen. »Das macht Sinn.«

»Ein sehr blauer Zeh, der Fußnagel war dabei abzufallen. Der große Zeh rechts. Ich reite … und habe so etwas auch schon ein paar Mal gehabt. Ein Pferd war mir auf den Fuß getreten.«

»Also so etwas wie eine Arbeitsverletzung. Macht wieder Sinn.«

»Der Mann war gut durchtrainiert, aber nicht so, wie es Kraftsportler sind. Er ging einer harten, körperlichen Tätigkeit nach. Die Arme waren sonnengebräunt, auch das Gesicht und der Nacken. Alles, was ein T-Shirt bedeckt, war weiß. Ich halte ihn nicht für sportlich im Sinne von Sportler. Seine Blutwerte sind in Ordnung, das Adrenalin war erhöht, wie ich in meinem Bericht schrieb. Das deutet auf Stress oder einen Streit hin. Viel mehr kann ich so schnell noch nicht sagen. Sie haben meinen Bericht doch bekommen? Ich habe ihn gefaxt.«

»Ja, habe ich. Sobald Sie die Waffe wissen, geben Sie uns bitte Bescheid.«

»Na sicher.«

Fischer grübelte. Der Mann war im Stress gewesen, ein Streit oder er wurde bedroht. Er hatte sich aber nicht gewehrt, war von hinten erschossen worden. Das sprach dafür, dass er den Täter gekannt hatte. Der Täter könnte also aus dem Umfeld des Opfers stammen.

Roepstorfs Vater war laut den Unterlagen vor 20 Jahren bei einem Autounfall ums Leben gekommen. Damals war der Sohn acht Jahre alt. Als er 13 war, verließ die Mutter mit ihrem zweiten Mann das Land und ging nach Amerika. Wo war der Junge danach?

Er hatte seinen Schulabschluss gemacht, Zivildienst abgeleistet und hatte anschließend die Ausbildung zum Tierpfleger angefangen. Erst bei einer Tierklinik in Düsseldorf, dann beim Krefelder Zoo. Er war übernommen worden und arbeitete seitdem dort.

Und er war auch dort tot gefunden, vielleicht auch umgebracht worden. Lag das Motiv in seiner Arbeit? Fischer wusste zu wenig, um sich einen Reim darauf machen zu können.

Dass zwei Männer erschossen worden waren und an der gleichen Stelle gefunden wurden, nur dass die Morde über 60 Jahre auseinanderlagen, konnte ein Zufall sein. Er fand es trotzdem merkwürdig.

Sein Diensttelefon klingelte.

»Fischer.«

»Hallo, Jürgen. Hier ist Hansi.«

Fischer brauchte einen Moment, bis er die Stimme einem Gesicht zuordnen konnte. Hans-Jürgen Müller, Hauptkommissar der Schutzpolizei in Münster.

»Hansi. Wie geht es dir? Das ist ja schon Jahre her …«

»Ja. Wir wollten in Kontakt bleiben, aber wie das so ist …«

Im Hintergrund grollte der Donner. Fischer drehte sich um, schaute aus dem Fenster. Es war nachtschwarz, dabei war es noch nicht einmal 20 Uhr. In der Ferne zuckten Blitze.

»Du hattest angerufen. Meine Kollegin hat das weitergegeben. Ich stecke aber mitten …«

»Ja«, unterbrach Müller ihn. »Ich hatte angerufen. Und das nicht ohne Grund. Hast du irgendwie Ärger?«

»Ärger? Ich habe einen aktuellen Mordfall und eigentlich ziehe ich um und hätte Urlaub. Mein Chef hatte einen schweren Unfall und ich muss ihn vertreten. Die Hälfte der Truppe ist krank. Kotzerei. Aber ansonsten geht es mir gut.«

»Keine Drohanrufe oder Briefe?«

Fischer zögerte. Ihm fiel die Postkarte ein. Aber war das eine Bedrohung? Sie war ohne jeden Text. Nur ein Friedhofskreuz.

»Wieso fragst du?«

»Wir hatten einen Mann in U-Haft sitzen. In seiner Jackentasche war ein Zettel mit deinem Namen und deiner alten Adresse in Münster und der des Präsidiums in Krefeld.«

»Ach? Weswegen habt ihr ihn verhaftet?«

»Randale. Aber er hat eine lange, eine sehr lange Karteikarte. Diesmal mussten wir ihn gehen lassen. Heute Morgen. Ich wollte dich vorher gesprochen haben. Hat leider nicht geklappt.«

»Wie heißt der Mann?«

»Du wirst lachen, er heißt Fromm. Karl Fromm. Sagt dir der Name etwas?«

Fischer dachte nach. »Nein. Nichts. Weshalb hatte er meine Anschrift und woher?«

»Das frag ich mich auch.«

»Ich versuch mal meine Frau zu erreichen und ruf dich dann zurück. Vielleicht hat sie ja Ärger.«

»Wohnt Susanne noch in Münster? Grüß sie von mir.«

Fischer legte auf, wählte die Nummer seiner Frau. Es tutete mindestens 20-mal, aber keiner ging dran. Freitagabend. Vielleicht war sie unterwegs.

Fischer überlegte kurz, dann wählte er eine Nummer in Berlin.

»Hallo?« Die Stimme war ihm unbekannt und klang verschlafen.

»Ist Florian Fischer da?«

»Nö, der ist unterwegs. Wer will das denn wissen?«

»Ich bin sein Vater. Wann kommt er denn wieder und wer sind Sie?«

»Ich bin sein Vater«, sagte der junge Mann auf der anderen Seite der Leitung mit tiefer Stimme und lachte dann. »Ich bin nur sein Mitbewohner. Keine Ahnung, wann Florian wiederkommt.«

»Würden Sie ihm bitte ausrichten, dass er mich dringend zurückrufen soll? Oder haben Sie seine Handynummer?«

»Klar habe ich seine Handynummer. Aber die nutzt Ihnen nichts. Das Handy liegt seit Tagen in der Küche. Er vergisst es immer. Ich sag ihm, dass Sie angerufen haben.« Der Mann gähnte herzhaft und legte auf.

Wieder versuchte Fischer, seine Frau zu erreichen. Immer noch nahm niemand ab.

Sebastian, sein anderer Sohn, war gerade auf Exkursion in Schottland. Zu ihm hatte Fischer einen engeren Kontakt als zu Florian. Aber Sebastian hatte sein Handy absichtlich nicht mitgenommen.

Fischer fluchte. Dann rief er seinen Kollegen in Münster zurück.

»Hansi? Ich kann Susanne nicht erreichen.« Seine Stimme klang gepresst.

»Ist sie unterwegs? Wann hast du sie heute das letzte Mal gesprochen?«

Fischer zündete sich eine Zigarette an. »Ich habe sie heute noch gar nicht gesprochen und ich weiß auch nicht, ob sie unterwegs ist. Wir haben uns getrennt.«

»Oh.« Müller schwieg. Dann hustete er verlegen. »Das wusste ich nicht.«

»Du wusstest es nicht und derjenige, der meine alte Adresse hatte, weiß es auch nicht. Wenn er etwas von mir will, wird er vermutlich dort suchen.«

»Möglich.«

»Kannst du eine Streife hinschicken? Ich mach mir gerade Sorgen.«

»Weshalb?« Müllers Stimme wurde vier Grad ernster. »Ist doch etwas vorgefallen?«

»Kannst du dich noch an den Fall Schröter erinnern? Der durchgeknallte Kerl, der die Stricher umgebracht hat.«

»Ja.« Sie hatten damals zusammen an dem Fall gearbeitet.

»Schröter hatte mir doch immer Postkarten geschickt. Immer bevor er den nächsten Mord beging.«

»Ich erinnere mich.«

»Eine Postkarte in der Art ist letzte Woche hier angekommen.«

»Angekommen?«

»Nun, mit der Post. Ins Präsidium. An mich persönlich gerichtet.«

»Heiliger Strohsack. Was ist mit Schröter? Er sitzt doch noch ein?«

»Er ist tot. In der Haft verstorben.«

Fischer hörte, wie Müller den Hörer beiseitelegte und Bescheid gab, eine Streife zu Fischers ehemaligem Haus zu schicken.

»Macht hinne, Leute. Bis einen Kilometer vor dem Haus ruhig mit Blaulicht, aber dann unauffällig heranfahren.« Dann nahm er den Hörer wieder hoch. »Gab es Spuren?«

»Nein, nichts. Es war auch nicht zu erkennen, wo der Brief abgeschickt worden war.« Fischer spürte, wie sich die Haare in seinem Nacken und auf seinen Armen aufrichteten.

»Schröter ist tot. Komplizen gab es keine. Wer könnte so etwas tun?«

Fischer nahm sich die nächste Zigarette. »Ich habe keinen blassen Schimmer. Aber vielleicht machen wir hier auch unnötig die Welle. Möglicherweise ist Susanne ausgegangen. Ich habe in der letzten Zeit nicht viel Kontakt zu ihr gehabt. Und die Postkarte ist von einem Spinner.«

»Von einem Spinner ist sie bestimmt. Fragt sich nur, was der von dir will.«

»Ich werde mal in die Datei gehen und den Namen Karl Fromm hier überprüfen.« Fischer schaltete seinen Computer an.

»Eine gute Idee. Und ich werde nach möglichen Verbindungen zu Schröter suchen. Vielleicht ergibt sich ja da ein Treffer. Und auch seine anderen ›Kontakte‹ werde ich überprüfen.« Müller schwieg einen Moment. »Ich melde mich, sobald ich etwas von der Streife gehört habe.«

Fischer legte auf. Dann versuchte er noch mal Susanne zu erreichen, wieder ohne Erfolg. Auch sein Sohn war noch nicht nach Hause gekommen. Fluchend loggte Fischer sich am Computer ein. Unter Karl Fromm fand er keinen Eintrag in Krefeld.

Plötzlich war ihm kalt. Die ersten dicken Regentropfen prasselten gegen das Fenster.

# 16. KAPITEL

**Frühjahr 1940**

»Kommen Sie mal her!« Der Spieß fing Fritz im Flur ab. Fritz schaute verstohlen an sich herab. Den losen Knopf hatte er heute früh noch festgenäht. Die Hose steckte in den Stiefeln, das Hemd war zugeknöpft. »Und Sie auch, Peerhoven.«

Adolf kam gerade um die Ecke und drückte schnell die Zigarette aus. »Jawoll!« Er grüßte genauso zackig wie Fritz, warf ihm einen Blick zu, zog die Augenbrauen nach oben.

Nach Abschluss ihres Lehrganges an der Panzertruppenschule in Wünstorf waren sie zur Panzeraufklärungs-Kompanie 580 nach Cottbus-Sachsendorf zur Geräteausbildung kommandiert worden. Im Dezember 1939 wurden sie schließlich an die Fahnenjunkerschule in Potsdam-Krampnitz kommandiert. Sie hatten gerade ihren Zugführerlehrgang abgeschlossen und waren zu Fahnenjunkern befördert worden.

Am letzten Freitag hatten sie ihren vierstündigen ›Urlaub‹ genutzt und waren nach Potsdam ins Bordell gefahren. Adolf hatte jemanden kennen gelernt, der ein Auto besaß und sie mitnahm. Es war ihnen eigentlich nicht gestattet, den Standort zu verlassen, aber wo kein Ankläger, da kein Gebüsch, sagte Adolf und lachte über Fritz' Skrupel. Sollte dieses Vergehen aufgeflogen sein? Fritz spürte die Schweißtropfen, die sich in seinem Nacken sammelten.

Der Spieß zog zwei Urlaubsscheine hervor. »Heimaturlaub. Von Freitag sechs Uhr bis Sonntag 18 Uhr.«

Überrascht nahmen sie die Scheine entgegen. Das letzte Mal war Fritz Weihnachten zu Hause gewesen und das auch nur für ein paar Stunden. Die Züge waren überfüllt und fuhren nicht planmäßig. Er war mittags erst in Hüls angekommen und musste abends schon wieder fahren. Seine Mutter hatte erst vor Freude geweint und dann, weil er nur so kurz bleiben konnte. Sie packte ihm Lebensmittel ein, hatte sogar Schokolade gehortet.

Die Art wie sie ihm wieder und wieder über den Arm gestrichen hatte, war ihm unangenehm gewesen.

»Mutti, ich bin jetzt erwachsen«, hatte er versucht, sie zu bremsen.

»Du bist und bleibst mein Sohn.«

»Nach Hause.« Nachdenklich legte Adolf den Schein auf den Tisch in ihrer Stube. »Was hat das wohl zu bedeuten?«

»Was wohl? Wir kommen an die Front. Wird ja auch langsam mal Zeit. Wir haben den Zugführerlehrgang hinter uns und müssen uns jetzt bewähren.«

»Frankreich, sie werden uns nach Frankreich schicken.« Adolfs Augen leuchteten. »Schöne Mädels, guter Wein.«

»Falls wir davon etwas zu Gesicht bekommen.« Obwohl Fritz dem Einsatz entgegenfieberte, glaubte er nicht an einen Spaziergang.

»Fährst du wirklich nach Hause?« Adolf ließ sich auf sein Bett fallen. Die Sprungfedern quietschten.

»Du etwa nicht?« Ein wenig scheute Fritz die Auseinandersetzung mit seinem Vater. Seit dieser die jüdischen Arbeiter hatte entlassen müssen, hatte sein Vater permanent schlechte Laune. Das hatte Fritz den Briefen seiner Mutter entnommen und den knappen Zeilen, die sein Vater manchmal hinzufügte.

Dabei ging es dem Geschäft gut wie seit langem nicht mehr. Sie hatten einen Auftrag der Wehrmacht bekommen, sollten Lastwagenplanen weben. Dafür mussten die Maschinen umgestellt werden, aber das war das kleinste Problem. Zwei Fremdarbeiter waren ihnen zugeteilt worden. Außerdem drei Jungen des RAD. Die neuen Arbeiter hatten keine Ahnung von den Maschinen, kein Gespür für Stoffe. Sein Vater musste alles überwachen und erklären. Aber da die Arbeiter noch nie mit Tuchen gearbeitet und von den Maschinen keine Ahnung hatten, war das mühsam.

Fritz' Vater verfluchte den Gauleiter und die zuständigen Behörden. Immerhin tat er das nicht öffentlich, sonst wäre ihnen der Auftrag sicherlich entzogen worden. Fritz wusste dies von einem Kameraden. Heinrich von Steglitz hatte durch seinen Vater regelmäßig Heimaturlaub und kam mit jeder Menge Klatsch und Informationen über Krefeld wieder zurück.

»Ich weiß nicht.« Adolf hatte bisher jeden Heimaturlaub abgelehnt. Er hatte seinem Vater die schnelle Hochzeit immer noch nicht verziehen, auch wenn er einsah, dass es für seine kleinen Schwestern sicherlich das Beste war.

Fritz und Adolf vermieden es, sich anzusehen. Ihnen beiden war klar, dass es auch das letzte Mal sein konnte, dass sie ihre Familie sahen. Obwohl sie endlich ihre Fähigkeiten beweisen wollten, war ihnen das Risiko bewusst.

»Ich fahre.« Fritz steckte den Urlaubsschein in seine Tasche. »Wenn ich eine ordentliche Verbindung bekomme.«

Am Freitagmorgen saßen sie beide im Abteil. Immer wieder wurde ihr Zug auf Nebengleise geleitet oder musste warten, um Truppentransporte passieren zu lassen.

»Wenn das so weitergeht, sind wir morgen noch nicht in Krefeld«, stöhnte Adolf. »Und ich bereue die Reise jetzt schon.«

»Na komm, vielleicht ist deine Stiefmutter ja ganz nett.« Fritz hatte Adolf nie genauer nach seiner Familie gefragt. Er wusste nur, dass sie ordentlich Geld besaßen. Adolf erzählte nichts und deshalb war Fritz sich sicher, dass er nicht darüber reden wollte.

»Sie ist nett.«

»Du kennst sie?« Fritz lehnte sich vor.

»Hätte mein Vater sie nicht geheiratet, hätte ich es getan.« Adolf stand auf und schob das Fenster nach unten. Er lehnte sich hinaus. »Wo zum Teufel sind wir hier?«

»Irgendwo bei Osnabrück.«

Erst gegen Abend erreichten sie Krefeld. Am Bahnhof verabschiedeten sie sich hastig voneinander, die Straßenbahn nach Hüls fuhr gerade ab. Im letzten Moment konnte Fritz noch aufspringen. Er stand am Fenster und sah die Stadt vorbeiziehen. Obwohl sich nicht viel verändert hatte, kam sie ihm doch fremd vor.

# 17. KAPITEL

»Eine furchtbare Familiengeschichte.« Sabine Thelen ließ sich auf den Stuhl fallen und strich sich die feuchten Haare aus der Stirn. »Wir waren bei der Großmutter, haben noch einmal in Ruhe mit ihr gesprochen. Eine Pflegerin war auch dabei, die kennt die Familie. Sie wusste Zusammenhänge und Dinge, die die alte Dame nicht mehr ganz auf die Reihe bekam.«

Jürgen Fischer lehnte sich zurück. Sein Atem ging zu schnell und immer wieder schaute er nervös zum Telefon. Noch hatte sich Hansi nicht gemeldet. Das konnte doch nicht so lange dauern, dachte Fischer. Sie hatten sich in seinem Büro versammelt, um die Ergebnisse der letzten Stunden zu besprechen.

»Anna Roepstorf, geborene Leinen, ist Jahrgang 1920. Sie heiratete Henning Roepstorf zu Kriegsbeginn. Die Ehe blieb erst kinderlos. Auf seinem letzten Heimaturlaub zeugten sie ein Kind. In den letzten Kriegstagen kam ihr Mann bei einem Fliegerangriff ums Leben. Den Jungen, Gerd, zog die Frau alleine groß. Gerd heiratete, bekam mit seiner Frau einen Sohn. Zum Andenken an den Vater, den er nie kennen gelernt hat, nannten sie das Kind Henning.« Sabine blätterte in ihren Notizen. »1988 verstarb Gerd Roepstorf bei einem Autounfall mit Fahrerflucht. Der Täter konnte nie ausfindig gemacht werden. Fünf Jahre später zog die Mutter mit ihrem Lebensgefährten in die USA. Den 13-jährigen Jungen ließ sie bei der Großmutter, die inzwischen schon über 70 war. Nun stand die Frau wieder alleine mit einem Kind da, zum zweiten Mal in ihrem Leben.«

»Das ist furchtbar.« Fischer nahm sich ein Glas Wasser aus der Flasche, die Oliver auf den Schreibtisch gestellt hatte.

»Sie hat ihren Mann verloren, dann ihren Sohn und nun wird der Enkel umgebracht. Sie ist 87. Ich glaube kaum, dass sie diesen weiteren Schicksalsschlag verkraften wird.« Sabine steckte die Notizen in die Mappe.

»Unfassbar, was mancher Mensch ertragen muss.« Jürgen schaute wieder zum Telefon. »Wusste sie, ob ihr Enkel Feinde hatte? Oder Ärger?«

»Nein. Er kam jeden Sonntag in das Altersheim und manchmal auch zwischendurch. Sie telefonierten oft und er hat sich liebevoll um sie gekümmert. Es schmerzte ihn, dass er sie nicht zu sich nehmen konnte, doch sie hatte einen Schlaganfall und ist pflegebedürftig«, sagte Sabine.

»Die Pflegerin beschrieb ihn als offen und freundlich. Immer ein Lächeln auf den Lippen. Hin und wieder hat er eine Freundin mitgebracht, aber nichts Ernstes. Er schien keine Geldsorgen zu haben, auch wenn er nicht reich war. Ordentlich gekleidet und so weiter«, fügte Oliver hinzu. »Wir haben auch mit der Freundin gesprochen. Nadine Albin. Sie kannten sich knapp ein Jahr und gingen miteinander aus, hatten den gleichen Freundeskreis. Wir haben einige Namen und Adressen. Er hatte keinen Streit, hatte keine Schulden, spielte nicht.«

»Ein Musterschwiegersohn.« Fischer nahm sich eine Zigarette. Sein Aschenbecher war inzwischen gut gefüllt. Sabine zog die Augenbrauen hoch. Hatte er die Situation mit Martina nicht klären können?

»Auf den ersten Blick finden wir kein Motiv. Aber so tief haben wir ja auch noch nicht gestochert. Möglicherweise war jemand eifersüchtig auf seine Beziehung zu Nadine. Wir versuchen das herauszufinden.« Oliver strich sich eine Strähne hinter das Ohr.

Endlich klingelte das Telefon. Es war eine Nummer aus Münster.

»Jürgen? Die Streife ist jetzt an eurem Haus. Es ist dunkel, nur oben brennt ein Licht. Niemand öffnet.«

»Ist ihr Wagen da?« Fischer setzte sich gerade hin.

»Ein roter Fiat Punto steht in der Einfahrt.«

»Das ist Susannes Wagen.« Fischer überlegte. War sie zu Hause und hörte die Schelle nicht? Aber ans Telefon war sie auch nicht gegangen. Er nahm sein Handy und wählte die Nummer seiner Frau.

»Der Kollege sagt, dass jetzt das Telefon klingelt.«

»Ja, das bin ich. Ich versuche anzurufen.«

Sie warteten einen Moment, doch niemand ging dran.

»Okay, geht rein.« Fischer kaute auf seiner Unterlippe. Ihm wurde bewusst, dass er emotional und nicht sachlich reagierte. Es war ihm im Moment egal.

»Wir haben keinen Anlass. Müssten wir nicht erst mit der Staatsanwaltschaft sprechen?« Hansi klang unsicher.

»Nein, Gefahr im Verzug. Wie viel Mann sind da?«

»Zwei. Aber eine weitere Streife ist in der Nähe. Ich ruf sie dazu und dann sollen sie reingehen. Ich melde mich bei dir.«

Fischer legte auf. Sein Atem ging stoßweise, der Schweiß lief ihm über den Rücken.

»Was ist los, Jürgen?«

»Meine Frau geht nicht ans Telefon.«

»Deine Frau?« Sabine sah ihn erstaunt an.

»Ja, Susanne. Ich habe eine Weile keinen Kontakt mehr zu ihr gehabt. Nun wollte ich sie erreichen, aber sie ist nicht da.«

»Vielleicht ist sie aus? Es ist Freitag.« Sabine schüttelte den Kopf.

»Ihr Handy ist abgestellt, da erreiche ich nur die Mailbox. Zu Hause geht sie nicht ans Telefon. Das Auto steht vor der Tür, das Haus ist dunkel.« Fischer stand auf, sah aus dem Fenster, setzte sich wieder.

»Jemand könnte sie abgeholt haben. Ein Freund oder eine Freundin. Beruhige dich mal, Jürgen.« Oliver runzelte die Stirn. So nervös hatte er seinen Kollegen noch nie erlebt.

»Richtig. Allerdings hatte so ein mieser kleiner Straftäter unsere private Adresse. Und …« Fischer zögerte. »Und ich habe letzte Woche einen seltsamen Brief bekommen. Eine Art Erinnerung an einen alten Fall.«

»Ein alter Fall? Was hat das mit Susanne zu tun?«

»Damals, noch in Münster, wurden mir von dem Täter, einem Psychopathen, alte Postkarten geschickt. Immer dann, bevor er sein Opfer umbrachte. Theoretisch hätten wir die Zeit gehabt, das Opfer zu retten. Die Leichen wurden immer erst zwei oder drei Tage nach Eingang der Postkarte von ihm auf einem Friedhof platziert.« Fischer rieb sich über die Stirn. »Es waren alte Postkarten. Sammlerstücke. Wir haben damals recherchiert. Es gibt Leute, die sammeln solche Karten. Unbeschriftet, nie versendet. Aufnahmen von Grabmälern, Friedhöfen. Alte Grabsteine.« Fischer wischte sich den Schweiß aus dem Nacken. »Und so eine ähnliche Karte, nur neuer, eine Fotografie als Postkarte gedruckt, wurde mir geschickt. Das mag jetzt für euch lächerlich klingen, aber da sind diese drei Komponenten. Einmal die Postkarte, die denen ähnlich ist, die ich damals bekommen habe, und darauf folgte ein grausamer Mord. Dann der Typ mit meiner Adresse in der Tasche. Woher hat er die und weshalb? Und jetzt ist meine Frau nicht zu erreichen.« Fischer stieß den Atem aus. Nachdem er versucht hatte, Sabine und Oliver seine Sorge zu vermitteln, wurde die Last plötzlich geringer.

»Du meinst, jemand will dir etwas? Dir oder Susanne? Wieso?«

»Ich habe keine Ahnung. Aber ich mache mir Sorgen um Susanne.« Fischer nahm das Handy, wählte die Nummer seines Sohnes. Diesmal sprang der Anrufbeantworter an. Er bat Florian sich so schnell wie möglich bei ihm zu melden.

Das Schrillen des Telefons ließ ihn zusammenzucken.

»Sie sind jetzt an der Tür und öffnen sie.« Fischer lauschte Hansis Worten angespannt. »Es ist niemand da. Warte … zwei Leute gehen nach oben …« Für einen Moment war nur das Rauschen in der Leitung zu hören. »Auch oben ist niemand, nur im Flur brennt Licht.« Fischer nickte, das Flurlicht ließ Susanne immer an. Früher war das ein Streitpunkt zwischen ihnen gewesen. Sie empfand es als beruhigend und er als Energieverschwendung.

»Es ist keiner im Haus.« Hansis Stimme klang blechern und weit weg.

»Okay.« Fischer kam sich blöd vor, er hatte alle hysterisch gemacht, aber vermutlich war Susanne nur mit einer Freundin unterwegs. Ein schaler Geschmack blieb.

»Es sieht anscheinend alles normal aus. Keine Spuren eines Kampfes oder so.« Hans klang fragend.

»Vielleicht ist sie wirklich nur aus. Danke, Hansi.« Jürgen Fischer kniff die Augen zusammen. Es war ihm unangenehm, dass er die Kollegen in Münster alarmiert hatte.

»Melde dich, sobald du etwas von ihr hörst. Ich habe die ganze Nacht Dienst.« Hans-Jürgen Müller klang besänftigend, so als wüsste er von Jürgens Gefühlen.

Fischer stand auf und schaute aus dem Fenster. Es blitzte, der Donner folgte kurze Zeit später.

»Und?« Sabine trat neben ihn und legte ihm eine Hand auf die Schulter.

»Nichts.« Fischer schüttelte den Kopf. »Im Haus ist alles normal.«

»Dann ist sie einfach nur weg, ausgegangen. Essen oder so. Allerdings sollten die Kollegen in Münster herausfinden, warum der Typ deine Adresse hatte und woher.«

»Sie sind dran.« Fischer versuchte, sich zusammenzureißen. Siegfried Brüx von der Spurensicherung war in Fischers Büro gekommen und hatte schweigend Platz genommen, während Fischer telefonierte. Fischer sah Brüx nun an. Was hatte Siegfried mitgehört? Und was dachte er nun? Fischer versuchte sich wieder auf den aktuellen Fall zu konzentrieren. »Habt ihr was?«, fragte er Brüx.

»Wir waren mit den Hunden im Zoo. Haben es gerade vor dem großen Guss geschafft. Es scheint, als wäre die Leiche vom Parkplatz aus zum Zoo gebracht worden. Der Leichenhund hat auf dem Parkplatz angeschlagen. Wir haben an der Stelle die Erde abgetragen und zum LKA geschickt. Möglicherweise werden die Gewebe- oder Blutspuren finden. Ansonsten Fehlanzeige.« Siegfried Brüx nahm sich Kaffee aus der Thermoskanne, die auf Fischers Schreibtisch stand. Brüx sah müde aus. »Die Kollegen sind jetzt in Roepstorfs Wohnung. Dort war alles unauffällig, keine Kampfspuren oder so. Er hatte einen PC und dieser war an. Ein Fachmann beschäftigt sich damit. Vielleicht war er in einem Chat oder in einem Forum und wir können über die Daten mehr erfahren.«

»Aha.« Fischer massierte den Nasenrücken. Von Computer und Technik hatte er wenig Ahnung, es war eine fremde Welt für ihn. Sein Sohn Sebastian hatte versucht ihm zu erklären, wie ein Chat funktionierte, aber so ganz war er nicht dahintergestiegen.

»Wir befragen seine Arbeitskollegen. Laut deren bisheriger Aussagen war Roepstorf nett, hilfsbereit, zuverlässig. Er tat seine Arbeit gewissenhaft und hatte keinen Ärger. Er scheint eine derart blütenreine Weste zu haben, dass es fast schon unheimlich ist. Mister Saubermann, der Sohn von Meister Propper und der Neffe des Generals.«

»Auch stille Wasser sind nass«, meinte Sabine und gähnte. Sie warf einen Blick auf die Uhr. Es war gleich halb zehn. Seit dem Leichenfund waren knapp zwölf Stunden vergangen. Spuren erkalteten meist nach 48 Stunden. Aber sie hatten keine Spuren. Jeder mochte den jungen Mann, er war in keinerlei Machenschaften verwickelt.

Ein Mord ohne Motiv war äußerst selten. Und dass Roepstorf zufällig das Opfer eines Wahnsinnigen geworden war, erschien ihr unwahrscheinlich.

»Na gut, machen wir weiter.« Fischer seufzte. »Falls jemand eine Idee haben sollte, wonach wir suchen können, nur raus damit. Auch wenn es euch noch so weit hergeholt erscheint. Im Moment haben wir nichts. Morgen wird ein Bericht in der Presse sein, eine Sondernummer wurde eingerichtet.«

Das Telefon klingelte. Einen Moment zögerte Fischer, dann ergriff er den Hörer.

»Jürgen?« Hans Müllers Stimme klang angespannt. »Wir haben etwas gefunden. Im Haus. In Susannes Haus. Eine Postkarte mit einem Friedhofskreuz. Der Brief war an dich adressiert.«

»Was?« Jürgen schluckte hart. »Irgendeine Spur von Susanne?«

»Nein, nichts. Ich habe die Kripo informiert. Außerdem habe ich Susannes Adressbuch und werde alle Nummern anrufen.«

»Nein, lass das. Ich komme und schau mich um. In etwas mehr als einer Stunde kann ich da sein.« Fischer griff nach seiner Jacke, die über der Stuhllehne hing. Dann sah er die Blicke seiner Kollegen. »Meine Frau ist verschwunden«, erklärte er. »Ich fahr nach Münster, werde aber morgen früh wieder hier sein. Bis dahin übernimmt Sabine die Leitung des Falles. Ich bin telefonisch erreichbar. Ich hoffe, ihr habt Verständnis.«

Der Regen schien immer stärker zu werden, auf der Straße vor dem Präsidium quoll das Wasser aus dem Gully. Fischer stieg in seinen Wagen, wischte sich über das nasse Gesicht. Auf dem Weg zur Nordtangente rief er Martina an. Kurz angebunden erklärte er ihr die Situation. Martina war nicht begeistert.

»Wir ziehen um, Jürgen. Es gibt noch jede Menge zu tun.«

»Ich weiß. Es tut mir leid, aber ich muss das für mich abklären. Ich habe eine ganz seltsame Vorahnung, ein schlechtes Gefühl.«

Martina antwortete nicht und für einen Augenblick überlegte Jürgen umzudrehen und nach Hause zu fahren. Aber dann wurde ihm klar, dass er wenigstens kurz in Münster vorbeischauen musste und sei es nur, um festzustellen, dass alles in Ordnung war.

»Ich beeile mich, Martina.« Fischer beendete das Gespräch und fuhr auf die Autobahnauffahrt. Er beschleunigte und merkte, dass der Wagen auf der nassen Fahrbahn ins Rutschen kam. Vor ihm bremste ein Lastwagen. Fischer trat auf die Bremse, er fühlte einen Ruck aber keinen Widerstand mehr. Obwohl er das Pedal bis zum Anschlag durchgetreten hatte, reagierte der Wagen nicht. Er näherte sich dem Lastwagen mit rasender Geschwindigkeit. Fischer riss das Steuer nach rechts und verlor die Kontrolle.

## 18. KAPITEL

Alles war schwarz um ihn. Er hörte ein hohes, monotones Piepsen, das ihm in den Ohren wehtat. Fischer versuchte seine Augen zu öffnen. Es wollte ihm nicht gelingen. Wo war er und was war passiert?

»Jürgen?«

Die Stimme kannte er. Das war … ihm wollte der Name nicht einfallen. Eine weibliche Stimme. Das war … er zog die Augenbrauen zusammen, versuchte sich zu konzentrieren.

»Ist er wach? Er hat sich bewegt.« Wieder diese Frauenstimme.

»Er wird wach, Frau Becker. Aber es wird eine Weile dauern. Er hat eine Gehirnerschütterung und war sediert. Es kann sein, dass er länger braucht, um klar zu werden. Machen Sie sich keine Sorgen, wir haben alles im Griff.«

Eine zweite Frauenstimme. Diese kannte er nicht. Frau Becker. Frau Becker? Der Name sollte ihm etwas sagen, das spürte er.

Jürgen, das war sein Name, das wusste er genau. Er hieß Jürgen … und mit Nachnamen? Becker? War er Jürgen Becker? Das fühlte sich falsch an.

Fischer stöhnte, er biss die Zähne aufeinander, zwang sich die Augen zu öffnen. Helles, künstliches Licht kam ihm entgegen. Ihm wurde schlecht und gleich darauf wurde es wieder schwarz um ihn.

Als er das nächste Mal wieder zu sich kam, wusste er, wer er war. Jürgen Fischer, Hauptkommissar des KK 11 Krefeld. Martina Becker war seine Lebensgefährtin. Sie bezogen gerade zusammen ein Haus in Traar.

Er öffnete die Augen. Diesmal ging es ohne Probleme. Das Licht war nicht mehr so grell. Immer noch piepste etwas im Hintergrund, ein unangenehmes Geräusch. Fischer versuchte seinen Blick zu fokussieren. Er lag in einem Bett, in einem Krankenhausbett. Neben ihm standen Geräte. Eins davon verursachte den lauten Ton. Was war passiert?

Er richtete sich auf, ihm wurde wieder übel, sein Kopf schmerzte und plötzlich verstand er, wovon Leute redeten, wenn sie davon sprachen, Sternchen zu sehen. Lichtblitze schienen hinter seinen Lidern zu explodieren. Er biss die Zähne zusammen, schloss die Augen, atmete durch den geöffneten Mund und zählte bis zehn. Dann hob er wieder den Kopf.

Jemand saß neben dem Bett auf einem dieser unbequemen Plastikstühle, die sie auch im Präsidium hatten. Es war eine Frau. Sie hatte die Arme auf der Bettkante verschränkt und den Kopf darauf gebettet. Martina. Sie schlief.

Wie viel Uhr war es und was war passiert? Wie war er hierhergekommen?

Der gelbe Vorhang am Fenster war zur Seite gezogen, draußen herrschte das fahle Licht des frühen Morgens. Es regnete sacht.

Gestern hatte es gewittert, fiel ihm ein. Er war mit dem Auto gefahren. Im Dunkeln. Das Auto war über die Straße gerutscht. Aquaplaning? Er konnte sich nicht genau erinnern, hatte nur unscharfe Bilder vor Augen.

Irgendetwas war dringend gewesen, irgendetwas war bedrohlich … er fühlte es genau, wusste aber nicht, was. Ein ungutes Gefühl, Fischer fluchte leise.

Martina hob den Kopf, rieb sich verschlafen über das Gesicht.

»Jürgen?«

»Ja.« Er rutschte weiter hoch, wollte sich aufrichten, aber der Schmerz in seinem Kopf schien zu explodieren. Fischer hörte ein lautes Stöhnen und nahm dann erst wahr, dass es aus seinem Mund kam.

»Um Gottes willen, bleib liegen, Jürgen.«

»Was ist passiert?«

»Du hattest einen Unfall. Einen Autounfall.«

Die regennasse Straße, die Auffahrt zur Autobahn, er beschleunigte, die Bremslichter des Wagens vor ihm und dann … der Tritt ins Leere. Plötzlich erinnerte er sich. Die Bremse hatte versagt. Und dann kamen auch alle anderen Erinnerungen zurück.

»Was ist mit Susanne?«

Martina schüttelte müde den Kopf. »Nichts Neues.«

»Welcher Tag ist heute? Wie lange liege ich hier schon?«

»Erst ein paar Stunden. Es ist Samstagmorgen.« Martina schaute auf ihre Uhr. »Gleich sieben.«

»Wo ist mein Handy? Hat sich jemand gemeldet? Ich meine, gibt es etwas Neues bei der MK?«

»Dein Handy? Keine Ahnung. Jürgen, das ist jetzt gar nicht wichtig. Leg dich zurück und ruhe dich aus.«

»Den Teufel werde ich tun.« Fischer setzte sich auf. Er holte stoßweise Luft, bekämpfte die Übelkeit und den Kopfschmerz. Langsam versuchte er seine Beine zur Seite zu bewegen.

Ihm wurde schwindelig und schlecht. Für einen Augenblick blieb er so sitzen, die Hände in die Matratze gekrallt. Dann gab er auf und ließ sich langsam zurücksinken.

»Möchtest du etwas trinken?« Martina reichte ihm eine Schnabeltasse. Jürgen trank ein paar Schlucke Wasser und bemerkte, dass ihm das gut tat. Er würde ein wenig Zeit brauchen, durfte es nicht überstürzen, aber er würde heute noch aufstehen.

Zwei Stunden später war Visite.

»Ich bin Doktor Schneider. Wie geht es Ihnen, Herr Fischer?«, fragte der Arzt und sah in seine Kladde.

»Wie sollte es mir gehen?«

»Sie hatten einen Autounfall gestern bei dem starken Regen. Sie haben eine Gehirnerschütterung und eine Rippe angebrochen. Wahrscheinlich auch ein Schleudertrauma. Ich gehe davon aus, dass sie starke Schmerzen haben. Wir können Ihnen ein Mittel dagegen geben.«

»Klingt gut. Immer her damit.«

»Es lindert nur die Schmerzen. Die Heilung muss der Körper alleine übernehmen und das braucht seine Zeit«, erklärte Doktor Schneider.

»Wie lange?«

»Die Gehirnerschütterung nur ein paar Tage. Das Schleudertrauma … kann man nicht sagen, von einer bis zu sechs Wochen könnten Sie damit Last haben. Aber mit einer Halskrause wird es gehen. Die Rippe braucht sicherlich drei bis vier Wochen. Da kann man aber nichts machen. Wir haben sie getapt.«

»Wann kann ich nach Hause?« Fischer richtete sich auf, spürte den Schmerz, sank zurück. Er atmete durch den Mund, mit zusammengebissenen Zähnen.

»Das kommt darauf an, wie sie sich fühlen. Am Montag vielleicht.« Der Arzt sah ihn zweifelnd an.

Fischer setzte sich auf. Diesmal ging es schon besser. »Das geht auf keinen Fall. Unmöglich. Ich leite eine Mordkommission, ich muss ins Präsidium. Und zwar heute noch.«

»Das kann ich nicht verantworten.« Schneider schüttelte den Kopf.

»Aber ich.«

»Herr Fischer, Sie sollten sich hinlegen und schlafen. Die Schwester bringt Ihnen gleich eine Halskrause und Tabletten und dann ruhen Sie sich aus, ja? Morgen können wir noch mal darüber reden.« Der Arzt nickte ihm zu und verließ den Raum.

»Morgen, phhh.« Fischer stieß wütend die Luft aus. Was glaubten diese Götter in Weiß denn? So lange konnte er unmöglich warten.

Martina war nach Hause gegangen. Die ganze Nacht hatte sie an seinem Bett verbracht. Sie wollte sich ein wenig ausruhen, duschen und dann wieder zu ihm kommen.

Die Krankenschwester brachte ihm Tabletten. Das Frühstück, Schonkost bestehend aus Kamillentee und Weißbrot, war ihm zusammen mit einer Nierenschale serviert worden. Fischer schaffte es, gegen die Übelkeit anzukämpfen.

Für eine Weile, dachte er, schließe ich die Augen. Nur ganz kurz. Danach wird es sicher besser gehen. Immer einen Schritt nach dem anderen.

Als er die Augen wieder aufschlug, stand Sabine Thelen vor seinem Bett. Sie schaute ihn unsicher an.

»Sabine. Hallo.«

»Jürgen.« Sie setzte an, noch etwas zu sagen, schluckte es dann aber runter. »Wie geht es dir?«

»Gut. Na ja, das war gelogen. Ich hatte einen Unfall.«

»Ich weiß. Dein Wagen ist beim LKA. Jemand hatte den Bremsschlauch angeschnitten. Nur angeschnitten, nicht ganz durchtrennt. Die Handbremse war auch manipuliert.«

»Ist nicht dein Ernst.« Fischer setzte sich auf. Der Kopf tat ihm immer noch weh, aber es ging tatsächlich schon besser. Auf dem Fußende des Bettes lag eine Halskrause aus beigefarbenem Schaumstoff. Die Schwester musste sie gebracht haben, als er schlief.

»Du bist mit deinem Privatwagen gefahren und nicht mit einem Dienstfahrzeug. Wir gehen davon aus, dass es ein Anschlag gegen dich persönlich war.«

»Irgendwelche Spuren?«

»Bisher wohl nicht. Bleiche, sagt dir das was?«

Irgendetwas war da, aber er wollte nicht daraufkommen.

»Habt ihr mit Münster gesprochen?« Fischers Stimme klang gepresst.

»Ja, wir stehen in Kontakt mit ihnen. Vielleicht ist es ja ganz harmlos und Susanne taucht wieder auf. Dein Sohn Florian hat angerufen. Er hat am Montag zuletzt mit ihr gesprochen. Da klang sie fröhlich, sagte er. Aber er wusste nicht, ob sie am Wochenende etwas vorhatte.«

»Montag, das ist fast eine ganze Woche her. Da kann viel passiert sein. Wann ist sie zuletzt gesehen worden?«

»Vorgestern, am Donnerstag.«

»Vor zwei Tagen.« Fischer wollte den Kopf schütteln, doch sofort tauchten wieder die hellen Flecke hinter seinen Lidern auf. Er biss die Zähne zusammen, so fest, dass es schmerzte.

»Hätte Susanne deinem Sohn etwas gesagt, wenn sie durch irgendetwas beunruhigt gewesen wäre? Wenn sie Angst gehabt hätte?«

»Ich weiß es nicht, Sabine. Ich habe keinen guten Kontakt zu Florian.«

»Würde sie dich anrufen, wenn sie sich bedroht fühlte?«

»Ich denke schon. Die Karte, die da lag, hat man auf ihr Spuren gefunden?«

»Nein, soweit ich weiß, nicht. Sie war in einem ungeöffneten Briefumschlag.«

»Alle paar Wochen schickt Susanne mir meine Post. Meist ist es nur Werbung. Die wichtigen Sachen habe ich umgemeldet.«

»Hätte sie etwas mit der Karte anfangen können? Hätte sie gewusst, dass es vermutlich eine Drohung ist? Falls sie den Umschlag geöffnet hätte?«

»Das bezweifle ich.«

»Aber sie hat den Umschlag nicht geöffnet, hat sich nicht bedroht gefühlt. Sie ist unterwegs, aber sie ist auch niemandem Rechenschaft schuldig, Jürgen.«

»Ich weiß. Trotzdem.«

Fischer schlug die Bettdecke zur Seite, sah, dass er nur ein Flügelhemd trug, zog die Decke wieder über sich.

»Wo sind meine Sachen?«, fragte Jürgen, ohne Sabine anzusehen. Es war ihm peinlich, hier so zu liegen.

»Du kannst doch nicht aufstehen«, sagte Sabine entsetzt.

»Und ob ich kann.«

»Du hattest einen Unfall, Jürgen. Du bist verletzt.« Sabine ging zum Schrank öffnete die Tür.

»Ich weiß. Sind dort meine Sachen?«

»Ja.« Sie nahm die Kleidung aus dem Schrank, zögerte kurz, legte sie dann neben Jürgen auf das Bett. Dann drehte sie sich um, schaute aus dem Fenster.

»Wie geht es Guido?«, fragte Jürgen und zog das Krankenhaushemd aus.

»Besser. Aber er ist immer noch auf der Intensivstation.«

»Da siehst du es. Er ist verletzt, ich hab nur ein paar Schrammen.« Fischer schwang die Beine aus dem Bett. Er hielt den Atem an, aber die Übelkeit und die Kopfschmerzen waren zu ertragen. Es war ein wenig mühsam, die Hose anzuziehen, die Rippe schmerzte, sobald er sich bückte oder tiefer Luft holte. Vorsichtig streifte er das Hemd über, knöpfte es zu.

»Haben die Ärzte dir erlaubt zu gehen?« Sabine schaute über die Schulter zu ihm.

»Die Ärzte, die Ärzte. Papperlapapp.«

Es klopfte leise an der Tür und Martina Becker kam herein. »Jürgen? Was machst du?«

»Ich gehe«, brummte er mürrisch.

»Ich habe gerade mit dem Arzt gesprochen, er meinte, du müsstest ein paar Tage hierbleiben.«

»Das mag er meinen, ich nicht.« Er nahm die Schuhe und war froh, dass es Slipper waren, die er nicht zubinden brauchte.

»Du kannst doch nicht einfach gehen.« Martina schüttelte ungläubig den Kopf.

»Und ob.«

»Ich habe gerade die Anweisung gegeben, dass jemand von der Schutzpolizei vor deiner Tür postiert wird«, sagte Sabine.

»Dann ersparen wir dem Armen den Job.« Fischer stand vorsichtig auf. Langsam ging er zur Tür, setzte einen Fuß vor den anderen. Er hatte die Halskrause umgelegt. Obwohl er merkte, dass diese seinen Hals entspannte und gut tat, schwitzte er jedoch jetzt schon unter dem Schaumstoff.

Das kann ja heiter werden, dachte er erbost. Wenn ich das Schwein erwische, das dafür verantwortlich ist, dann Gnade ihm Gott.

# 19. KAPITEL

Der Arzt sah ihn verblüfft an, als Fischer sich auf das eigene Risiko entließ, aber der Hauptkommissar ließ keinen Widerspruch zu.

»Es tut mir leid, Martina, dass ich dir im Moment nicht helfen kann. Ich muss ins Präsidium«, sagte Fischer, ohne sie anzusehen.

»Ich verstehe das, auch wenn ich es nicht gutheiße. Ich hoffe immer noch, dass Susanne unterwegs ist, einen Wochenendtrip macht oder Freunde besucht.« Martina senkte den Kopf. »Und wegen des Umzuges mach dir keinen Kopf. Die Monteure haben alles aufgebaut, ich muss nur noch ein paar Sachen neu sortieren und einräumen.«

»Wir wollten uns aber gemeinsam einleben, dafür hatten wir uns frei genommen.«

»Das können wir immer noch, Jürgen.« Martina klang resigniert.

»Ich schick die Streife zu dir. Sag nichts, es ist mir wichtig. Solange wir nicht wissen, mit wem wir es zu tun haben und was er bezweckt, mach ich mir Sorgen. Und dazu habe ich im Moment keine Zeit.«

Martina nickte, sie wusste, dass er Recht hatte. Gegen einen unbekannten Feind zu kämpfen war immer schwierig. Es war wie Schattenboxen im Nebel.

»Pass auf dich auf«, sagte sie und küsste ihn sanft.

»Gibt es etwas Neues bei der MK?«, fragte Fischer, nachdem er vorsichtig zu Sabine in den Wagen gestiegen war.

»Ja, etwas was uns umgehauen hat. Roepstorf wurde mit derselben Waffe erschossen wie der Soldat.«

»Mit der gleichen?«

»Nein, tatsächlich mit derselben. Die Spuren an den Kugeln sind eindeutig. Es ist dieselbe Waffe.«

»Die Fälle haben etwas miteinander zu tun?« Fischer rieb sich über die Stirn. Der Kopfschmerz nahm wieder zu. Er sehnte sich nach einer starken Tasse Kaffee und einer Zigarette.

»Ich kann es mir auch kaum vorstellen. Es liegen über 60 Jahre dazwischen.« Sabine warf ihm einen Blick zu. »Ist das okay so mit dem Fahren?«

Jürgen hatte die Augen geschlossen und den Kopf an die Kopfstütze gelehnt. »Geht schon. Wie können wir herausfinden, welchen Zusammenhang es da gibt? Die gleiche Waffe, der gleiche Fundort. Ob der Soldat dort getötet wurde, ist nicht mehr nachzuweisen. Roepstorf ist auf keinen Fall dort umgebracht worden. Er wurde absichtlich im Zoo abgelegt. Hat etwas von Platzierung. Wie eine Inszenierung. Das ist alles sehr seltsam.«

Sabine hielt vor dem Präsidium, ließ Jürgen aussteigen und parkte dann den Wagen. Der Hauptkommissar erschien ihr sehr blass. Langsam ging er auf den Eingang zu, seine Schritte waren unsicher.

Ihr war klar, dass es ihm nicht gut ging. Und bei weitem nicht gut genug, um zu arbeiten. Aber sie verstand ihn auch. Seine Frau war verschwunden. Auch wenn er sich von Susanne getrennt hatte, Gefühle und Freundschaft waren immer noch da. Der Täter schien nicht zu wissen, dass Jürgen inzwischen mit Martina zusammen war. Aber was, wenn er es doch wusste?

Sie versuchte die Gedanken an Susanne zu verdrängen. Daran, ob sie nun gefangen gehalten, gefoltert und gequält werden würde, so wie sie damals. Mertens, ihr damaliger Peiniger, hatte sie in ein Erdloch gesperrt, angekettet auf dem kalten Boden, nackt in der Dunkelheit. Er hatte ihr nichts angetan, sie nicht vergewaltigt oder verletzt. Doch das, was er getan hatte, die Kälte und auch die Furcht hatten dazu geführt, dass sie ihr Baby verlor.

Langsam ging sie zum Präsidium und schüttelte sich wie ein Hund, versuchte so, auch die Erinnerungen loszuwerden. Auch wenn der Weg nur kurz war, rann ihr der Schweiß über den Körper. Sie zog eine Spange aus der Tasche und steckte die Haare hoch, aber das half nicht wirklich.

Im Eingang des Präsidiums war es kühl. Im vierten Stock würde die Luft zum Schneiden sein. Das Gewitter und der Regen gestern Nacht hatten eine kurzzeitige Erfrischung gebracht, aber nun brannte die Sonne wieder vom Himmel. Alles schien zu dampfen und die Luftfeuchtigkeit glich der in den Tropen.

Sabine stieß keuchend die Glastür im vierten Stock auf. Im Besprechungszimmer installierte Oliver Brackhausen einen großen Ventilator.

»Hi.« Sabine ließ sich auf einen Stuhl fallen. »Wasser …«

Oliver grinste. »Kommt sofort. Ich habe gerade den Kühlschrank frisch befüllt.«

Er verließ den Raum, kam kurze Zeit später mit einer Flasche kalten Mineralwassers zurück.

»Fischer sieht erbärmlich aus.« Oliver nahm sich einen Stuhl und setzte sich, die Lehne nach vorne, Sabine gegenüber. »Warum ist er hier? Er gehört ins Krankenhaus oder zumindest ins Bett.«

»Warum wohl?« Sabine trank einen großen Schluck direkt aus der Flasche, wischte sich mit dem Handrücken über den Mund. »Seine Frau wird vermisst.«

»Er hatte einen Unfall.«

»Sein Wagen wurde manipuliert, jemand ist hinter ihm her. Hinter ihm und wahrscheinlich hinter seiner Frau. Würdest du in so einer Situation im Krankenhaus bleiben?«

Brackhausen zuckte mit den Achseln. »Schon komisch. Erst hat Ermter einen Autounfall, dann Fischer. Erst wurde der tote Soldat gefunden, dann Roepstorf – dieselbe Waffe, derselbe Tatort. Das hängt doch alles zusammen.«

Sabine lachte heiser. »Wir haben August, zu dumm, nicht wahr?«

»Was?«

»Jetzt ist das Sternzeichen Löwe, nicht Zwilling. All diese Doppeldeutigkeiten würden zum Sternzeichen Zwilling passen, aber Zwilling war von Ende Mai bis Juni. Jetzt ist Löwe. Vielleicht passt aber der Zwilling in den Aszendenten oder er steht im Haus des Mondes. Oder es sind die Sonneneruptionen dafür verantwortlich, oder Jupiter steht im Zenit …«

Oliver schaute sie entgeistert an. »Du willst mich verarschen. Willst du doch?« Er zog das Zopfgummi aus dem Haar, schüttelte den Kopf, band das Haar wieder zusammen. »Du glaubst nicht wirklich an so einen astrologischen Scheiß?«

Sabine lachte. »Nein.« Sie nahm noch einen Schluck aus der Wasserflasche. »Auf den ersten Blick sieht vieles ähnlich oder gleich aus. Aber auf den zweiten nicht. Ermter und Fischer hatten einen Autounfall. Bei Ermter schlief ein betrunkener Lastwagenfahrer ein und raste in eine Autokolonne. Fünf Menschen wurden verletzt, drei schwer, darunter der Chef, einer starb am Unfallort. Hätte jemand es auf den Chef abgesehen, so wäre das eine schlampige Arbeit.«

Sabine setzte sich so hin, dass der Luftstrahl des Ventilators auf ihren Nacken traf. »Überhaupt zu wissen, an welcher Ampel er wann steht, und dann einen Lkw auffahren zu lassen, und zwar nicht direkt auf Ermter, sondern erst auf zwei weitere Wagen, die sich dann zusammenschieben … das können nur die Illuminati, aber die arbeiten gründlicher.«

»Du hast ja Recht.« Brackhausen starrte auf seine Schuhspitzen.

»Und im Vergleich dazu Fischer. Die Bremsleitungen seines Wagens waren angeschnitten, und zwar nur so weit, dass sie erst versagten, als er eine Vollbremsung machte. Er hätte noch die Handbremse ziehen können, um den Wagen zu stoppen, aber dazu kam er nicht mehr. Hätte ihm auch nichts genutzt, das Kabel war durchgeschnitten. Da wollte jemand, dass er böse verunglückt. Nicht unbedingt tödlich, denn wer kann schon das Wetter voraussehen. Am Tag und bei trockener Straße hätte Fischer den Wagen vielleicht noch in den Griff bekommen.«

»Kachelmann.«

»Was?« Sabine Thelen schüttelte verständnislos den Kopf.

»Kachelmann kann das Wetter vorhersagen. Ziemlich genau sogar. Das sollte ein Scherz sein, Sabine.« Oliver lachte trocken. »Ein Witz. Allerdings bekommt man ziemlich genaue Voraussagen im Internet. Wetter.de oder so.«

»Ein Witz, ach so.« Sabine verzog keine Miene. »Wovon ich aber überzeugt bin, ist, dass die beiden Toten im Zoo im Zusammenhang stehen. Gleiche Waffe, gleicher Fundort. Eine Maschinenpistole aus dem zweiten Weltkrieg ist nicht gerade eine übliche Waffe heutzutage. Das Ganze ist seltsam.«

# 20. KAPITEL

**Mai 1940**

Von den drei Urlaubstagen hatte Fritz nur knapp anderthalb bei seiner Familie verbracht. Er war froh, als er am Sonntagvormittag wieder in den Zug Richtung Hannover steigen konnte. In Münster stieg Adolf zu, der früher abgefahren war, dessen Zug aber überraschenderweise dort endete.

Adolf grüßte Fritz nur kurz und ließ sich dann schwer auf die Sitzbank fallen. Seine Augen waren blutunterlaufen und er stank aus jeder Pore nach Alkohol. Fritz rümpfte die Nase. Durch die heimlichen Ausflüge mit Adolf wusste er, dass sein Freund gerne und ordentlich trank. In so einem Zustand hatte er ihn jedoch noch nie erlebt.

»Gott, hab ich einen Schädel.« Adolf stöhnte.

»Wie war es denn?«

»Frag lieber nicht.« Adolf schaute wieder nach draußen. Inzwischen fuhr die Eisenbahn zügig.

So wie Adolf aussah, musste Fritz nicht mehr fragen.

»Es war die Hölle«, fuhr Adolf nun überraschenderweise fort. »Da war mein alter Vater, meine süßen Schwestern und Anna. Wir saßen alle an einem Tisch. So hatte ich mir das vorgestellt in meinen Träumen. Nur dass Anna dann nicht mit meinem Vater ins Schlafzimmer gehen sollte, sondern mit mir.« Er lachte leise, es klang nicht fröhlich. »Nun, ich habe die Nacht nicht zu Hause verbracht, ich konnte es nicht.«

Dann schloss er die Augen und wenig später konnte Fritz sein Schnarchen hören.

Sie erreichten die Kaserne gerade rechtzeitig. Den Rest des Abends war Adolf schweigsam. Fritz drang nicht weiter in ihn, er hatte eigene Sorgen.

Zwei Tage später saßen sie im Zug. Wieder fuhren sie Richtung Rheinland, diesmal aber mit der AA.3, die in die Eifel verlegt wurde.

Fritz schreckte hoch, das ständige Brummen des Büssing Achtzylinders hatte ihn schläfrig werden lassen und er war eingenickt. Seit Stunden rollten sie in ihrem 8-Rad durch die dichten Wälder der Ardennen. Oberfeldwebel Mellin, sein Kommandant, hatte Fritz als Rückwärtsfahrer eingeteilt. Da der Spähwagen rückwärts genauso schnell fahren konnte wie vorwärts und das über die Spiegel nicht zu bewerkstelligen war, gab es zwei Fahrer. So ersparten sie sich umständliche Wendemanöver, die das dicht bewaldete und hügelige Gelände erforderlich machten.

An Rückzug dachte Fritz nicht, obwohl er bei so einem Befehl die Hauptverantwortung haben würde. Rückzug war undenkbar.

Er spähte durch die offene Luke in das Dunkel der Nacht, hatte er doch auch die Verantwortung dafür, den Wagen nach hinten zu sichern. Bisher hatten sie noch keine Feindberührung gehabt, aber aus der Ferne hatte er Infanteriefeuer vernommen.

Sie fuhren eine geschotterte Forststraße den Hang hinauf, der Wagen neigte sich und Fritz konnte die Infanterie erkennen, die sich zu Fuß hinter ihnen den Hang emporkämpfte. Sie schwitzten, waren in Staub und Abgase gehüllt, hatten die Karabiner und MGs geschultert, die Stahlhelme am Koppel.

Stoisch, wie Automaten, marschierten sie, einen Fuß vor den anderen, weiter und weiter. So wie damals bei der Grundausbildung in Stahnsdorf und doch ganz anders, denn diesmal gab es tatsächlich den Feind. Fritz erschien das noch unwirklich.

Wir sind die Speerspitze, machte er sich klar. Wir klären für den Rest der Truppe auf, erkunden Hügel, Täler und Waldränder. Wir haben im Moment die wichtigste Funktion in der Truppe. Stolz ließ seine Brust anschwellen.

Der Wagen ruckelte, hielt.

»Siehst du das? Da vorne bewegt sich etwas«, raunte eine Stimme. Fritz tastete nach seiner MP 40. Der erste Feindkontakt? Sein Herz raste.

»Da bewegt sich was unter den Bäumen. Ich kann aber nicht erkennen, was es ist.«

Die Truppen hinter ihnen waren stehen geblieben. Fritz' Wagen war das Auge und Ohr der Division.

»Wer hat wen-was-wie-wo gesehen?«, das hatte sein Ausbilder immer gesagt. So oft, dass Fritz es im Schlaf wiederholen konnte. »Auf Tuchfühlung bleiben, immer ran und niemals erwischen lassen!«

»Das sind nur Rehe. Weiter geht's!« Der Wagen fuhr wieder an, Fritz entspannte sich.

»Schliefenpimpf!« scholl die Stimme des Kommandanten aus der Bordsprechanlage. Es hatte eine Weile gedauert, bis Fritz gelernt hatte, sich in den Strippen, Gummiohrpolstern, dem Kehlkopfmikrofon und dem Umschalter vor der Brust nicht zu verheddern.

»Hier, Herr Oberfeldwebel!«, meldete sich Fritz.

»Hunger!«, krächzte es in den Kopfhörern.

»Käse oder Wurst, Herr Oberfeldwebel?«

»Letzteres!«

»Jawohl, Herr Oberfeldwebel!«

In der Panzertruppenschule hatte ihm niemand gesagt, dass der Rückwärtsfahrer immer auch für die Verpflegung verantwortlich war und die Stullen zu schmieren hatte.

Schliefenpimpf, dachte Fritz, Frechheit. Ich bin Offiziersanwärter und kein Schliefenpimpf. Trotzdem schluckte er seinen Ärger hinunter und öffnete den Munitionskasten, in dem die Verpflegung aufbewahrte wurde.

Der Wagen neigte sich nach vorne und nun ging es bergabwärts ins Tal der Maas. Fritz leckte die Schmierwurst von seinen Finger und schloss die Tube wieder.

# 21. KAPITEL

Nach und nach trafen die Kollegen ein, nahmen an dem großen Besprechungstisch Platz. Es war unruhig im Raum, die Luft schwül und mit Gerüchen geschwängert. Deo und Schweiß vermischten sich mit dem Duft frischer Waffeln, die Uta Klemenz auf den Tisch stellte.

»Wo ist Jürgen?« Sabine sah sich um.

»Ich denke, er ist im Krankenhaus.« Uta sah Sabine verblüfft an.

»Nein, er hat sich selbst entlassen. Ich habe ihn vorhin mitgebracht.« Sabine zuckte mit den Schultern und hob die Hände.

»Ich bin hier.« Jürgen kam langsam in das Besprechungszimmer, setzte sich an die Kopfseite des Tisches. Er war blass, wirkte aber gefasst.

Fischer hatte die kühle Eingangshalle des Präsidiums betreten, den Kollegen der Schutzpolizei am Tresen gegrüßt und war zum Treppenhaus gegangen. Ihm wurde klar, dass er den Aufzug nehmen musste, die Treppen bis zum vierten Stock würde er nicht schaffen.

Das Ruckeln des Aufzugs verstärkte seine Übelkeit. Wie gebannt schaute er auf die Tür, hielt sich mit dem Blick fest. »Jonas liebt Dana« hatte jemand mit Filzstift auf die Tür geschrieben und »Fuck the Police«.

Als der Aufzug den vierten Stock erreichte und die Tür sich öffnete, ging Fischer in sein Büro und schloss die Tür hinter sich. Er wollte einen Moment alleine sein. Die Sorge um Susanne ließ ihn nicht los.

Er wählte die Nummer seines Freundes Hansi.

»Ich habe von deinem Unfall gehört, Jürgen. Scheint ein Attentat auf dich gewesen zu sein.« Hansi klang müde.

»Möglich.« Fischer räusperte sich. »Gibt es etwas Neues? Irgendeine Spur?«

Müller berichtete ihm, was sie bisher herausgefunden hatten. Susanne war nicht aufzufinden, am Donnerstag war sie das letzte Mal gesehen worden. Nichts im Haus wies darauf hin, dass sie für längere Zeit wegfahren wollte. Der Kühlschrank war gefüllt, frische Milch und Aufschnitt hatte sie eingekauft. Es schienen weder Taschen noch Kleidung zu fehlen.

»Sobald ich etwas erfahre, unterrichte ich dich. Erreiche ich dich im Krankenhaus?«

»Im Moment bin ich im Präsidium.«

»Was denn? Sie haben dich schon entlassen?«, fragte Müller überrascht.

»Ich habe mich selbst entlassen.« Fischer seufzte.

»Keine besonders gute Idee. Ich weiß, du bist ein Dickkopf.«

»Spare dir gute Ratschläge.« Fischer wurde ärgerlich.

»Die Kriminalpolizei rät, die Schutzpolizei weiß. Ich weiß es also besser als du. Aber ich kann dich verstehen. Kopf hoch, Jürgen, wir finden sie schon.«

Fischer rieb sich über das Kinn. Die Zeit arbeitete gegen sie. Er verbot sich jeden Gedanken an Susanne und ging zum Besprechungsraum.

Durch die Kollegen der Wache West war die MK zwar aufgestockt worden, trotzdem waren sie für effektive und schnelle Arbeit noch zu wenige.

»Was habt ihr bisher?«, fragte Fischer und schaute in die Runde.

»Er war in einem Chatraum am Abend vor seinem Tod. Die Experten versuchen noch alle Daten zu rekonstruieren. Bisher haben wir allerdings nicht viel auf dem Computer gefunden. Sein Hobby war wohl Familiengeschichte, dazu gibt es mehrere Ordner«, sagte einer der Kollegen der Wache West.

»Habt ihr die Ordner hier? Steht etwas Relevantes darin?«

»Jürgen, das sind Ordner auf seinem Computer. Den haben wir hier und durchforsten ihn gerade.«

Jürgen wollte verstehend nicken, doch durch die Halskrause ging das nicht.

»Wir haben den Freundeskreis befragt. Es gibt einen jungen Mann, der auch an dem Mädchen interessiert war. An Nadine Albin, Roepstorfs Freundin. Dieser junge Mann ist angeblich seit gestern mit dem Motorrad in Holland unterwegs. Möglicherweise war es doch eine Eifersuchtstat und er ist auf der Flucht.« Sabine schlug ihre Mappe auf.

»Weiß der Staatsanwalt davon? Wo ist Altmann eigentlich?«, wollte Fischer wissen.

»Altmann weiß davon. Er ist zu Sigrid nach Köln gefahren. Er wollte aber spätestens um drei wieder hier sein. Er hat uns empfohlen, die niederländischen Kollegen zu informieren. Noch reicht es nicht für eine Fahndung, der Tatbestand ist zu dünn. Wir warten noch auf den Bericht vom LKA wegen möglicher Spuren auf dem Toten.«

»Was gibt es sonst?«

»In seiner Wohnung wurde er ganz sicher nicht ermordet. Im Zoo auch nicht. Auf dem Parkplatz wurden Blutspuren von Roepstorf gefunden, aber keine brauchbaren

Reifenspuren oder etwas, was uns irgendwie zum Täter führen könnte. Wir tappen im Dunkeln.« Siegfried Brüx zuckte mit den Achseln.

»Seine Großmutter hatte heute Nacht einen Herzinfarkt. Sie lebt, aber es ist fraglich, ob sie das überstehen wird.« Oliver stand auf und stellte den Ventilator auf höchste Stufe.

»Vielleicht wäre das ein gnädiger Tod. Noch eine Weile mit dieser Last leben zu müssen, könnte die Hölle für sie sein.« Fischer schob einen Finger unter die inzwischen schweißnasse Halskrause. »Was ist mit seinen Kollegen?«

»Wir haben uns erst mal auf den Freundeskreis konzentriert und dehnen jetzt die Befragungen aus.«

»Irgendwelche Hinweise aus der Bevölkerung?« Fischer schlug die Mappe auf, die vor ihm auf dem Tisch lag.

»Noch nichts Konkretes. Bisher sind nur vereinzelt Anrufe eingegangen, das wird sich sicher zum Nachmittag hin ändern. Welle Niederrhein wird den Aufruf und die Nummer noch ein paar Mal durchgeben. Außerdem haben sie einen Vermerk auf ihrer Internetseite.«

»Dann hoffen wir mal, dass wir irgendwo etwas finden. Noch tappen wir im Dunkeln und das gefällt mir nicht.« Fischer dachte nach. Der Untersuchungsbericht über den toten Soldaten lag zu Hause auf seinem Nachttisch. Vielleicht stand dort etwas, was den Zusammenhang erklären würde. Sie bräuchten mehr Hinweisen. Wie hingen diese beiden Fälle zusammen? Er schnaufte.

»Jürgen, du solltest nach Hause fahren und dich hinlegen. Du kannst ja zur Abendbesprechung wieder kommen. Und wir alle versprechen dir dich zu informieren, sollte ein Hinweis auftauchen oder wir weiter kommen.« Sabine sah ihn besorgt an. »Du siehst nicht gut aus.«

»Danke.« Fischer holte tief Luft. »Gibt es irgendetwas zu meinem Wagen? Spuren?«

»Sie sind noch nicht fertig. Aber bisher wurde nichts gefunden. Hast du eine Ahnung, wer das gewesen sein könnte?«, fragte Brüx.

»Nein. Was sagen die Kollegen aus Münster wegen Fromm?«

»Ich habe mit einem Kommissar Müller gesprochen. Der sagt, Fromm ist ein Berufsverbrecher, aber bisher nur Raub und Körperverletzung. Es gibt überhaupt keine Verbindung zu dir. Du hattest nie mit ihm zu tun.« Brüx nahm eine andere Mappe hervor.

»Aber er hatte meine Adresse.«

»Er ist zur Fahndung ausgeschrieben. Die Kollegen sind sich sicher, dass sie ihn heute Abend in den einschlägigen Spelunken auftreiben werden. Er soll sich bevorzugt am Hafen aufhalten.« Brüx schob Fischer ein Fax zu. »Das hat Müller mir zu Fromm geschickt.«

»Gut, dann hoffen wir mal, dass sie ihn kriegen und dass er auspackt. Er muss etwas damit zu tun haben.« Fischer holte tief Luft. Der Kopfschmerz nahm wieder zu. »Dann macht euch mal an die Arbeit. Wir sehen uns um fünf hier.«

Jürgen Fischer wartete bis alle den Raum verlassen hatten. Er kam sich alt und verbraucht vor, jeder Knochen schien zu schmerzen und die Rippe pochte. Der Halskragen war unbequem und er hatte das Gefühl, keine Luft mehr zu bekommen. Er nahm die Zigaretten aus der Tasche und zündete sich eine an.

»Kann ich dir noch etwas bringen?« Sabine war in der Tür stehen geblieben, Jürgen hatte sie nicht bemerkt.

»Einen starken Kaffee.«

»Ob das so gut für dich ist?« Sabine ging, kehrte kurz darauf mit dem Kaffee zurück.

»Dieser Kaffee ist für niemanden gut. Aber so wirklich weiß ich das erst, seit wir den Kaffeevollautomaten zu Hause haben. Ein Unterschied zu diesem Gebräu wie Tag und Nacht.«

»Trink in Ruhe aus. Dann fahr ich dich nach Hause. Es hat keinen Sinn, dass du hier bist und umkippst. Wir brauchen dich, ohne Frage, aber eher lebendig als tot. Und für ein paar Stunden kommen wir auch ohne dich klar.«

Jürgen stellte die Tasse ab. »Du hast ja so Recht. Und ich meine Ruhe. Okay, ich lass mich nach Hause bringen. Aber ich will Bescheid wissen, falls etwas passiert oder die aus Münster sich melden. Am liebsten würde ich hinfahren.«

»Auch wenn du da wärst, könntest du nichts ändern. Sie werden daran arbeiten so wie wir hier an den Fällen auch.«

# 22. KAPITEL

»Wen nehmen wir uns jetzt vor?« Oliver nahm einen Schlüssel vom Brett. »Cool, der Audi, den bin ich noch nie gefahren.«

»Ich würde sagen, wir fahren noch mal zu der Freundin. Wir haben sie noch nicht zu dem Knaller befragt, der so spontan nach Holland gefahren ist.«

Nadine Albin wohnte in Elfrath. Begeistert lenkte Brackhausen den Dienstwagen über die Nordtangente.

»Tolles Auto.«

»Und wie geht es dir?« Sabine hatte das direkte Gespräch mit ihm gemieden, seit er bei ihr gewesen war. Als sie am Donnerstag vom Dienst kam, war er weg. Auf dem Küchentisch lag ein Zettel: »Danke«.

»So lala. Heute ist Vera in meiner Wohnung und holt ihre Sachen ab. Irgendwie kann ich es immer noch nicht glauben. Aber ändern kann ich es auch nicht. Das Leben geht weiter.«

»Das tut es. Aber du solltest dir schon die Zeit nehmen, um die Beziehung zu trauern. Du darfst traurig sein, dann wütend. Und irgendwann sind die Gefühle weg.«

»Danke, Frau Doktor Thelen.« Er lächelte schief.

»Keine Ursache.« Sabine lächelte. »Und wenn du dich mal wieder aussprechen willst, du bist jederzeit bei mir willkommen.«

»Hmm«, brummte Oliver. Er bog rechts ab und fuhr an den Feldern vorbei Richtung Elfrath.

Nadine Albin wohnte in einem Mehrfamilienhaus, ein

schicker Neubau mit geräumigen Balkonen und Terrassen. Es waren Maisonettewohnungen mit einem großzügigen Schnitt.

»Was macht die Frau eigentlich beruflich? Das kann ja nicht billig sein hier.«

»Ich habe keine Ahnung.« Sabine blätterte in ihrer Mappe, die sie mitgenommen hatte. »Wir haben sie gestern im Eifer des Gefechtes gar nicht gefragt. Wieso?«

»Na, er war Tierpfleger. Wohnte in einer sehr schlichten Wohnung in der Innenstadt. Und sie wohnt schick im Grünen. Reiches Mädchen, armer Junge?«

»Ja, komisch. Wobei diese Klischees ja nicht mehr so gültig sind. Und manches sieht teurer aus, als es ist.«

Sie parkten den Wagen und stiegen aus.

Erst nach dem zweiten Klingeln öffnete Frau Albin. Sie hatte rot verweinte Augen, trug einen Jogginganzug und die braunen Haare hingen ungepflegt herunter.

»Wir möchten Ihnen noch ein paar Fragen stellen.« Sabine war versucht ihr ein Taschentuch zu reichen, aber die junge Frau hatte sich schon umgedreht und war ins Wohnzimmer gegangen.

Thelen und Brackhausen traten ein, schlossen die Tür hinter sich und folgten ihr.

Nadine Albin hatte sich in die Ecke des Sofas gesetzt, die Beine angezogen, die Arme darum gelegt. Ihre Haare fielen ihr wie ein Vorhang ins Gesicht. Sie wirkte wie ein kleines, unglückliches Paket.

Oliver sah sich um. Gestern Abend hatte er nicht viel von der Wohnung sehen können, es brannten nur zwei Tischlampen, als sie Nadine Albin das erste Mal befragten. Der großzügige Schnitt und die edle Ausstattung waren ihm jedoch aufgefallen.

Im Wohnzimmer lag ein dicker, flauschiger Teppich auf dem Parkettboden. Das helle Sofa stand an der Kopfwand des Raumes. Von dort aus hatte man Ausblick auf die Terrasse. Das Wohnzimmer war L-förmig geschnitten, in dem einen Schenkel befand sich das Esszimmer. Oliver ging zwei Schritte, schaute dort hinein. Vom Esszimmer aus kam man in die halboffene Küche. Er sah glänzende Schränke und eine große Dunstabzugshaube, die über dem Herd zu schweben schien.

»Frau Albin?« Sabine trat näher zu ihr.

Einen Augenblick warteten Thelen und Brackhausen, aber außer einem leisen Weinen folgte keine Reaktion der Frau.

Seufzend nahm Sabine ihr gegenüber Platz in einem Sessel, der zum Sofa passte. Sie überlegte, wie sie anfangen sollte, doch die junge Frau kam ihr zuvor.

»Ich kann es noch gar nicht fassen. Es kann nicht sein. Nicht Henning. Wer kann so grausam sein und Henning erschießen und warum? Es macht keinen Sinn.« Sie sprach leise aber hektisch.

»Wir versuchen das heraus zu finden. Und deshalb müssen wir Ihnen noch einige Fragen stellen.«

»Aber ich habe doch schon alles gesagt, was ich weiß.«

»Wir müssen trotzdem noch mal nachfragen.« Sabine zog einen Notizblock hervor. »Seit wann kannten Sie Henning Roepstorf?«

»Ich weiß nicht mehr genau. Ein paar Jahre schon.« Sie schüttelte den Kopf, strich sich aber nicht die Haare aus dem Gesicht. Sabine irritierte es, dass sie Nadines Gesichtsausdruck nicht sehen konnte.

»Wir waren gemeinsam in einer Clique, haben immer

mal wieder was unternommen. In die Disko, Stadtwald, grillen am Rhein, was man so tut.«

»Und wann wurde die Beziehung ernster? Sie wurde doch ernster?«

»Ja, irgendwie haben wir dann mal Sachen alleine gemacht, ohne die anderen. Kino, essen gehen. Und dann hat es gefunkt.« Sie schniefte und zog die Nase hoch. Sabine nahm eine Packung Taschentücher aus ihrer Tasche und reichte sie über den Couchtisch.

»Danke.« Die junge Frau putzte sich geräuschvoll die Nase. Endlich strich sie sich auch die Haare aus der Stirn. »Es war so wie in dem Lied: ›Tausend Mal berührt … ‹.«

»Wussten die anderen aus Ihrem Freundeskreis davon?«

»Natürlich.«

»Gab es da noch andere Männer, die an Ihnen interessiert waren?«

Die junge Frau schüttelte den Kopf. »Nein. Bis auf Bernd. Der hat mich immer angegraben. Er war ziemlich stinkig, dass ich mit Henning …« Sie schluchzte wieder.

»Haben die beiden sich deshalb gestritten?«, fragte Sabine.

»Nein. Bernd hat immer mal wieder gefrotzelt, aber das war es auch schon. Ärgerlich wurde er nur, weil ich nicht, wie eigentlich geplant, mitfahren wollte.«

»Mit? Wohin?« Sabine nahm den Notizblock aus der Tasche.

»Wir fahren eigentlich alle zusammen jedes Jahr für eine Woche nach Mallorca. Nicht alle, aber ein fester Kern. Ich war immer mit dabei, Bernd auch. War schon lustig. Aber dieses Jahr wollte ich nicht. Henning konnte es sich nicht leisten, da wollte ich auch nicht fahren.«

»Was machen Sie beruflich, Frau Albin?« Oliver hatte

sich bisher im Hintergrund gehalten. Nun lehnte er sich vor.

»Ich? Wieso? Ich arbeite in einer Bank. In der Sparkasse.«

»Das Haus hier«, Oliver zeigte um sich, »ist sehr schön. Ziemlich neu.«

»Ja. Erst zwei Jahre alt.«

»Zahlen Sie viel Miete?« Oliver lächelte sie an.

»Miete? Die Wohnung gehört meinem Vater. Das ganze Haus gehört ihm.« Nadine schüttelte den Kopf, als hätte Oliver das wissen müssen.

»Ach so.« Oliver nickte verstehend.

»Dieser Bernd, wie heißt er noch gleich mit Nachnamen?« Sabine wusste den Namen schon, fragte aber trotzdem noch mal nach.

»Bernd von Steglitz. Unsere Eltern sind befreundet. Seinen Eltern gehört die Finca auf Mallorca, zu der wir immer fahren.«

Sabine und Oliver warfen sich einen Blick zu.

»Und Herr von Steglitz ist was von Beruf?«, fragte Oliver.

»Er arbeitet in Düsseldorf in der Verwaltung. Er hat Betriebswirtschaft studiert.«

Sie befragten die junge Frau noch zu den anderen in dem Freundeskreis, machten sich Notizen.

»Lassen Sie uns noch mal zu Henning Roepstorf zurückkommen.« Sabine räusperte sich. »Was hat er in seiner Freizeit gemacht?«

»Wie meinen Sie das?« Verwirrt strich sich die junge Frau die Haare zurück.

»War er in einem Verein? Hat er Sport betrieben? Hatte er Hobbys?«

»Nein.«

»Nein? Gar nichts?« Oliver sah sie nachdenklich an.

»Nur den Heimatverein. Da hat er sich engagiert.«

»Heimatverein?«

»Ja, Krefelder Geschichte, Familienforschung und so.«

»Sonst nichts?«

»Sein Arbeitstag, das sagte er immer, sei anstrengend genug. Körperlich anstrengend. Sport würde er nicht brauchen. Außerdem war er … tja, fast schon schüchtern. Das liegt sicher an seiner Vergangenheit. Die Mutter hat ihn verlassen, als er 13 war. Drei Jahre hat er bei der Großmutter gelebt, dann wurde er krank.« Sie stockte, kaute nun auf den Nägeln.

»Krank?« Sabine runzelte die Stirn.

»Psychisch krank. Er sprach nicht mehr, arbeitete in der Schule nicht mehr mit. Schließlich verließ er nicht einmal mehr das Haus. Depressionen. Er fühlte sich schuldig, dachte es läge an ihm, dass seine Mutter gegangen war. Blödsinn. Die Frau ist grässlich, sie hatte nie Interesse an ihrem Sohn.«

»Sie kennen sie?«

»Weihnachten war sie hier. Da waren wir gemeinsam essen.«

»Er hatte also Depressionen.« Sabine versuchte zum Thema zurückzukommen.

»Ja, seiner Großmutter wurde es zu viel, sie war schon fast 80 damals. Er kam in eine Wohngruppe. Dann hat er ein paar blöde Typen kennen gelernt und Scheiße gebaut. Nichts Wildes. So Kleinigkeiten. Aber er musste Sozialstunden ableisten. Im Zoo. Und deshalb wurde er dann Tierpfleger. ›Tiere‹, sagte er immer, ›sind zuverlässiger und treuer als Menschen‹.«

Langsam rundete sich das Bild von Henning Roepstorf. Sabine versuchte, noch ein paar tröstende Worte zu sagen, dann verabschiedeten sie sich.

»Hat so ein bisschen was von Aschenputtel nur umgekehrt. Der arme Kerl mit dem einfachen Beruf in der Reiche-Leute-Clique.« Oliver ließ den Motor aufheulen.

»Mir ist noch nicht so ganz klar, wie er da reingerutscht ist. In die Clique, meine ich. Das scheinen ja alles Töchter und Söhne zu sein.«

»Vielleicht erzählt uns das jemand, der ein wenig objektiver ist als sie. Wobei ich das auch komisch finde. Man hat was gemeinsam gemacht, aber eine Beziehung stelle ich mir anders vor.«

»Möglicherweise macht sie jetzt mehr daraus, als es wirklich war. Hat ja auch was – leiden. Sie hat geheult, als wir kamen, aber nachher hat sie ganz ruhig erzählt. Da war von großer Trauer kaum etwas zu spüren. Ich konnte nach Martins Tod überhaupt nicht sprechen, mit niemandem. Ich war wie gelähmt.«

»Was meinst du zu diesem Bernd?«

»Ich würde gerne mit ihm reden. Ein mögliches Motiv hätte er schon. Da kommt so ein armer Nichtsnutz und macht sich an Nadine heran. Vielleicht wurde sie für Bernd da erst interessant – ein anderer Mann will was von meiner Sandkastenfreundin.«

»Könnte sein. Und vielleicht wollte er Roepstorf zeigen, wo sein Platz war, nämlich außerhalb der Gruppe. Der Streit ist eskaliert und Bernd erschießt den Jungen. Dann setzt er sich auf seine Goldwing und fährt erst mal nach Holland.«

»Wir sollten mal mit seinen Eltern reden.«

# 23. KAPITEL

»Hallo?« Fischer schloss die Tür zu dem kleinen Haus in Traar auf. Die Doppelhaushälfte war verklinkert, die Fensterrahmen und die Haustür grün gestrichen. Martina hatte zwei große Blumenkübel mit kleinen Lebensbäumen rechts und links neben die Stufen gestellt.

Die Diele und die Küche, gleich rechts vom Eingang, waren gefliest, im Wohnzimmer lag Parkett. Fischer legte seinen Schlüssel auf den kleinen Tisch in der Diele. Es duftete nach Kaffee und frischem Brot. Bevor er die Tür hinter sich schloss, schaute er sich noch einmal um. Vor dem Haus parkte ein ziviler Wagen der Schutzpolizei. Er winkte dem Kollegen zu.

»Was machst du denn hier?« Martina wischte sich die Hände an einem Küchentuch ab, küsste ihn vorsichtig auf den Mund. »Dir geht es nicht gut.« Es war eine Feststellung, keine Frage.

»Ich brauch nur ein wenig Ruhe.« Fischer schnaufte.

»Dann leg dich hin. Soll ich dir etwas bringen?«

»Kaltes Wasser wäre toll.«

Langsam stieg Fischer die Treppe hoch. Er hatte einen kurzen Blick ins Wohnzimmer geworfen. Noch hingen keine Bilder an den Wänden und nicht alle Bücher waren einsortiert, aber die Wohnung nahm Gestalt an. Er spürte, dass sie sich hier wohlfühlen würden.

Er setzte sich auf den Bettrand, nahm den Halskragen ab. Als er sich hinunterbeugte, um die Schnürsenkel aufzubinden, wurde ihm schlecht. Er schaffte es gerade noch bis ins Badezimmer und erbrach eine wässrige fädenziehende Flüssigkeit.

Martina kam die Treppe hochgerannt. »Jürgen?« Sie half ihm auf, brachte ihn ins Schlafzimmer. Dann ließ sie die Rollladen ein wenig herunter und öffnete das Fenster auf Kippe.

Als sie ihm die Flasche mit dem Wasser brachte, war er schon eingeschlafen.

Er wurde wieder wach, als das Telefon klingelte. Zuerst konnte er das Geräusch nicht einordnen. Sein Kopf dröhnte und es pochte hinter den Schläfen. Im Mund hatte er einen sauren Geschmack. Als er sich aufrichtete, tat ihm der Nacken weh.

Er hörte, dass Martina unten an den Apparat ging. Sie kam die Treppe hoch und schaute vorsichtig ins Schlafzimmer.

»Bist du wach?«, fragte sie leise.

»Hmm.«

»Wie geht es dir?« Martina trat ans Bett, sah ihn besorgt an.

»Wer ist am Telefon?« Fischer sah die Wasserflasche auf dem Nachttisch stehen. Er nahm die Flasche, holte die Tabletten aus der Hemdtasche und spülte sie mit einem großen Schluck Wasser herunter.

»Dein Sohn.« Martina klang ernst. Jürgen runzelte die Stirn.

Er nahm das Telefon. »Florian?«

»Hast du was von Mutter gehört?« Sein Sohn sprach mit gepresster Stimme.

»Nein. Die Kollegen in Münster arbeiten fieberhaft, da bin ich mir sicher.«

»Die Kollegen in Münster, soso. Und du liegst in Krefeld feist im Bett und machst ein Mittagsschläfchen. Du solltest dort sein. Du solltest sie suchen.«

»Florian, ich habe hier eine MK zu leit…«

»Du hast, du hast, du hast!« Florian wurde lauter. »Ja, so war das ja schon immer. Deine Arbeit ging vor. Vor allem anderen. Mutter wird vermisst. Aber darum kümmerst du dich nicht.«

»Ich könnte nichts tun, selbst wenn ich nach Münster fahren würde. Aber ich hatte gestern …« Fischer versuchte beruhigend zu klingen.

»Ach, du. Du hast immer deine Ausreden«, unterbrach sein Sohn ihn wütend. »Du hast dich nie um Mutter gekümmert. Und jetzt ist sie weg. Aber du hast ja einen Fall. Sie ist dir egal. Hauptsache, du kannst mit deiner neuen Perle rummachen.«

»Nun mal langsam, Florian. Martina ist kein…«

»Mich interessiert Martina nicht, ich mache mir Sorgen um Mutter. Ich fahr auf jeden Fall jetzt nach Münster. Und ich hoffe, der Kerl, der hinter dir her ist, erwischt dich auch.«

Das Tuten des Telefons klang unangenehm laut in Jürgens Ohr. Langsam ließ er den Hörer sinken.

Martina setzte sich neben ihn auf die Bettkante. »Er ist wütend. Und er macht sich Sorgen.«

»Hast du gehört, was er gesagt hat?«

Sie nickte. »Laut genug war es ja.«

»Er hat Recht. Ich sollte in Münster sein.«

»Um was zu tun, Jürgen? Du solltest im Krankenhaus sein. Dir geht es nicht gut und dich hier kaputtzumachen, ist keine gute Idee.«

»Vielleicht sehe ich ja irgendetwas im Haus, was die Kollegen übersehen haben.«

»Wie lange warst du schon nicht mehr da? Zwei Monate? Drei? Du weißt nicht, wie es letzte Woche dort aussah. Denk doch nach, Jürgen. Du kannst nichts machen.«

Fischer schloss die Augen. Er fühlte sich hilf- und nutzlos. »Ich habe Susanne in diese Situation gebracht. Ich bin schuld.«

»Du kannst nichts dafür, dass ein Idiot durchdreht. Außerdem, mal ganz ehrlich, es ist überhaupt nicht bewiesen, dass sie entführt wurde. Vielleicht macht sie sich ein schönes Wochenende irgendwo. Ihr tut ja so, als sei sie schon tot.« Martina erhob sich. »Du solltest schlafen, Jürgen. Dich erholen. Die MK wird auch ohne dich laufen. Die Leute machen das nicht zum ersten Mal.«

Sie klang ärgerlich.

Im Grunde hat sie Recht, dachte Fischer. Er legte sich hin, versuchte zu schlafen. Vor seinen Augen spielte sich ein Film ab. Er saß wieder im Auto, fuhr die Auffahrt zur Autobahn hoch. Der Regen prasselte auf die Windschutzscheiben und obwohl er die Scheibenwischer auf die höchste Stufe gestellt hatte, sah er kaum etwas. Er beschleunigte. Dann sah er die roten Bremslichter des Lkws vor sich. Fischer riss die Augen auf. Es hatte keinen Sinn, er würde nicht zur Ruhe kommen. Er nahm noch eine Tablette, trank die Flasche Wasser aus. Dann ging er ins Bad. Sich zu entkleiden war genauso schwierig, wie sich anzuziehen. Sein Körper fühlte sich steif an und schmerzte.

Er stellte die Dusche auf heiß. Das Wasser tat ihm gut und er spürte, wie sich seine Muskeln entspannten. Er zog seinen Bademantel über und ging nach unten.

Martina stand in der Küche und rührte in einem Topf.

»Ich hab dir Suppe gemacht. Eine Brühe. Du brauchst etwas zur Stärkung. Die Suppe und ein wenig Weißbrot. Wenn du das nicht bei dir behalten kannst, bring ich dich postwendend zurück ins Krankenhaus.«

Fischer nahm ihre Drohung ernst. Martina war eine Frau, die ihren Willen für gewöhnlich durchsetzte.

»Woher wusstest du, dass ich aufstehen würde?«

Sie lachte. »Ich habe die Dusche gehört. Außerdem kenne ich dich, Jürgen Fischer. Du hast einen unglaublichen Dickkopf.«

Sie stellte den Teller mit Suppe vor ihn und setzte sich.

»Ich weiß, dass du dir Sorgen machst. Ich weiß auch, dass du deine Arbeit nicht einfach so loslassen kannst. Das sind Eigenschaften, die dich ausmachen. Ich liebe dich und ich möchte dich noch eine Weile behalten. Jemand trachtet nach deinem Leben und das kannst du nicht einfach so vernachlässigen und abtun.«

Fischer löffelte nachdenklich die Suppe. Die warme Mahlzeit tat ihm gut.

»Ich kann mich aber nicht einfach ins Bett legen und die Augen schließen.«

»Natürlich kannst du das nicht. Aber trotzdem musst du auf dich aufpassen. Vielleicht finden wir einen Kompromiss.«

»Welchen?« Fischer zog die Augenbrauen hoch.

»Du schonst dich heute noch. Du kannst, falls es dir nachher besser geht, zur Dienstbesprechung gehen. Und wenn du die Nacht gut überstehst, fahre ich dich morgen nach Münster. Könntest du damit leben?«

»Du bist eine ganz besondere Frau, Martina. Einfühlsam und gradlinig. Ich liebe dich.«

# 24. KAPITEL

**Frühjahr 1940**

»Warum geht es nicht weiter?« Sie waren knappe 15 Kilometer vor Dünkirchen, hatten sich von der Maas kommend bis hierher durchgekämpft. Fritz rieb sich den Schweiß von der Stirn. Unter dem Stahlhelm war es heiß. Er öffnete die Luke.

»Haltebefehl.«

»Haltebefehl? Sie sind so knapp davor. Welcher Idiot gibt denn jetzt den Haltebefehl?« Fritz schnaubte.

»Der kommt von ganz oben. Vom Führer persönlich. Halt dein freches Maul! Du hast nur zu gehorchen. Diejenigen, die die Befehle erteilen, werden schon ihre Gründe haben, du jämmerlicher Grünschnabel. Hast du dir die Stiefel geputzt?«, brüllte Mellin ihn an.

Bei Sedan hatte Fritz seinen ersten Feind erschossen. Es ging so schnell und doch hatte er das Bild vor Augen, wie der feindliche Soldat die Arme nach hinten riss, den Mund öffnete und dann langsam auf den Rücken fiel. Er zuckte noch kurz wie ein Käfer. Fritz hatte sich übergeben, hatte auf seine Stiefel gekotzt. Seitdem ließ Oberfeldwebel Mellin keine Gelegenheit aus, ihn daran zu erinnern.

Der Funker kicherte unterdrückt, Fritz ballte die Faust und zwang sich tief ein- und auszuatmen.

Stunden später fuhr der Spähwagen wieder an.

»Der Tommy zieht sich zurück und versucht über Dünkirchen nach England zu türmen«, sagte Mellin.

»Wir klären nach Norden gegen die Kanalküste auf und machen den Sack zu! Aufsitzen!«

Fritz atmete tief die würzige Seeluft ein, und ließ seinen Blick vom Kanal landeinwärts schweifen. Noch immer vernahm er das Knistern des abkühlenden Motors ihres Panzerspähwagens. Hier standen sie nun mit ihrem Achtrad auf Sicherung nach Nordosten, nach all den Tagen der Hetze.

Seit sie von der Maas gekommen waren, war das so gewesen. Immer weiter, weiter, weiter. Eine einzige Sturmfahrt. Vollgas, Beobachtungshalt, Schleichfahrt, pirschen, Vollgas, Beobachtungshalt, Schleichfahrt, pirschen. Dreimal hatten sie das Feuer einer Nachhut auf sich gezogen. Fritz fuhr den Spähwagen, so schnell er konnte, in Deckung. Das erste Mal rammte er eine junge Birke, doch danach wurde er immer routinierter. Bordkanone und MG deckten sie. Das Knattern der Waffen hallte in dem Wagen wie in einer Blechbüchse, doch er gewöhnte sich daran.

Ein Spähauftrag ergab den nächsten. Zwischendurch fuhren sie nach hinten zur Versorgungslinie, tankten, fassten neue Munition und Verpflegung und dann ging es auch schon wieder zur Front. Zum Stullenschmieren blieb kaum Zeit. Nur wenige Stunden Schlaf unter dem Wagen waren ihnen vergönnt.

Und nun hieß es abwarten. Warten, dass die Luftwaffe dem Tommy den Garaus machte. Fritz stand neben dem Spähwagen im Dünensand und blickte auf die gleichmäßigen Wellen des Atlantiks. Er atmete tief ein. Zum ersten Mal war er am Atlantik. Es roch nach Salzwasser und Fisch. Er setzte sich in den feuchten Sand, nahm eine Handvoll und ließ ihn durch seine Finger rinnen. Nach den Tagen der Hektik ohne Pause merkte Fritz erst jetzt, wie erschöpft er war.

Wieder zogen dröhnend Flugzeuge über ihn hinweg, Bomber und Jäger.

Jetzt kriegt der Tommy wieder Zunder, dachte Fritz. Was die Luftwaffe auszurichten vermochte, das hatte er auf dem Vormarsch gesehen. Zerschossene Feindkolonnen, geborstene Panzer, zerrissene Pferdeleiber, Leichenteile, stöhnende Verwundete, brennende Trümmer.

Westlich von St. Quentin waren sie auf eine Straße mit hoher Böschung rechts und links gekommen. Es gab kein anderes Durchkommen, keinen anderen Weg. Auf der Straße lagen die Leichen von mindestens zehn englischen Soldaten. Nur kurz hatte Mellin gezögert, dann hatte er den Befehl gegeben, über sie hinwegzufahren.

Es war nicht viel anders gewesen, als wenn sie über größere Äste gefahren wären, doch von seiner Luke aus mit Blick nach hinten sah Fritz die zermalmten Leiber der Tommys. Wieder wurde ihm speiübel, doch diesmal unterdrückte er den Würgereiz. Abends, beim Kraftstofffassen, roch er immer noch das Blut und das verbrannte Fleisch. Nur nicht die Reifen anfassen, ja nicht ins Profil schauen, sagte er sich. Der Kommandant hatte nie ein Wort darüber verloren.

Und nun standen sie hier, als »stehender Spähtrupp« auf Sicherung, und warteten auf ausbrechende Feindteile. Fritz gähnte, schloss die Augen und ließ sich vom Geräusch der Wellen einlullen.

# 25. KAPITEL

»Wo wohnen Bernds Eltern?« Oliver lenkte den Audi in Richtung Innenstadt.

»Ich habe das nicht in den Unterlagen stehen.« Sabine griff nach dem Diensthandy, wählte die Nummer des Präsidiums und bat darum, dass die Adresse herausgesucht würde. Die Angaben, die sie hatte, waren bisher nur spärlich.

»Wen könnten wir sonst noch befragen?« Oliver war auf den Seitenstreifen gefahren. Sie waren in der Nähe der Elfrather Mühle.

»Vielleicht noch mehr Leute aus der Clique? So ganz durchschaue ich das Gefüge nicht. Wie sehr war Roepstorf da involviert?« Sabine blätterte in ihren Notizen. »Ich habe hier eine Jutta Felber, die wohnt ganz in der Nähe.«

Oliver startete den Wagen wieder. »Dann mal los.«

Sie trafen die junge Frau zu Hause an. Jutta Felber zeigte sich überrascht, bat die beiden aber freundlich herein und bot ihnen Kaffee an. Sie hatte lange, blonde Haare, die wie flüssige Seide über ihre Schultern fielen. Ihre Haut war sonnengebräunt, sie trug nur ein Top und einen kurzen Rock. Oliver konnte den Blick kaum von ihr wenden. Sabine nahm schmunzelnd den Kaffee entgegen.

»Frau Felber, was können Sie uns über Henning Roepstorf erzählen?«, fragte Sabine.

»Ich fürchte, nicht viel. Es ist natürlich schrecklich, dass er umgebracht wurde. Aber wenn Sie sich jetzt von mir erhoffen, dass ich Ihnen den Täter nenne, muss ich passen.« Sie hob die Hände, lächelte.

»Das wäre auch zu schön gewesen. Eigentlich wollen wir uns nur ein Bild von ihm machen.« Oliver nahm die Porzellantasse, nippte.

»Auch da sind Sie hier eher falsch. Ich habe ihn kaum gekannt. Er ist ein paar Mal mit weggegangen, hat aber nie viel erzählt oder so.« Sie lehnte sich entspannt zurück, schlug die Beine übereinander.

»Wie ist er überhaupt in die Clique gekommen.« Olivers Blick hing an ihren Beinen. Gleich fängt er an zu sabbern, dachte Sabine und musste grinsen.

»Bernie hat ihn mitgebracht. Ist schon ein paar Jahre her. Wie gesagt, ich hatte nie viel Kontakt zu ihm, nur wenn wir mal alle zusammen weggegangen sind. Zu privaten Feiern ist er kaum gekommen.«

»Wissen Sie, wie Herr von Steglitz ihn kennen gelernt hat?«, hakte Sabine nach.

»Nicht genau. Da gab es Gerüchte.« Die Stimme von Frau Felber hatte sich verändert, sie schien unsicher zu sein.

»Was für Gerüchte?« Sabine lehnte sich vor, musterte das Gesicht der Frau. Bis jetzt hatte Frau Felber freundlich gelächelt und sie angeschaut, doch nun blickte sie an einen Punkt an der Wand.

»Bernie hat früher mal krumme Dinger gedreht. So kleinere Sachen, nichts Schlimmes. Ein paar Einbrüche und so. Eigentlich waren es wohl eher Mutproben. Er hat auch mal ein Auto geklaut und ist damit durch die Gegend gefahren. Damals hatte er schlechten Umgang. Ich hatte immer den Verdacht, dass er nur seine Eltern schockieren wollte.«

»Kennen Sie seine Eltern?«

»Ach, schon ewig. Unsere Eltern sind zusammen im Tennisclub.«

Sabine nickte. Die zweite Generation eines Freundeskreises. Wieder passte Henning Roepstorf nicht ins Bild.

»Und Henning hat auch mitgemacht?«, fragte sie.

»Nein, ich glaube, so war das nicht. Bernie musste Sozialstunden ableisten. Nennt man das so? Als Strafe. Er war ja damals noch nicht volljährig. Er musste im Zoo arbeiten. Fand es wohl ziemlich ekelig, wenn ich mich recht erinnere. Ist ja schon über zehn Jahre her. Jedenfalls mochte er den Gestank nicht und Ställe ausmisten war auch keine Tätigkeit, die er gerne machte.«

»Und dort hat er Henning getroffen?« Olivers Stimme war warm und freundlich.

Jutta Felber nickte. Nun lächelte sie auch wieder. »Ja. Henning hat wohl die fiesen Arbeiten für Bernd übernommen. Und als Gegenleistung hat er ihn quasi mitgebracht. Sie hatten sich auch irgendwie angefreundet. Das hat mit der Zeit nachgelassen. Aber Henning gehörte dann eben zur Clique.«

»Mit wem war Herr Roepstorf noch enger befreundet?«

»Mit niemandem außer mit Nadine vielleicht. Sie hat eine soziale Ader, so eine Art Helfersyndrom.«

»Nadine und Henning waren zusammen?« Sabine formulierte es als Frage.

»Nein. Nicht so, nicht wie ein Paar.« Jutta schüttelte den Kopf, die Haare tanzten um ihr Gesicht.

»Das hat sie uns aber erzählt. Sie war auch ganz aufgelöst.«

»Ach, das ist nur Show. Und das mit Henning, das hat sie doch nur gesagt, um Bernd eifersüchtig zu machen.

Die beiden waren fünf Jahre zusammen, im Januar hat er sich dann von ihr getrennt. Wobei das eher halbherzig war. Ins Bett sind sie immer noch miteinander.« Jutta Felber kicherte.

»Vielleicht war das auch nur ein Gerücht?« Sabine verschränkte die Arme vor der Brust.

»Nein!« Jutta beugte sich vor. »Das weiß ich ganz sicher. Nach der Tanz-in-den-Mai-Fete sind sie nämlich zusammen hier bei mir geblieben. Und auch sonst. Ich weiß das.«

»Hat Frau Albin auch sexuellen Kontakt zu Herrn Roepstorf gehabt?«

»Keine Ahnung. Kann ich mir nicht vorstellen.«

Sabine warf Oliver einen Blick zu. Er zog die Augenbraue hoch.

»Frau Felber, darf ich das noch mal rekonstruieren? Herr von Steglitz und Frau Albin hatten eine Beziehung?« Oliver schaute sie ernst an. Jutta Felber nickte.

»Und dann hat Herr von Steglitz sich von Frau Albin getrennt?«

Wieder nickte sie.

»Was war der Grund für die Trennung?«

»Das weiß ich nicht so genau.«

»Könnte Henning Roepstorf der Grund gewesen sein?«

Jutta Felber nahm eine Haarsträhne und drehte sie zwischen den Fingern. »Vielleicht. Nadine hatte angefangen mehr Zeit mit ihm zu verbringen. Aber keiner hat das ernst genommen.«

»Vielleicht hat es Herr von Steglitz ernst genommen.«

Nun lehnte sie sich zurück und legte die Fingerspitzen aneinander. »Sie meinen, er war eifersüchtig? Ja, das ist er. Aber immer nur kurz. Er ist aufbrausend, aber nicht nachtragend. Ich hatte das Gefühl, dass die beiden wieder zusammen kommen. Da waren wir uns alle ziemlich sicher.«

»Aber der Bruch könnte durch die Freundschaft zwischen Henning und Nadine entstanden sein?«

»Möglich, ja.«

Sabine stand auf. »Sie haben uns sehr geholfen. Wenn Ihnen noch etwas Wichtiges einfällt, rufen Sie uns an.« Sie reichte Frau Felber ihre Karte.

Als sie die Tür erreichten, drehte sie sich noch mal um. »Sie kennen doch sicher die Adresse von Herrn von Steglitz' Eltern?«

Jutta Felber nannte ihnen die Adresse. Sie blieb in der Tür stehen, bis Oliver den Wagen gestartet hatte. Erst dann ging sie zurück ins Haus.

## 26. KAPITEL

»Schicke Wohnung, schicke Frau.« Oliver lächelte.

»Reiche Kinder reicher Eltern. Na gut, auf zur Gutenbergstraße. Bernie wird immer verdächtiger.« Sabine schnallte sich an.

»Komische Geschichte. Wem glaubst du mehr? Jutta oder Nadine?«

»Schwer zu sagen. Vielleicht hat sich Nadine in etwas hineingesteigert. Und noch mehr jetzt nach Hennings Tod. Jutta sagte, dass sie eine Art Helfersyndrom hat. Das könnte also passen. Und möglicherweise wollte sie Bernd eifersüchtig machen. Der Schuss könnte nach hinten losgegangen sein.«

»Ne, nach vorne, in Hennings Kopf.« Oliver grinste schief, steckte den Schlüssel ins Schloss und startete den Wagen.

»Aber dann ist da das Mysterium mit der Waffe. Wo hat er die her?«

Oliver zuckte mit den Schultern. »Lass uns ein Problem nach dem anderen lösen.«

Sie schellten vergebens an der Tür des schönen Jugendstilhauses auf der Gutenbergstraße.

»Und nun?« Oliver löste sein Zopfgummi, schüttelte die Haare aus.

Sabine schaute auf ihre Uhr. »Wir haben noch gut anderthalb Stunden bis zur Besprechung. Lass uns noch jemanden aus dem Kreis vornehmen.«

Sie sah in der Liste nach. »Hier habe ich jemanden auf der Westparkstraße. Direkt um die Ecke.«

»Ich verhungere aber.«

»Erst die Arbeit, dann das Vergnügen.« Sabine lachte. »Wir holen gleich sicher für alle was.«

Sie ließen den Wagen auf der Gutenbergstraße stehen und liefen zur nächsten Adresse.

Die Blätter der großen, alten Bäume färbten sich schon gelb. Obwohl nach dem gestrigen Unwetter heute wieder die Sonne schien und die Temperaturen nach oben kletterten, lag ein Hauch von Herbst in der Luft. Sabine mochte den Herbst nicht. In dieser Jahreszeit vor zwei Jahren war ihr Leben zusammengebrochen. Wie lange war sie schon nicht mehr auf dem Friedhof gewesen? Einige Wochen? Sie beschloss Blumen zu besorgen und nach dem Grab zu sehen, sobald sie Zeit haben würde.

»Hier ist es.« Oliver blieb vor einem Mehrfamilienhaus stehen.

»Jens Peerhoven. Hoffentlich ist er da.«

Nach mehrfachem Schellen öffnete ihnen ein unrasierter und verschlafen aussehender Mann die Tür. Seine Augen waren rot unterlaufen, er stank aus jeder Pore nach Alkohol.

»Ja?«, brummte er unfreundlich.

»Kommissarin Sabine Thelen, Kriminalkommissariat 11. Sind Sie Jens Peerhoven?«

Er starrte sie mit kleinen Augen an, schien über die Frage erst nachdenken zu müssen. Schließlich trat er einen Schritt zurück und nickte.

»Wir müssen Ihnen ein paar Fragen stellen im Mordfall Roepstorf. Dürfen wir hereinkommen?«

Er brummte nur, tappte vor ihnen durch den Flur und führte sie in die Küche. In der Tür blieb er kurz stehen. Dann zuckte er mit den Achseln, betrat den Raum und öffnete das Fenster.

Die Luft schien mit Qualm und Alkoholdunst gefüllt zu sein. Sabine kam sich vor, als würde sie gegen eine Wand laufen. Auf dem Tisch standen etliche Flaschen, in denen Hochprozentiges gewesen war, und zwei große, überquellende Aschenbecher. Ekel stieg in ihr hoch.

»Bitte«, grunzte er, wies auf zwei Stühle und ließ sich auf den dritten fallen. Breitbeinig saß er da, nur mit Boxershorts bekleidet. Am Handgelenk und um den Hals trug er dicke Goldketten. Er kratzte sich am Oberschenkel und gähnte ungeniert. Aus dem Nebenzimmer erklang der dumpfe Bass eines Hip-Hop-Liedes.

»Gestern ein bisschen viel gefeiert?« Oliver Brackhausen zog sich einen Stuhl heran, drehte ihn um und setzte sich rittlings darauf. Seine Stimme klang unterschwellig aggressiv. Sabine hatte nichts dagegen, dass er die Befragung durchführte.

»Hmm. Ist das ein Verbrechen?«

»Nein. Sind Sie wach und nüchtern genug, um einige Fragen zu beantworten?«

»Spielt das 'ne Rolle?«

»Wir können Sie auch auf das Revier vorladen.«

»Steh ich unter irgendeinem Verdacht? Soll ich meinen Papi anrufen?«

»Sind Sie noch in dem Alter, in dem man seine Eltern anruft?« Oliver neigte den Kopf leicht zur Seite.

»Papi ist Anwalt.« Peerhoven grinste.

»Haben Sie das Gefühl, Sie bräuchten einen Anwalt?« Oliver legte die Arme auf die Lehne des Stuhles.

»Ich weiß ja noch nicht mal, was Sie von mir wollen, Mann.«

»Es geht um den Mord an Henning Roepstorf.«

»Ist ein Elend, ja. Hab ich schon gehört.« Wieder gähnte Peerhoven. Er machte einen gelangweilten Eindruck und war keineswegs beunruhigt.

»Kannten Sie Henning Roepstorf?«

»Das wissen Sie doch ganz genau, sonst wären Sie ja nicht hier.«

Peerhoven war ganz bestimmt noch nicht nüchtern, aber dumm war er auch nicht. Sabine vermutete, dass sein Benehmen nur zur Schau gestellt war, um sie zu schockieren.

»Wann haben Sie Roepstorf das letzte Mal gesehen?« Oliver blieb ruhig.

»Weiß nicht. Muss schon ein paar Wochen her sein.«

»Wie gut kannten Sie ihn?«

»Eigentlich gar nicht. Er kam halt manchmal mit, das war alles. War so ein Weichei, ein Warmduscher. Hat nie viel getrunken und nicht geraucht. Das war manchmal praktisch, er konnte uns fahren.« Peerhoven lachte, es klang nicht freundlich.

»Mit wem war er denn befreundet?«

»Bernie hat ihn mitgebracht. Muss schon Ewigkeiten her sein. Henning passte irgendwie nicht zu uns, kam aber trotzdem immer mal wieder. Mit Nadine hat er sich öfter getroffen in der letzten Zeit.«

»Nadine Albin?«

»Genau. Mann, war Bernie sauer. Dabei hatten die beiden nichts miteinander, der Henning und Nadine.«

»Sind Sie sich da sicher?«

»Klar. Henning stand auf Jungs. Der war stockschwul.«

»Was?« Sabine hatte an der Wand angelehnt gestanden und drückte sich nun ab. »Woher wollen Sie das wissen?«

»Na, ich hab nicht mit ihm gepoppt, falls Sie das meinen. Aber der stand auf Jungs, klar, bin ich mir da sicher.«

»Woher haben Sie die Information?«

»Ich hab's gesehen, Mann. Er hat einen Typen geknutscht. So richtig, mit Zunge und so. Bahh … aber jedem das Seine.«

Oliver schaute über die Schulter zu Sabine. Sie schüttelte leicht den Kopf. Diese Information war neu und sie warf ein völlig anderes Licht auf die Situation.

»Wann war das?«

»Vor ein paar Wochen. Das war in der Disko Meilenstein am Bahnhof. Er hat mich wohl nicht gesehen. Vor uns hat er immer so unschuldig getan. Harmlos. Alles, was ihn interessierte, war seine Scheißahnenforschung. Damit konnte er einem das Ohr ablabern. Das und seine Viecher im Zoo. Als ob die jemanden interessieren würden.«

»Wusste Frau Albin, dass Herr Roepstorf homosexuell war?«, fragte Sabine.

»Na, sicher nicht. Die hat ja immer einen Affentanz um ihn gemacht. ›Der ist doch soooo nett. Ihr müsst Rücksicht auf ihn nehmen …‹. Bernie ist das voll auf den Keks gegangen, stand der gar nicht drauf. Er war mit Nadine zusammen.«

»Wir haben gehört, dass die beiden sich getrennt haben.« Oliver wischte sich über den Mund. Er bekam von der schlechten Luft Kopfschmerzen. Sein Hunger war verschwunden.

»Ach Quatsch. Die haben immer so Spielchen gespielt. ›Jetzt hab ich dich nicht mehr lieb‹ und so. Bernie zieht nächsten Monat zu ihr. Steht schon alles fest.«

»Wissen Sie, wo Bernd von Steglitz ist?«

»Zu Hause?« Zum ersten Mal sah Peerhoven Oliver richtig an.

»Nein, da ist er nicht.«

Einen Moment überlegte Peerhoven, dann zog er die Stirn in Falten. »Wenn Sie glauben, dass Bernd etwas mit Hennings Tod zu tun hat, dann sind Sie schief gewickelt.«

»Wissen Sie, wo Herr von Steglitz am Freitagabend war?«

Jens Peerhoven öffnete den Mund, schloss ihn dann wieder. Er setzte sich gerade hin und machte nun einen deutlich wacheren und aufmerksameren Eindruck. »Dazu kann ich keine Angaben machen.«

»Wissen Sie es nicht oder wollen Sie es nur nicht sagen?«

Peerhoven schwieg.

»Herr Peerhoven, bitte beantworten Sie meine Frage.«

Peerhoven schwieg weiterhin. Die Kaumuskeln in seinem Kiefer arbeiteten.

»Wir können Sie vorladen.«

»Dann tun Sie das.« Er stand auf, ging an ihnen vorbei zur Tür. Ohne ein Wort zu sagen, öffnete er die Wohnungstür und zeigte nach draußen.

»Einen schönen Tag noch«, wünschte Oliver. Als Sabine an Peerhoven vorbeiging, konnte sie sauren Schweiß riechen.

# 27. KAPITEL

1941

Fritz saß am Fenster im Wagen der dritten Klasse. Die Holzbänke waren hart, die Luft schlecht, der Wagen überfüllt. Die Landschaft schaukelte an ihm vorbei. Gestern hatten sie Dresden passiert, heute waren sie durch Regensburg und Innsbruck gefahren. Am Anfang war ihm durch das Schaukeln des Zuges schlecht geworden, aber inzwischen hatte er sich daran gewöhnt. Vielleicht hatte die Übelkeit auch an dem Abschiedsabend in der Kaserne gelegen. Adolf hatte, woher auch immer, einige Flaschen Rotwein und vier Zigarren aufgetrieben. Der Koch wollte sich nicht lumpen lassen und hatte Lamm aufgetragen. Das Lamm war jedoch ein ausgewachsener Hammel gewesen. Fritz verdrängte den Gedanken an das fettige und stinkende Essen.

Sie hielten, wahrscheinlich zum Lokwechsel, der zweite bisher. Schnell wurden die Notdurfteimer ausgeleert und Getränke aufgenommen. An warmes Essen war während der Fahrt nicht zu denken, es gab nur Kaltverpflegung.

Adolf saß ihm gegenüber, nickte immer wieder ein. Er hatte den Schlaf der Gerechten, konnte überall und immer schlafen. Lärm, Gestank und Unbequemlichkeit störten ihn nicht.

Verstohlen schaute Fritz sich um. Zwei Reihen hinter ihnen saß Henning Roepstorf. Sie waren im gleichen Zug, hatte er festgestellt. Roepstorf war ein paar Jahre älter als sie und hatte seinen eigenen Panzerspähwagen, während Fritz immer noch unter Mellin diente.

Der Zug fuhr wieder an. Roepstorf kam genau wie sie aus Krefeld. War das Zufall oder Schicksal? Der Familie seiner Frau gehörte die Weberei, die der größte Konkurrent von Fritz' Vater war.

Fritz hatte bisher nicht viel Gutes über die Familie gehört, aber das mochte geschäftliche Hintergründe haben.

Roepstorf war jedes Mal während der Halte nach hinten gegangen. Die Mannschaft fuhr in Güterwaggons auf Strohschütten. Roepstorf hatte sich vergewissert, dass seine Leute Verpflegung und Getränke bekamen.

Nach drei elendigen, langen Tagen und Nächten erreichten sie Neapel. Fritz konnte sich kaum bewegen, so sehr schmerzten seine Glieder. Er streckte sich. Immer noch schien der Boden unter ihm zu schaukeln, auch wenn der Zug längst gehalten hatte.

»Ob wir die Nacht im Hafen verbringen? Vielleicht können wir ja Ausgang haben. So eine nette italienische Hafenkneipe mit netten italienischen Frauen, ein gutes Glas Wein und eine warme Mahlzeit, das wünsche ich mir jetzt.« Adolf stand neben ihm. Die hellen Tropenuniformen sahen seltsam ungewohnt aus.

»Das war doch wohl ein Scherz, Herr Fahnenjunker.« Roepstorf stand neben ihnen und zündete sich eine Zigarette an. »Sehen Sie zu, dass Sie bei Ihrem Zug bleiben. Die Fahrzeuge werden jetzt sofort auf die Frachter geladen und wir folgen dann. Unser Ziel ist es, so schnell wie möglich Tripolis zu erreichen. Dann raus aus der Stadt und immer ostwärts. Haben Sie sich nicht mit den Karten vertraut gemacht?«

Adolf zog die Augenbraue hoch und warf Fritz einen genervten Blick zu. »Doch, Herr Fähnrich. Ich erlaubte mir einen Scherz zu machen. Reines Wunschdenken.«

»Ihr Wunsch sollte es sein, unsere Truppen zu unterstützen.« Roepstorf drehte sich um und ging.

»Was für ein Piesel.« Adolf spuckte auf den Bahnsteig.

»Wusstest du, dass er aus Krefeld ist?«, fragte Fritz.

Adolf nickte.

Nach einem Monat hatte sich Fritz immer noch nicht an das Klima gewöhnt. Während tagsüber die Temperaturen zum Teil die 50 Grad Marke erreichten, war es nachts bitterkalt. Sandstürme gehörten zur Tagesordnung, schlimmer war der Ghilbi, ein Wüstensturm, der aus dem Süden kam. Der Sand und der Wind waren 60 Grad heiß, man konnte keinen Meter weit sehen.

»Wir sollen nach El Agheila vorrücken.« Adolf zog den Verband von seiner Hand. Ohne nachzudenken, hatte er letzte Woche den Rumpf des Spähpanzers angefasst. Das Metall war glühend heiß, Adolf erlitt schwere Verbrennungen an der Handfläche.

»Das mag Rommel wollen, aber unser Motor ist schon wieder hinüber.« Fritz schaute zum Werkstatttrupp. Der Mechaniker sah ihn an, schüttelte dann den Kopf.

»Ich hatte gehofft, dass es nur ein wenig Sand sei, aber anscheinend ist der Schaden schlimmer.« Fritz drehte sich um.

»Gestern hätten wir fast zwei Panzer in dem großen Mienenfeld verloren.« Adolf rieb sich den Schweiß aus dem Nacken.

»Ich weiß. Sie haben sie bergen können. Zwei Kameraden hat es jedoch erwischt.« Fritz senkte den Kopf. »Hast du was zu trinken?«

Adolf nahm seine Feldflasche hervor, schüttelte sie. »Ein Schluck vielleicht noch. Roepstorf hat jemanden zum Wasser holen geschickt.«

»Ich hasse diese salzige Brühe. Zwei Brunnen haben sie jetzt gegraben, aber außer Brackwasser ist da nichts zu holen. Auch wenn es abgekocht ist, schmeckt es wie der Tod.«

Wie aufs Stichwort drehte Adolf sich um und lief im Laufschritt aus dem Lager. Er zog seinen Klappspaten und riss sich die Hose herunter kaum 100 Meter hinter dem letzten Zelt. Fritz grinste. Sie alle hatten mit Ruhr zu kämpfen. So wie wir das Land düngen, wird es nächstes Jahr fruchtbarer Boden sein, dachte er.

»Aufsitzen!« Mellin bellte den Befehl. Fritz hob zum tausendsten Mal an diesem Tag seine Fliegenklatsche. Fliegen waren die größte Plage neben der Hitze und dem Sand. Sie setzten sich in die Augen- und Mundwinkel, bedeckten jeden Zentimeter der Haut, angezogen vom Schweiß der Männer.

Der Richtschütze setzte sich auf seinen Platz, ein Gefreiter hatte den Posten als Rückwärtsfahrer. Schon lange war die Verpflegung nicht mehr das, was Fritz noch im Frankreichfeldzug erlebt hatte. Hartes Brot und ledernes Rindfleisch, welches sie als »Alter Mann« bezeichneten, und Ölsardinen. Hin und wieder gab es eine Zitrone wegen der Vitamine.

Wasser war Mangelware. Ein Mal mussten sie sogar Kühlwasser ablassen und trinken. Eine ekelige Brühe, die ihnen Durchfall bescherte.

Er hatte einen Brief von seiner Mutter erhalten. Sie fragte nach den Palmen und Oasen, Bilder, die die Wochenschau zeigte. Fritz hatte nur wenige Palmen gesehen und diese waren durch Granatsplitter zerstört. Auch die wilden Tiere, die seine Mutter erwähnte, hatte er in den vier Monaten, die sie nun hier waren, noch nicht zu Gesicht bekommen. Dafür Fliegen und Skorpione, Schlangen und Spinnen, größer als sein Handteller. Jeden Abend suchten sie akribisch das Zelt ab, doch er tat gut daran, morgens seine Stiefel auszuschütteln. So manches Getier hatte sich dort verkrochen.

## 28. KAPITEL

»Wer möchte was?« Uta Klemenz beugte sich über ihren Notizblock.

»Currywurst, Pommes. Halbes Hähnchen, Pommes.«

Nach und nach gaben alle ihre Bestellung ab. Volker hatte neues Wasser und Cola geholt, stellte einige Flaschen auf den Tisch. Sabine kochte in der kleinen Küche Kaffee. Im vierten Stockwerk des Präsidiums summte es wie in einem Bienenschwarm. Fischer war noch nicht eingetroffen und deshalb hatten sie beschlossen Essen zu holen.

Uta traf Jürgen, als sie das Präsidium verließ.

»Ich hole Pommes. Willst du auch?«

Fischer versuchte den Kopf zu schütteln, aber die Halskrause hielt ihn davon ab. »Nein, danke. Sind alle anderen oben?«

Uta nickte, sie versprach sich zu beeilen.

Wieder nahm Jürgen Fischer den Aufzug. Wieder blieb sein Blick an den Filzstiftsprüchen hängen. Er hatte die Suppe vertragen und auch seine Kopfschmerzen waren besser geworden. Immer noch war ihm ein wenig schwindelig, aber auch das würde sich geben, hoffte er. Im Magen verspürte er ein Kribbeln, eine Unruhe. Er schob es auf die Angst, denn, wenn er ehrlich zu sich selbst war, machte er sich fürchterliche Sorgen um Susanne.

Als sich die Fahrstuhltür mit einem leisen Quietschen öffnete, war Fischer erleichtert, dass niemand der Kollegen im Flur stand. Er ging in sein Büro, setzte sich an seinen Schreibtisch und zog die Zigaretten aus der Tasche. Dann nahm er den Telefonhörer und wählte die Nummer des Präsidiums in Münster.

»Gibt es etwas Neues, Hansi?«

»Jürgen, wie geht es dir?«

Fischer zog an seiner Zigarette. »Mein Sohn ist unterwegs zu euch. Er hat eine Stinkwut auf mich.«

»Wird er Ärger machen?«

»Ich weiß es nicht. Er meint, ich müsse auch da sein.«

»Ach ja? Wir haben übrigens etwas gefunden. Eine ihrer Freundinnen hat erzählt, dass sie eine neue Bekanntschaft hat. Übers Internet. Wir versuchen jetzt mehr herauszufinden. Vielleicht ist sie ja mit dem unterwegs und hat es nur niemandem erzählt.«

»Wer hat euch das gesagt?«

»Irmgard Neuhaus. Kennst du sie?«

»Ja, sicher. Halt mich auf dem Laufenden.«

Der Gedanke, dass Susanne sich mit jemandem traf, den sie aus dem Internet kannte, beruhigte Jürgen nicht sehr. Natürlich könnte das eine einfache Erklärung dafür sein, dass sie weg war, aber warum war ihr Handy ausgeschaltet? Und warum hatte sie niemandem etwas davon erzählt? Das Internet bot Verbrechern aller Art Zugang zu arglosen Menschen. Und wie, um Himmels willen, hatte sie im Internet jemanden kennen gelernt?

Er startete seinen Computer. Wie er an eine Telefonnummer kam, wusste er immerhin. Es dauerte nicht lange, da hatte er die gewünschte Nummer gefunden.

»Irmgard? Ich bin's, Jürgen. Jürgen Fischer.« Er hielt den Atem an und lauschte in den Hörer.

»Jürgen? Du rufst wegen Susanne an? Ich kann dir nicht mehr sagen als deinem Kollegen, der heute Morgen bei mir war.« Ihre Stimme klang eisig. Er konnte es ihr nicht verdenken. Seit er aus Münster weggezogen war, hatte er fast sämtliche Kontakte zu Freunden dort abgebrochen.

»Was genau hast du ihm erzählt?« Fischer wunderte sich ein wenig, dass der Kollege alleine zu ihr gefahren war. Normalerweise nahmen sie Befragungen immer zu zweit vor.

»Warum warst du nicht hier? Warum bist du jetzt nicht hier?«

»Ich kann nicht, Irmgard. Ich hatte gestern Nacht auf dem Weg nach Münster einen Unfall.«

»Oh. Das wusste ich nicht.« Plötzlich klang sie freundlicher. »Was genau steckt denn hinter dieser Geschichte? Ich verstehe es nicht. Susanne ist weg?«

»Wann hast du sie zuletzt gesprochen?« Irmgard war die beste Freundin seiner Frau. Wenn es heute noch so war wie früher, telefonierten sie fast jeden Tag.

»Dienstag. Dienstag haben wir telefoniert. Sie war kurz angebunden, wie so häufig in der letzten Zeit.«

»Woran lag das?«

»Ich bin mir nicht sicher, das habe ich auch deinem Kollegen gesagt. Sie hatte viel zu tun, war beschäftigt. Und, nun ja, dir kann ich es ja sagen: sie war unglücklich.«

»Unglücklich?«

»Sie hatte doch diesen Bekannten, ich weiß nicht, ob du davon weißt …« Unsicher brach sie ab.

»Doch, davon weiß ich.« Fischer angelte sich die nächste Zigarette aus der Packung. Er hatte einen schalen Geschmack im Mund.

»Vor ein paar Wochen hat er die Beziehung beendet. Das war ungefähr zu dem Zeitpunkt, als du ihr gesagt hast, dass du mit deiner …« Im letzten Moment schluckte sie das Wort herunter, räusperte sich. Fischer konnte sich denken, was sie hatte sagen wollen. Es war nicht freundlich, aber irgendwie konnte er sie auch verstehen. In ihren Augen hatte er seine Frau wegen einer anderen verlassen. Dass es nicht so einfach war und dass Susanne und er schon viel länger große Probleme in ihrer Ehe gehabt hatten, konnte Irmgard nicht wissen. Und wenn, dann nur aus Susannes Sicht.

»Sie haben sich also getrennt. Und dann?«

»Susanne ging es nicht gut. Sie war sehr unglücklich. Sie hatte das Gefühl, ihr Leben sei zu Ende. Du warst weg, der andere auch. Sie war sich sicher, nie wieder einen neuen Partner finden zu können in ihrem Alter.«

»In ihrem Alter.« Fischer schnaubte. »Sie ist Anfang 40.«

»Sie hatte das Gefühl, Jürgen. Und ich … ich …« Plötzlich schluchzte sie.

»Was ist los?« Jürgen runzelte die Stirn, drückte den Hörer enger ans Ohr. Er wollte sich keinen Ton, keine Nuance entgehen lassen. Wieder verfluchte er, dass er nicht in Münster war. Wenn er ihr gegenübersitzen würde, wäre alles viel einfacher.

»Ich habe ihr empfohlen, sich bei einer Singlebörse anzumelden.« Fischer konnte hören, dass sie nun weinte. »Ich bin schuld.«

»An was bist du schuld?«

»Sie hat da Männer kennen gelernt. Und sich mit ihnen getroffen. Sie hat mir davon erzählt.«

»Sie hat sich mit Männern getroffen? Ich verstehe nicht. Was hat das mit ihrem Verschwinden zu tun?«

»Sie wollte sich mit jemandem treffen. Diese Woche. Normalerweise hab ich ihr quasi Geleitschutz gegeben. Sie war ja nicht dumm. Sie traf sich nur an öffentlichen Orten, zum Kaffee oder Essengehen, verstehst du?«

»Verstehe ich.« Fischer verstand das Prinzip zwar immer noch nicht so ganz, aber er wollte, dass sie weiterredete.

»Und nach einer gewissen Zeit habe ich sie angerufen, wenn sie verabredet war, unter einem Vorwand. Wir hatten Stichworte ausgemacht. Wenn der Typ ganz schrecklich war, hat sie so getan, als sei mein Anruf ein Notfall und so hatte sie eine Ausrede zu gehen. Wenn er okay war, gab es ein anderes Stichwort. Dann habe ich später noch mal angerufen oder sie mich, wenn sie heil zu Hause war.«

»Das Prinzip habe ich begriffen. Gar nicht so dumm.«

»Ja, aber nun hat sie sich vermutlich diese Woche irgendwann mit diesem Mann verabredet, aber ich war nicht da.« Wieder schluchzte sie auf. »Ich war nicht da …«

»Irmi, bist du dir sicher, dass sie sich mit jemandem getroffen hat?« Fischer versuchte, nicht zu viel Besorgnis durchklingen zu lassen, er wollte sie nicht bedrängen.

»Ich weiß es nicht hundertprozentig, aber sie hatte es vor.«

»Gab es niemand anderen, der deine Rolle übernehmen konnte?« Susanne hatte einen großen Freundeskreis, in Gedanken ging Fischer die Namen durch. »Ina vielleicht oder Gerda?«

»Nein, sie wollte nicht, dass die anderen erfuhren, auf welche Weise sie nach einer Bekanntschaft suchte. Sie wollte nicht verzweifelt wirken.«

»Verstehe.« Fischer rieb sich über das Gesicht. Er verfluchte sich, weil er keinen näheren Kontakt mit seiner Frau gehalten und nichts von ihren Sorgen gewusst hatte. Aber hätte sie ihm das überhaupt anvertraut? Wäre es in ihren Augen nicht ein Eingeständnis einer Niederlage gewesen? Etwas, was sie nie tun würde, dafür kannte er sie zu gut. Susanne musste immer das letzte Wort haben, immer die Oberhand behalten.

»Weißt du den Namen von dem Mann?«

»Nein. Diesmal weiß ich im Grunde gar nichts. Sie hat mit ihm eine Weile geschrieben, dann telefoniert und sich dann zum Treffen verabredet. Sie wollten essen gehen. Das ist alles, was ich weiß.«

»Wo wollten sie essen gehen?«

»Auch das weiß ich nicht. Ist das wichtig?« Irmgard hörte sich verunsichert an.

»Man könnte überprüfen, ob sich jemand an sie erinnert. Ob sie wirklich da war. Vielleicht hat sie mit Karte bezahlt. Möglicherweise erinnert sich einer der anderen Gäste oder ein Kellner daran, wann sie gegangen ist. Und ob sie allein oder mit ihm zusammen gegangen ist.« Fischer wunderte sich, dass der Kollege sie das nicht gefragt hatte. Dann fiel ihm ein, dass sie ihm wahrscheinlich nichts von dem Notfallplan erzählt hatte.

Irmgard nannte ihm ein paar Lokale und Gaststätten, die Susanne bevorzugt aufgesucht hatte. Fischer notierte sich die Namen.

»Falls dir noch irgendetwas einfällt, und mag es dir noch so unwichtig erscheinen, ruf mich an.« Er gab ihr seine Handynummer. »Tag und Nacht, egal wann, ja?«

»Gut. Ach, Jürgen, das ist alles so schrecklich. Ich mache mir solche Sorgen um sie.«

»Ich auch«, gestand Fischer. »Noch was. Florian ist auf dem Weg nach Münster. Kannst du dich ein wenig um ihn kümmern? Wahrscheinlich komme ich morgen auch. Dann melde ich mich bei dir.«

Er verabschiedete sich und legte auf. Dann rief er in Münster an und gab die Informationen an Hansi weiter.

Schließlich stand er auf und ging in den Besprechungsraum. Er fühlte sich müde und erschlagen.

# 29. KAPITEL

Im Besprechungsraum roch es wie in einer Imbissbude. Der Geruch von Frittierfett und Currysoße drehte Fischer den Magen um. Er musste in der Tür stehen bleiben, um langsam ein- und aus zu atmen. Dann ging er zu seinem Platz. Das Stimmengewirr verstummte allmählich.

»Möchtest du auch etwas, Jürgen?« Uta zeigte auf die Pommesschalen.

»Nein.« Er räusperte sich. »Wasser, bitte.«

Jemand schob ihm eine Flasche zu, an der das Kondenswasser perlte. Fischer trank einen großen Schluck, dann versuchte er in die Runde zu blicken, wurde aber durch seine Halskrause behindert.

»Wie geht es Ihnen?«, fragte Werner Altmann.

Fischer winkte ab. »Wie geht es Guido?«

»Besser. Er liegt noch auf der Intensiv im künstlichen Koma, aber die Ärzte sind sehr zuversichtlich. Allerdings wird er einen langen Weg vor sich haben, mit Reha und allem. Es wird für die Familie bestimmt nicht einfach werden.«

»Wir helfen, wo wir können.«

»Das habe ich Sigrid auch gesagt und es macht sie sehr froh.« Altmann schenkte sich Kaffee ein.

»Wir haben deinen Wagen komplett auf den Kopf gestellt, Jürgen.« Siegfried Brüx wischte sich Mayonnaise vom Kinn. »Es gibt keine brauchbaren Spuren. Das mag auch daran liegen, dass es so doll geregnet hat. Offensichtlich ist nur, dass der Wagen manipuliert wurde. Ich habe mir eine Kopie der Akte des damaligen Falles zufaxen lassen. Der Täter ist in Haft verstorben. Die Postkarten, die er dir damals geschickt hat, sind anders als die, die du hier und in Münster erhalten hast.«

»Inwiefern?«, fragte Altmann.

»Die Postkarten, die Schröter schickte, waren historische Karten. Wirkliche Postkarten, die man käuflich erwerben konnte. Solche mit gezacktem Rand, wissen Sie, was ich meine? Schwarzweiß oder Sepia. Sie hatten ein Friedhofsmotiv. Und das ist auch alles, was mit den beiden neuen Karten übereinstimmt. Die haben auch ein Friedhofsmotiv, sind aber von Fotos gedruckt worden. Digitaldruck. Kann man im Internet bestellen.«

Fischer suchte nach seinen Zigaretten. Er hatte sie wohl auf seinem Schreibtisch liegen gelassen. Günther hatte die tastende Bewegung gesehen und richtig interpretiert, er schob Fischer seine Schachtel zu.

»Vor Montag kommen wir da aber nicht weiter.«

»Eine Streife bewacht euer Haus rund um die Uhr, Jürgen. Trotzdem sollte Frau Becker ihren Wagen vorläufig auch nicht benutzen. Wir möchten ihn uns gerne ansehen. Nur für den Fall …«

Fischer brummte zustimmend. Sie hatten eine Garage, aber die stand voller Kartons. Und auch in eine Garage konnte ein findiger Verbrecher eindringen. Dann fiel ihm ein, dass sie morgen nach Münster fahren wollten. »Könnt ihr den Wagen so schnell es geht mitnehmen?«

Brüx grinste. »Er ist schon abgeholt worden.«

»Gut, was haben wir noch? Wie sieht es im Fall Roepstorf aus?«

Sabine setzte sich aufrecht hin, nahm die Unterlagen und blätterte darin. »Wir haben einige Leute aus dem

Freundeskreis befragt. Verwirrende Antworten, die sich zum Teil widersprechen. Mal hatte Nadine Albin etwas mit ihm, mal nicht. Sicher ist, dass sie mit Bernd von Steglitz zusammen war.«

»Und der«, fiel ihr Oliver ins Wort, »ist in Holland unterwegs.«

»Ist das sicher?«

»Nein, das ist eine Annahme. Aber er hätte vielleicht ein Motiv. Wie gesagt, es ist etwas verwirrend.«

Sabine schilderte die verschiedenen Aussagen. »Was mich am meisten irritiert, ist die Angabe, dass Roepstorf homosexuell war. Das hat nur …« Sie musste in den Notizen nachschauen, »Jens Peerhoven behauptet. Er hat anfänglich unsere Fragen beantwortet, aber als wir ihn über Bernd von Steglitz befragen wollten, machte er plötzlich dicht. Ich möchte ihn vorladen.« Sie warf dem Staatsanwalt einen fragenden Blick zu. »Und die anderen des Freundeskreises eigentlich auch. Vielleicht sind ihre Aussagen sachlicher und präziser, wenn sie hier vernommen werden.«

»Heute ist Samstag. Vor Dienstag wird das nichts. Montag vielleicht, wenn ich den Richter morgen erwische. Ich versuche mein Möglichstes.«

»Wir wollen auch auf jeden Fall mit Bernds Eltern sprechen. Vorhin waren sie nicht da, aber wir versuchen es nachher noch mal.«

»Ist das Lothar von Steglitz, über den ihr da sprecht«, meldete sich Lukas Süring, ein Kollege der Wache West, zu Wort.

»Das ist der Vater von Bernd von Steglitz«, sagte Sabine, nachdem sie in die Notizen geschaut hatte. »Wieso?«

»Den kenne ich. Er hat einen Jagdschein, ist schon mal aufgefallen.«

»Aufgefallen? Inwiefern?«

»Wie gesagt, er hat einen Jagdschein und auch ein Revier hinter Tönisvorst. Dort ist er mit einer alten MP 40 erwischt worden. Weiß der Henker, woher er die Munition hatte.«

Fischer wurde hellhörig. »Eine MP 40? Bist du dir sicher?«

»Ja, wir waren bei ihm. Er hat eine stattliche Sammlung alter Gewehre, Orden und so ein Gedöns. Erster und Zweiter Weltkrieg. Wir haben die Waffen überprüft. Zusätzlich zu den zwei Pistolen und den fünf Langwaffen, die er besitzen darf, hatte er eine Luger samt Munition und diese MP 40 und auch Munition. Wir haben die beiden Waffen mitgenommen, unbrauchbar gemacht und ihm wieder gegeben.«

»Mit einer MP 40 wurde Henning Roepstorf ermordet.« Fischer sah Altmann an.

»Ich werde versuchen, heute noch einen Durchsuchungsbefehl zu erhalten«, sagte Altmann.

»Für die Wohnung des Sohnes auch.« Sabine sah zu Altmann.

»Ja.« Altmann nickte. »Er hat ein mögliches Motiv und vielleicht auch Zugang zu so einer Waffe. Vielleicht ist er unser Täter.«

»Hoffentlich.« Fischer lehnte sich zurück. Endlich kam Bewegung in den Fall. »Eine Streife soll sofort die Wohnung des Jungen observieren. Ein Haftbefehl ist verfrüht?«

»Wir haben nur einen Verdacht, keine brauchbaren Beweise, noch nicht einmal Indizien.« Altmann schüttelte den Kopf. Auch er wusste, dass sie mit einem Haftbefehl die niederländische Polizei einbinden konnten. Ohne

Haftbefehl blieb ihnen nur die Möglichkeit, mit den Kollegen in Kontakt zu bleiben und zu hoffen, dass Bernd zufällig gesehen wurde. Aber kein Richter der Welt würde ihnen auf Grund der schwammigen Sachlage einen Haftbefehl ausstellen. »Vielleicht sieht das ja nach der Durchsuchung anders aus. Aber wir müssen eine richterliche Verfügung haben, denn hier ist keine Gefahr im Verzug.«

»Das sehe ich auch so.« Fischer schob einen Finger unter die Halskrause. Es juckte erbärmlich. »Gibt es sonst noch etwas?«

»Wir haben die Arbeitskollegen befragt. Einen Teil zumindest. Er hatte Ärger mit einem Kollegen hin und wieder. Die beiden hatten unterschiedliche Ansichten, was die Fütterung eines Tieres anging. Und die Brutpflege oder so etwas. Das reicht aber meiner Meinung nach nicht für ein Motiv aus. Mit allen anderen ist er ganz gut zurechtgekommen.« Dieter schob seine Unterlagen auseinander. »Und mit einem Besucher hatte er immer Mal wieder Streit. So ganz habe ich das nicht verstanden.«

»Er hatte Streit mit einem Besucher?« Fischer lehnte sich vor.

»Ja, mit einem alten Mann, wenn ich das recht verstanden habe. Der hat eine Dauerkarte. Er wollte immer Tiere füttern, obwohl das verboten ist. Da er so oft kommt und schon so alt ist, haben die anderen wohl ein Auge zugedrückt, aber Roepstorf nicht. Im Gegenzug hat der alte Mann ihn immer wieder kritisiert. Da gab es Reibungen.«

»Das möchte ich genauer haben. Mit Namen. Es klingt zwar banal, aber man weiß nie.« Fischer nickte ihm zu.

Sie gingen noch Zeugenaussagen durch, aber niemandem war in der Nacht von Freitag auf Samstag etwas aufgefallen, was nach einer Spur aussah.

Fischer seufzte, als er in sein Büro zurückging. Sie hatten ausgemacht sich um halb zehn wieder zu treffen.

# 30. KAPITEL

**Mai 1941**

»Wir fahren mit zwei Wagen, sichern uns gegenseitig. Rommel will angreifen.« Mellin ließ sich auf den Sitz neben Fritz fallen. Auch er wedelte die Fliegen von seinem Gesicht. »Scheißviecher.«

»Wohin?«

»Richtung Süden. Bir Hamat.«

»Sieht aus, als würde ein Sandsturm aufziehen.«

»Es wurde gesagt, dass ab Ende Mai die Stürme nachlassen.«

Fritz lachte bitter. »Ach ja? Vielleicht haben die Tommys ja einen Weg gefunden, auch das Wetter zu manipulieren.«

Sie fuhren los, nebeneinander her. Nachdem sie eine

Talsenke durchquert hatten, verengte sich der Weg. Die Dünen rechts und links waren aus losem Sand. Selbst mit den Ballonrädern würden sie sich dort festfahren.

»Wir fahren vor, Roepstorf bleibt dicht hinter uns.« Mellin öffnete die Luke, lehnte sich heraus. Oftmals waren heimtückische Minenfelder angelegt worden, diese galt es, rechtzeitig zu entdecken und zu melden.

Der Spähwagen fuhr ruckelnd an.

»Langsam. Himmel, Arsch und Zwirn, die Sicht ist gleich null.«

Wind kam auf und wehte den losen Sand auf. Eine riesige Wolke aus gelbbraunen Körnern stand wie eine Wand vor ihnen.

»Verflucht!« Fritz wusste, dieser Sand setzte sich in alle Ritzen und Zwischenräume. Wenn sie Pech hatten, würden die Luftfilter wieder verstopfen und damit der Motor ausfallen.

»Langsam weiter. Dort vorne wird es breiter, da können wir wieder nebeneinander fahren.«

Wenn wir dann überhaupt noch fahren können, dachte Fritz. Er zog das Halstuch über Mund und Nase. Der saure Schweißgeruch war immer noch besser, als Sand in den Körperöffnungen zu haben. Wasser war knapp und schon jetzt knirschte es zwischen seinen Zähnen. Mit dem Sand kamen auch die Sandflöhe. Obwohl er die Hosenbeine zugebunden und in die Tropenstiefel gesteckt hatte, fanden sie einen Weg.

Er versuchte das Jucken zu ignorieren. Hinter ihnen formierte sich die Panzerdivision und die Aufgabe der Spähfahrzeuge war es, feindliche Aktivitäten auszumachen und aus sicherer Entfernung am Feind zu bleiben und dessen Stärke und Absichten festzustellen.

Manches Mal hätte er sich trotzdem die Beteiligung an einem Gefecht gewünscht.

Das aufblitzende Feindfeuer überraschte sie. Sofort hielt der Wagen, der zweite wäre beinahe aufgefahren.

»Zurück! Aus dem Beschuss! Nebeln!«

Drei Nebelwurfkörper wurden ausgestoßen und bildeten für einige Momente einen dichten Blickschutz.

Sie gaben Gas, versuchten die Spur zu halten und sich nicht in den Dünen festzufahren.

»Oberfeld?« Fritz drehte sich um.

Mellin hing halb aus der offenen Luke. Fritz zog ihn an den Beinen nach unten. Ein Geschoss hatte ihm die rechte Gesichtshälfte weggerissen.

»Scheiße.« Fritz kniff kurz die Augen zusammen.

Mellin zuckte noch ein paar Mal, dann starb er in Fritz' Armen. Blut und Gehirnmasse besudelten Fritz' Uniform. Sofort saßen Fliegen auf ihm.

»Vom Feind absetzen.« Roepstorf übernahm das Kommando. »Hinter dem Hügel auf neun Uhr in Deckung gehen.«

»Mellin ist tot«, meldete Fritz.

»Dann übernimmst du den Wagen. Das 5. Panzerregiment ist schon im Anmarsch, die müssen hier durch.«

Bei Bir Hamat stieß das Regiment auf die ersten englischen Panzer. Oberleutnant von Hülsen fiel durch einen Kopfschuss. Rocholl übernahm die Panzerkompanie. Ein englischer Brigadebefehl wurde erbeutet, in dem stand, dass deutschen Gefangenen kein Wasser zu geben sei, bevor diese nicht ausgesagt hatten. Es waren 40 Grad im Schatten. Rommel kochte vor Wut und gab den Befehl die Wasserausgabe an englische Gefangene so lange einzustellen, bis der Befehl widerrufen war.

»Der Tommy hat die Menschlichkeit wohl gepachtet.« Roepstorf fluchte, als sie davon erfuhren. Die Division war nach hinten abgeschnitten. Es gab keinen Nachschub, kein Wasser und keinen Sprit. Auch die Verwundeten konnten nicht abtransportiert werden. Die Gefallenen verscharrten sie im Sand, etwas anderes blieb ihnen nicht übrig.

Fritz fuhr nun den Spähwagen mit drei Mann Besatzung. Immer wieder rückten sie aus, einige Tage gab es nur leichte Plänkeleien und stundenlanges Warten in der glühenden Sonne.

»Mir platzt der Schädel!« Fritz rieb sich den Schweiß von der Stirn. »Ein glühender Eisenkasten ist das. Wie müssen sich nur die Kameraden in den Panzern fühlen?«

»Zerkocht.«

Am frühen Morgen des fünften Tages legte Fritz gerade die Decken zusammen, als es Alarm gab. Zuerst nahm er es gar nicht ernst, dann aber rückten die feindlichen Panzer an. Dichte Staubwolken bildeten sich und die Erde schien zu zittern.

»Aufsitzen!«

Sie umgingen die kämpfende Truppe, hielten sich abseits und stießen an der Flanke vor.

»Was ist das da auf drei Uhr? Sieht aus wie ein Mannschaftstransportwagen.«

»Feuer frei!«

Sie trafen. Als sie sich dem Wagen näherten, bot sich ihnen ein schauderhaftes Bild. Schwerverletzte, Tote, abgerissene Gliedmaßen und dazwischen Konservendosen.

Fritz sprang vom Wagen und sammelte die Vorräte ein.

»Was soll der Zinnober?«, brüllte Roepstorf ihn an.

»Warte ab, in zwei Stunden freust du dich auch über Pfirsiche.«

»Dich kann auch nur deine Mutter lieb haben.« Roepstorf wandte sich angeekelt um und setzte eine Meldung nach hinten ab.

## 31. KAPITEL

An der Tür zu seinem Büro blieb Fischer stehen. Die Rippe schmerzte und auch hinter der Stirn pochte es wieder. Er wartete, bis Oliver Brackhausen an ihm vorbeiging.

»Oliver, hast du einen Moment?«, fragte er.

Oliver sah Sabine an. »Geh schon mal vor, ich komme gleich.«

»Sabine kann auch reinkommen«, sagte Fischer und ging in sein Büro. Er setzte sich vorsichtig auf seinen Schreibtischstuhl, räusperte sich.

»Haben wir einen Fehler gemacht?« Oliver nahm sich einen Stuhl und setzte sich.

»Du siehst nicht gut aus, Jürgen.« Sabine blieb stehen.

Fischer sah Sabine an. »Ich fühle mich beschissen. Aber es hilft ja alles nichts.« Er nahm sich eine Zigarette, drehte sie zwischen den Fingern.

»Worum geht es?«, fragte Oliver.

»Um Susanne. Ich habe vorhin erfahren, dass sie in Singlebörsen im Internet unterwegs war, was auch immer das sein mag. Ich habe davon keine Ahnung. Ihr?«

Oliver lachte leise. »Klar, was willst du wissen?«

»Fang bei null an. Ich bin absolut unbeleckt.«

»Okay.« Oliver zog seinen Stuhl hinter den Schreibtisch und schaltete Jürgens Computer ein. »Du gehst auf eines der Partnerportale, so wie dieses hier.« Er tippte einen Namen. »Das ist das bekannteste Portal im Moment. Man kann sich kostenlos registrieren.«

Er warf Fischer einen Blick zu. »Du weißt, was registrieren bedeutet?«

»Ganz blöd bin ich nicht.«

Oliver grinste. »Gut. Okay, weiter im Text. Wenn du dich registriert hast, kannst du ein Profil anlegen.« Wieder tippte er etwas.

»Oh, ist das deines?« Sabine war hinter sie getreten und schaute über Olivers Schulter in den Bildschirm. »›Schmusekater‹ ist dein Nickname? Wie niedlich.«

Oliver brummte nur kurz. »Hier kannst du sehen, wer dein Profil angeschaut hat. Und du kannst mit den Leuten in Kontakt treten, sie anschreiben.«

»Kann man auch Mitglieder suchen?«

»Das geht auch. Entweder nach Namen oder nach Kriterien. Du gibst an, wie alt die Personen sein sollen, welches Geschlecht und die Postleitzahl.«

»Man gibt seinen wirklichen Namen nicht an?«

»Nein, eigentlich nicht. Den Vornamen manchmal.

Aber auch das muss nicht stimmen. Alles, was stimmen muss, ist die E-Mail-Adresse, unter der du dich anmeldest. Das wird überprüft, sonst nichts.«

»Das heißt ...« Fischer überlegte. »Ich könnte mich auch als Frau anmelden?«

»Sicher. Oder als knackiger 25-Jähriger. Du kannst ein Bild hochladen. Das muss aber nicht von dir sein.«

»Ich kann also eine ganz andere Identität annehmen?«, fragte Fischer.

»Ist ganz einfach.«

»Und bei so etwas hat sich Susanne angemeldet. Ich fasse es nicht.«

»Ich bin dort auch angemeldet. Schau mal, da an der Seite, da kannst du sehen, ob dich jemand angeschrieben hat und du kannst zurückschreiben. Lass mal sehen, Oliver.« Sabine schob sich zwischen sie.

»Nö. Sag mal deinen Nick, dann schauen wir da nach. Ich hatte meinen Nick deaktiviert, beziehungsweise auf ›vergeben‹ gestellt. Das kann ich nun ändern, aber das mach ich ein anderes Mal. Also, Sabine?« Erwartungsvoll sah er sie an.

»Nichts da. Den verrate ich nicht.«

Fischer meinte, eine leichte Röte von ihrem Hals ansteigen zu sehen. »Danke. Jetzt weiß ich schon mehr.«

»Meinst du, das ist relevant für den Fall?«

»Ich weiß es nicht.« Fischer nahm ein Taschentuch heraus und wischte sich den Schweiß von der Stirn. Er hatte das Gefühl, die Halskrause würde sich um seinen Nacken zusammenziehen. »Sie hat sich mit Männern getroffen. Und diese Woche hatte sie wohl auch eine Verabredung.«

»Vielleicht war er nett und sie verbringt nun Zeit mit ihm? Könnte ganz harmlos sein.«

»Nein. Sie hat sich immer hinterher bei ihrer Freundin gemeldet. Diesmal aber nicht. Nun gut, immerhin haben wir vielleicht eine Spur. Ich wollte nur wissen, wie das funktioniert. Ich danke euch. Was macht ihr jetzt?«

»Wir wollten zu von Steglitz'. Schauen, ob sie jetzt da sind und sie befragen. Das geht ja auch ohne Durchsuchungsbefehl.«

»Passt auf euch auf. Nehmt lieber eine Streife zur Unterstützung mit. Der Mann ist Jäger und hat Waffen im Haus.« Jürgen schaute den beiden nach. Am liebsten wäre er mitgefahren. Er spürte, dass die Spannung in der MK allmählich stieg. Bernd von Steglitz war ein möglicher Täter. Doch Fischer war klar, dass er nicht in der Verfassung war, an einer Befragung oder gar Festnahme teilzunehmen. Er schaute auf seine Armbanduhr. Es war fast sieben. Erst in zweieinhalb Stunden würden sie sich wieder treffen, sollte nichts Unvorhergesehenes passieren.

Der Gedanke an Susanne ließ ihn nicht los. Wo war sie und was war mit ihr? War sie tatsächlich jemandem in die Hände gefallen, der eigentlich hinter ihm her war? Oder hatte sie nur den falschen Typen im Internet getroffen? Vielleicht stimmte ja nichts von dem und ihr ging es gut. So sehr er das hoffte, sein Gefühl sagte ihm, dass es nicht so war.

Er überlegte hierzubleiben und die Akten durchzugehen, aber sein Kopfschmerz wurde immer heftiger und auch der Schwindel nahm wieder zu. Fischer ging nach unten und bat eine Streife ihn nach Hause zu bringen.

Vor seinem Haus an der Moerser Landstraße stand ein anderer ziviler Wagen der Schutzpolizei. Fischer winkte kurz, schloss dann die Haustür auf.

»Martina?« Sie antwortete nicht. Der Wagen stand

nicht in der Einfahrt, doch Fischer war davon ausgegangen, dass die Spurensicherung ihn abgeholt hatte. Nun zweifelte er plötzlich daran. War sie nach Moers gefahren, um noch Sachen zu holen? Alleine? Obwohl es heiß war, fror er plötzlich.

Er ging durch den kleinen Flur, öffnete die Wohnzimmertür. Martina lag auf dem Sofa und schlief. Leise setzte er sich in den Sessel daneben und schloss erleichtert die Augen. Er war zu Hause und sie auch. Hier waren sie sicher.

## 32. KAPITEL

»Wieso haben wir wieder den Audi? Wir sind doch fast die letzten.« Sabine sah Oliver erstaunt an.

»Ich habe vergessen den Schlüssel abzugeben.« Mit Begeisterung drückte er den Türöffner.

»Vergessen, soso. Wer's glaubt …« Sie setzte sich auf den Beifahrersitz, schloss die Tür, lehnte sich entspannt zurück. »Hast du gut gemacht. Aber mach die Klimaanlage an, sonst ersticke ich.«

»Es wird heute noch regnen. Schau mal da hinten der Himmel.«

»Ich sehe nichts.«

»Du musst auch die Augen aufmachen.« Oliver lachte. Dann wurde er wieder ernst. »Bist du müde?«

Sabine nickte.

»Sollen wir wirklich zu von Steglitzs fahren? Wir könnten auch warten, ob es einen Durchsuchungsbescheid gibt.«

»Nein, lass uns fahren. Aber fahr langsam.«

»Langsam? Wie lange soll ich vom Ostwall bis zur Gutenbergstraße brauchen? Eine Stunde?«

»Zwei wären besser.« Sabine lachte.

Abends war es schwieriger, einen Parkplatz auf der Straße zu bekommen.

»Da vorne.« Sabine zeigte auf einen schmalen Platz zwischen zwei Wagen.

»Mut zur Lücke?« Oliver lachte. »Na ja, sollte mit der Servolenkung kein Problem sein.«

»Ich finde Männer, die einhändig rückwärts einparken, unglaublich sexy.« Sabine grinste.

Der Streifenwagen, der ihnen gefolgt war, fuhr an ihnen vorbei und stellte sich ein Stück weiter die Straße hoch.

»Oliver? Hast du Empfang?« Das Funkgerät knackte und rauschte.

»Ja. Wir lassen es an, dann könnt ihr mithören und gegebenenfalls eingreifen.«

»Okay. Hoffen wir, dass es nicht dazu kommt. Tragt ihr kugelsichere Westen?«

Oliver und Sabine warfen sich einen Blick zu. Heute Mittag wären sie zur Befragung gegangen, ohne sich auch nur einen Gedanken darüber zu machen. Jetzt sah die Situation etwas anders aus.

»Besser ist das«, murmelte Sabine und öffnete den Kofferraum. Sie schaute die Straße hoch und runter, zog dann ihre Bluse aus und die Weste an. Dann zog sie die Bluse darüber. »Ein Hoch auf den Schlabberlook.« Sie verzog das Gesicht.

Oliver trug nur ein T-Shirt. »Es würde verdächtig aussehen, wenn ich die Weste anziehe. Der Mann ist Jäger, er weiß, was die Weste bedeutet. Vielleicht wird er dadurch verunsichert und aggressiv.«

»Passt auf euch auf«, klang es aus dem Funkgerät.

Sabine fühlte sich etwas mulmig, als sie diesmal schellten. Sie konnten das schrille Läuten der Türglocke durch den Flur hallen hören. Auch Olivers Anspannung war deutlich zu spüren. Ob das wirklich eine gute Idee war, fragte er sich. Er warf Sabine einen Blick zu. Sie wirkte äußerlich ruhig, doch ihre Kiefermuskeln arbeiteten und ein Nerv an ihrer Schläfe zuckte. Er fühlte sich versucht, den Arm um sie zu legen.

Sie hörten Schritte, dann wurde die Tür geöffnet.

»Ja?« Ein Mann, um die 60, kurze, dichte, graue Haare, schlank und gut trainiert, in einer leichten Stoffhose und einem kurzärmeligen Hemd stand vor ihnen und musterte sie.

»Herr von Steglitz?«

»Ja?«

»Hauptkommissar Oliver Brackhausen vom KK 11, Kommissarin Sabine Thelen, ebenfalls KK 11, wir hätten einige Fragen an Sie. Dürfen wir hereinkommen?«

»Fragen? Wozu?« Er wirkte nicht überrascht. Wahrscheinlich hatten die Yuppie Töchter und Söhne ihre Eltern inzwischen über die Befragung informiert. Manche Telefonleitung mochte heiß gelaufen sein, dachte Sabine.

Wie aufs Stichwort klingelte irgendwo im Haus ein Telefon. Es klingelte nur zweimal, dann hob jemand ab oder der Anrufbeantworter sprang an.

»Wir hätten einige Fragen zu Ihrem Sohn, Herr von Steglitz.«

»Zu meinem Sohn? Hat er etwas angestellt?« Der Mann blieb in der Tür stehen und machte nicht den Eindruck, als ob er sie hereinbitten würde.

»Wollen Sie dieses Gespräch hier führen? Quasi auf der Straße?« Olivers Stimme wurde nachdrücklicher.

»Ist das eine Vernehmung?«

»Wir wollen Ihnen ein paar Fragen stellen. Zu Ihrem Sohn Bernd. Wissen Sie, wo er ist?«

»Muss ich diese Frage beantworten?« Ein leichtes Lächeln umspielte nun die Lippen des Mannes.

»Ist die Frage zu kompliziert?« Oliver wechselte einen Blick mit Sabine. Sie tastete unauffällig zu ihrem Hosenbund und öffnete das Holster ihrer Walther P99. Der Mann strahlte eine latente Aggression aus.

»Ich glaube nicht, dass die Frage sehr kompliziert ist«, sagte Sabine ruhig. »Herr von Steglitz, wo hält sich Ihr Sohn im Moment auf?«

»Ich muss diese Frage nicht beantworten.«

»Nein, müssen Sie nicht, aber das wirkt jetzt etwas merkwürdig. Wir wollen ihn und Sie zum Tod von Henning Roepstorf befragen. Er war mit dem jungen Mann befreundet, haben wir herausgefunden. Wir wollen nur ein paar Fragen stellen. Warum wollen Sie nicht antworten? Wollen Sie die Polizeiarbeit behindern? Gibt es dafür einen Grund?«

»Wenn Sie Fragen stellen wollen, schicken Sie mir eine Vorladung. Das ist der richtige rechtliche Weg. Ich habe mich da informiert. Ich muss Sie nicht in mein Haus lassen, ich muss auch keine Fragen beantworten. Fragen zu meinem Sohn schon gar nicht.« Er grinste breit. Ein Zahnarztgrinsen, bei dem er alle Zähne zeigte.

»Ich wünsche Ihnen einen schönen Abend, Herr von Steglitz.« Oliver drehte sich um.

»Grundgütiger«, raunte Sabine, während sie zum Wagen gingen. Der Mann war in der Tür stehen geblieben und sah ihnen hinterher, als wolle er sich vergewissern, dass sie wirklich abfuhren.

Den Gefallen wollte Oliver ihm nicht tun. Er zog Sabine an dem Audi vorbei bis zu den Kollegen der Schutzpolizei.

»Da hat jemand Muffensausen«, meinte der Kollege in Uniform.

»Das glaube ich eher nicht. Entweder ist er so borniert oder er will Zeit schinden.« Sabine drückte den Knopf des Holsters wieder zu.

»Und wie gehen wir nun vor?« Oliver lehnte sich an den Wagen.

»Der richtige Weg wäre, Fischer, als Leiter der MK, zu informieren. Er müsste mit Altmann sprechen und dieser würde entscheiden, ob nicht doch Gefahr in Verzug ist und wir ohne einen Durchsuchungsbescheid eindringen können. Allerdings möchte ich Fischer ungern belasten. Ihm geht es wirklich nicht gut.« Sabine wischte sich den Schweiß aus dem Nacken.

»Wir können im Büro anrufen, ist Fischer da, gehen wir den amtlichen Weg, ist er nicht da, setzen wir uns mit dem Staatsanwalt in Verbindung. Ich habe den Eindruck, dass von Steglitz etwas verbirgt. Und jede Minute zählt, falls es nicht schon zu spät ist.«

»Was meinst du damit?«, fragte Sabine nachdenklich.

»Er hatte reichlich Zeit, Beweismaterial zu vernichten.«

## 33. KAPITEL

Der Duft frischen Kaffees stieg Jürgen Fischer in die Nase. Er hörte Martina in der Küche hantieren, obwohl sie sich offensichtlich bemühte leise und behutsam zu sein, um ihn nicht zu wecken. Fischer hatte nicht richtig geschlafen, nur gedöst. Eine Menge Gedanken waren ihm wirr durch den Kopf gesprungen und er hatte das Gefühl, auf einem Kettenkarussell zu sitzen. Eine dumpfe Hitze lag in der Luft, die elektrisch aufgeladen zu sein schien.

Wenn ich mir jetzt über das Haar streiche, werden Funken fliegen, dachte Fischer. Er überlegte, ob er zu Martina gehen sollte, konnte sich aber nicht dazu durchringen. Immer wieder kehrten seine Gedanken zu Susanne zurück. Wo war sie und was geschah mit ihr?

Sie war bei einer Singlebörse angemeldet und hatte dort jemanden kennen gelernt, sich mit ihm getroffen.

Das musste Donnerstag oder Freitag gewesen sein. Er war bisher davon ausgegangen, dass sie ein Lockvogel war, um ihn zu kriegen.

Doch da lag der Denkfehler. Nur durch Zufall war er darauf gekommen, dass Susanne verschwunden war. Es hätte noch Tage dauern können, bis es jemand bemerkt hätte. Er sicherlich zuletzt. Möglicherweise dachte der Täter, dass ihr Kontakt noch enger sei. Fischer hatte die Vermutung, dass der Täter über die Singlebörse mit ihr in Kontakt getreten war. Der Täter, der gleichzeitig oder vorrangig hinter ihm her war. Doch Susanne dort zu finden, war wie das Suchen einer Nadel im Heuhaufen, und nur mit viel Glück konnte ihm das gelingen. Dann musste sich Susanne auch noch mit ihm verabreden. Beim Lottospielen hatte man eine höhere Trefferquote.

Außerdem war am Freitag ein Anschlag auf ihn verübt worden, den er glücklicherweise einigermaßen glimpflich überstanden hatte. Hätte er bei Vollgas abbremsen müssen, wäre der Unfall tödlich ausgegangen. Und dann hätte der Täter Susanne nicht als Lockvogel gebraucht.

Wahrscheinlich gab es nur einen Täter, und der war hinter ihm her. Susannes Verschwinden hatte nichts mit ihm zu tun, das wurde ihm schlagartig klar. Susanne war jemandem aus der Singlebörse auf den Leim gegangen. Vielleicht verbrachte sie das Wochenende mit ihm und hatte jede Menge Spaß. Eine große Last fiel von Fischer ab.

Er richtete sich auf, streckte sich vorsichtig. Sein ganzer Körper schmerzte, so als hätte er einen Marathonlauf hinter sich gebracht. Die Halskrause klebte schweißgetränkt an seiner Haut. Er nahm sie ab, versuchte langsam seinen Nacken zu bewegen. Es tat weh, aber nicht mehr so sehr wie am Morgen.

»Bist du wach, Jürgen?« Martina schaute zu ihm ins Zimmer. »Möchtest du Kaffee?«

»Erst eine Dusche, dann gerne.« Er musste Hansi in Münster anrufen und ihm seine Vermutung mitteilen. Fischer nahm das Handy aus der Tasche. In diesem Moment ertönte die vertraute Melodie der Blues Brothers, die er als Klingelton verwendete.

»Altmann hier. Wir haben einen Durchsuchungsbeschluss für die Wohnungen der von Steglitz senior und junior. Senior weigert sich die Leute reinzulassen, er besteht auf seinen Anwalt. Wir werden nun mit Gewalt vorgehen. Ich wollte Sie nur kurz auf dem Laufenden halten.«

»Ich komme.« Fischer legte auf, bevor der Staatsanwalt protestieren konnte. Die Dusche und der Kaffee würden warten müssen. »Martina, wir haben einen Verdächtigen und gehen nun in die Wohnung. Ich muss dahin.« Ohne auf ihren Kommentar zu warten, nahm er den Autoschlüssel und sein Jackett und verließ das Haus. Erst als er draußen stand, fiel ihm ein, dass sie keinen Wagen hatten.

Leise fluchend ging er über die Straße. Dort stand der zivile Streifenwagen, ein dunkelgrüner Opel Corsa.

»Ich muss zu einem Einsatz. Sofort. Könnt ihr mich fahren? Gutenbergstraße.«

»Steig ein. Aber was ist mit der Überwachung?«, wollte der Schutzpolizist wissen.

»Fragt nach Ersatz, vielleicht ist ein Streifenwagen in der Nähe. In den paar Minuten wird schon nichts passieren.« Fischer hoffte, dass er richtig lag. Er überlegte, ob er Martina Bescheid geben sollte, aber wahrscheinlich würde er sie nur unnötig in Panik versetzen. Der Wagen fuhr los und Fischer lehnte sich zurück und stöhnte leise. Er sollte noch eine der Tabletten nehmen, doch die lagen auf dem Wohnzimmertisch.

Über Funk rief der Kollege die Zentrale an. Ein Streifenwagen war in Elfrath, ein weiterer in Bockum. Sie schickten beide los nach Traar.

Sie bogen vom Ring in Höhe des Amtsgerichts rechts ein in die Westparkstraße. Die Gutenbergstraße war abgesperrt. Fischer bedankte sich und stieg aus dem Wagen. Fischer trat zu Altmann, der bei einem der Streifenwagen stand.

Inzwischen war die Dämmerung hereingebrochen. In einer halben Stunde würde es dunkel sein.

»Wer ist vorne?«

»Fischer? Was machen Sie denn hier?« Der Staatsanwalt sah ihn überrascht an. Fischer sieht schlecht aus, dachte Altmann besorgt. Hoffentlich bricht er uns nicht zusammen. Altmann konnte jedoch verstehen, dass Fischer an dem Einsatz teilnehmen wollte. Es war nie ungefährlich, wenn man mit Waffen rechnen musste und Fischer fühlte sich verantwortlich für seine Leute. »Thelen und Brackhausen sind vorne, außerdem Vienkrath und Kaiser.«

»Ich dachte, Roland wäre noch krank?«

»Er hat sich heute Abend zurückgemeldet. Sie werden von Leuten des SEK unterstützt. Von Steglitz diskutiert noch mit ihnen, sein Anwalt ist angeblich unterwegs. Er besteht darauf, auf den Anwalt zu warten.«

»Das macht doch keinen Sinn. Wenn er die Tatwaffe im Haus hat, hilft ihm auch der Anwalt nicht mehr.«

»Richtig. Wir denken, dass er nur Zeit schinden will.«

In diesem Moment knackte das Funkgerät. »Wir gehen rein.«

Fischer eilte auf dem Rasen des Mittelstreifens in Richtung des Hauses, das auf der rechten Seite der Straße lag. Drei Streifenwagen und vier Zivilfahrzeuge standen vor dem Haus.

Der Van der Spurensicherung stand ein Stück die Straße hoch.

Fischer rieb sich über das Kinn, nahm die Zigaretten heraus und zündete sich eine an. Er inhalierte tief. Es gab nichts, was er jetzt tun konnte, außer zu warten. Und Geduld gehörte nicht zu seinen Stärken.

Sabine erschien in der Haustür, winkte Siegfried Brüx und den Männern der Spurensicherung. Das Haus war gesichert, sie konnten loslegen. Von Steglitz stand mit einem Mann auf dem Bürgersteig vor dem Haus. Er hatte die Arme vor der Brust verschränkt und sah ärgerlich aus. Erleichtert seufzte Fischer auf. Er spürte plötzlich die Müdigkeit in allen Knochen und beschloss nach Hause zu fahren. Je nachdem, was sie fanden, konnte es Stunden dauern, bis sie ein Ergebnis hatten. Fischer traf Altmann dort an, wo er ihn verlassen hatte. Er bat darum, angerufen zu werden, sobald sie hier fertig waren. Dann setzte er sich in das Zivilfahrzeug, das immer noch auf ihn wartete.

# 34. KAPITEL

1943

»Mein lieber Fritz,

ich weiß nicht, wo dich diese Zeilen erreichen, hoffe aber, die Feldpost findet dich. Die letzten Nachrichten von dir haben wir über deinen Kameraden Adolf Peerhoven erhalten. Er war kurz hier auf Heimaturlaub und brachte uns deine beiden letzten Briefe. Das ist jetzt schon wieder vier Wochen her.«

Fritz lehnte sich zurück. Adolf war an der Hüfte verwundet worden. Lange kämpften die Ärzte um sein Bein. Es konnte gerettet werden, aber für den Fronteinsatz war Adolf nicht mehr tauglich. Er kam ins Lazarett und wurde dann zurück nach Deutschland gebracht. Vermutlich würde er nun die Ausbildung auf den Spähwagen in Wünstorf übernehmen.

Fritz nahm den Brief seiner Mutter wieder hoch, er war vom 28. Juni. Einen Monat hatte es gedauert, bis ihm die Post zugestellt wurde.

»Du hast sicherlich von den Bombenangriffen gehört. Schon am 3. Oktober letzten Jahres wurde die Stadt von den Engländern schwer bombardiert. Nicht nur die Deutschen Edelstahlwerke waren betroffen, auch einige Webereien, die genau wie wir, die Produktion auf Fallschirmseide umgestellt haben. Wir hatten Glück und wurden nicht getroffen. Vater war allerdings nicht dazu zu bewegen, den Bunker aufzusuchen.

Überall stehen nun riesige Hochbunker in der Stadt. Sie verschandeln das Stadtbild, aber man muss sich vor Augen halten, dass sie Leben retten.«

Seit zwei Jahren war Fritz nicht mehr in Krefeld gewesen. Der Gedanke an die Heimat erfüllte ihn mit Wehmut. Der Krieg hatte alle Romantik von erfolgreichen Schlachten und glorreichen Siegen verloren. Krieg war schmutzig, laut, entweder bitterkalt oder glühend heiß. Sie hungerten, dursteten, schliefen zu wenig. Fritz hatte wieder die Ruhr erwischt, das dritte Mal in diesem Jahr. Auch jetzt sprang er auf und erreichte gerade noch den Verschlag, der ihnen hier als Abort diente. Es stank, aber das nahm er kaum noch wahr.

Zurück im Zelt nahm er den Brief wieder hervor.

»Aber viel schlimmer traf es uns alle, die Stadt und ihre Bewohner, als der Feind in der Nacht vom 21. auf den 22. angriff. Allein auf dem Westwall lagen über 800 Tote. Vom Säugling bis zum Greis – alle waren verbrannt, zerquetscht, erstickt aus den Trümmern geborgen worden. Die Helfer hatten es meist nicht mehr geschafft, die Kellerzugänge freizuräumen. Im Osten der Stadt gingen viele Bomben nieder, die Innenstadt wurde durch ein Flammeninferno vernichtet. Drei Tage dauerte das schauderhafte Geschehen. Tagsüber war der Himmel verdunkelt durch den Qualm und den Rauch, nachts konnte man das Lodern der Feuer sehen. Tausende starben und noch mehr wurden schwer verletzt. Fast alle Industrie kam zum Erliegen, kaum ein Haus steht noch.

Unsere Fabrik kann noch arbeiten. Eingeschränkt, aber immerhin. Das Haus ist leider ausgebrannt. Wir wohnen jetzt bei Tante Frieda im Gartenhaus.«

Fritz überlegte, die Tante seiner Mutter hatte einen großen Schrebergarten. Das Häuschen hatte höchstens ein Zimmer und noch einen Schuppen für die Geräte. Wie konnten sie dort wohnen? Allerdings hatte er schon weitaus Schlimmeres zu Gesicht bekommen. Er verdrängte den Gedanken.

»Vater geht es nicht gut. In der Nacht des Angriffs hat er einen Schlag bekommen. Wir hoffen, dass er sich nun wieder erholt. Die rechte Hand kann er heben, die linke noch nicht.

Mein lieber Junge, ich wünsche mir so sehr ein Lebenszeichen von dir. Wann kannst du nach Hause kommen? Wir brauchen dich, die Fabrik liefert doch kriegswichtige Materialien.

In Gedanken bin ich bei dir und hoffe, es geht dir gut.

In Liebe

deine Mutter«

Fritz nahm Papier und Bleistift hervor, doch bevor er das erste Wort geschrieben hatte, hörte er Roepstorfs Stimme, die zur Befehlsausgabe rief.

»Aufsitzen!«

# 35. KAPITEL

Die Tür fiel hinter Jürgen ins Schloss. Wie erstarrt sah Martina ihm hinterher. Sie war wütend. Er war einfach gegangen. Obwohl sie wusste, wie entscheidend so ein Einsatz sein konnte, verstand sie doch nicht, weshalb er nun gegangen war. Ihm ging es schlecht, er war verletzt. Durch das Küchenfenster konnte sie ihn in der Einfahrt stehen sehen. Er zögerte. Sicherlich wurde er sich bewusst, dass seine spontane Entscheidung falsch war, dass er hierbleiben sollte, sich ausruhen, duschen, einen Kaffee trinken. Er würde nicht zu einem Einsatz fahren, bei dem es zu einem Schusswechsel kommen konnte. Jürgen war durch seine Verletzungen noch nicht einmal in der Lage, sich schnell zu ducken.

Dann ging er weiter. Martina holte tief Luft. Ihre Wut steigerte sich.

Sie rieb sich über die Stirn, als könne sie dadurch die Gedanken wegradieren.

Martina räumte die Küche auf, bereitete ein leichtes Essen zu, einen Salat, ein paar Brote, setzte sich damit an den Küchentisch. Doch sie konnte nichts anrühren. Schließlich stellte sie die Sachen in den Kühlschrank. Die Hitze wurde immer drückender. Langsam ging sie durch das Haus. Es fehlten noch Bilder und persönliche Sachen. Vieles war ausgepackt, alles sauber und ordentlich, da, wo sie die Regale und Schränke eingeräumt hatte. Kartons standen an den Wänden, aber die persönlichen Dinge, die Kleinigkeiten, fehlten. Ein aufgeschlagenes Buch, eine Packung Taschentücher. Eine Vase mit schönen Blumen.

Die Dämmerung brach herein und es wurde dunkel. Martina knipste die kleine Lampe im Wohnzimmer an. Lampen fehlten auch noch. Bis auf die Tischleuchte hingen nur nackte Glühbirnen von der Decke. Sie mochte das kalte Licht nicht, bevorzugte indirekte, warme Beleuchtung.

Sie hatte keine Lust, noch mehr auszupacken. Ruhelos ging sie durch das neue und noch fremde Haus, das mit ihren vertrauten Möbeln gefüllt war. Ein Gefühl von Hilflosigkeit überkam sie.

Plötzlich grollte in der Ferne Donner. Die Terrassentür stand offen. Es waren keine Nachtfalter zu sehen, die Natur hatte sich zurückgezogen und erwartete gespannt die Entladung der Kräfte, die sich zusammenzogen.

Es ist nur eine weitere Kaltfront, die auf eine Warmfront stößt, dachte sie. Die letzten Tage waren voller Wetterwechsel gewesen. Tagsüber heiß, fast tropisch und nachts Gewitter mit dichten Schauern.

Martina ging auf die Terrasse. Die Hitze des Tages stieg aus den Steinen hoch. Erste, dicke Tropfen fielen zögernd, als wären sie sich über ihren Weg nicht sicher. Dann prasselte es los. Die Nacht war auf einmal tiefschwarz wie Tinte.

Tief sog Martina die Luft in sich ein. Der Regen sang eine Melodie, trommelte einen Rhythmus. Ein Blitz erleuchtete für einige Sekundenbruchteile die Dunkelheit, teilte die Schwärze der Nacht. Martina legte den Kopf in den Nacken, ließ das Wasser auf ihre geöffneten Lippen tropfen. Leise lachend, plötzlich von ihren Sorgen befreit, schlüpfte sie langsam aus ihrer Hose. Mit einer leichten Bewegung stieß sie die Jeans von sich. Sie zog das T-Shirt über den Kopf und warf es hinterher. Dann hüpfte sie in den Garten.

Die dicken, warmen Tropfen bedeckten ihre Haut. Sie streckte die Zunge aus, um den Regen aufzufangen. Mit geschlossenen Augen tanzte sie einen vergessenen Tanz. Eine Huldigung an die Natur, ererbte Erinnerung vergangener Jahrtausende.

Jetzt, dachte sie, wäre der richtige Augenblick, um zu sterben. Sie streckte ihre Arme dem Himmel entgegen. Wollüstig drehte sie ihren nackten Körper in der fließenden Dunkelheit. Warm, schwarz, weich und gleichmäßig fielen die Tropfen, während Blitze über den Himmel zuckten.

Martina ließ alle Schranken fallen, war ganz sie selbst. Dieser kostbare, schlichte Augenblick gehörte nur ihr.

Jürgen hatte beruhigt die Tür aufgeschlossen und den Männern im Streifenwagen zugewinkt. Auf der Fahrt nach Traar hatte es angefangen zu schütten. Ein prasselnder, dichter Regen, so wie am Freitag. Gestern war das, machte Jürgen sich klar. Es waren kaum 24 Stunden seit dem Unfall vergangen, doch es erschien ihm viel länger her. Er blieb in der Diele stehen, schloss die Augen, zitterte plötzlich. Ein Film spielte sich ab … Regen, die hektische Bewegung der Scheibenwischer, das Aufblitzen der roten Bremslichter verschwommen vor ihm. Das Gefühl der Hilflosigkeit, als er die Bremse trat und auf keinen Widerstand stieß, überkam ihn von neuem. Er stöhnte, riss die Augen auf. Ein Blitz erhellte den Raum.

Wo war Martina? Im Wohnzimmer brannte die Tischlampe. Sie goss eine warme Pfütze Licht aus. Ansonsten war es dunkel im Haus.

»Martina?«

Jürgens Stimme hallte durch das Haus. Niemand antwortete. Plötzlich spürte Fischer einen kalten Luftzug. Die Terrassentür stand auf. Oh nein, dachte er, oh nein. Ich war doch nur eine Stunde weg. Zehn Minuten war das Haus unbewacht, höchstens zehn Minuten.

Jürgen lief durch das Wohnzimmer, stieß sich das Knie am Couchtisch. An der Tür blieb er stehen. Ein Blitz zerteilte die Dunkelheit, für Sekunden wurde es taghell, ein kaltes Licht, wie geschliffen. Er sah etwas zwischen den Bäumen zucken, eine Lichtgestalt. Was war das? Eine Ausgeburt seiner Fantasie?

Er spähte angestrengt nach draußen.

Unter den Bäumen tanzte ein weißer Geist. Martina.

Jürgen spürte, wie sein Herz einen Sprung tat, die gebrochene Rippe pochte schmerzhaft. Angespannt beobachtete er ihren Tanz. Der Regen nahm zu, wurde zu einem Vorhang. Die Blitze zuckten in immer kürzeren Abständen, so als würde jemand hektisch Fotos machen.

Sein Herzschlag vibrierte in den Fingerspitzen, feiner Schweiß stand auf seiner Stirn. Mit hingerissener Aufmerksamkeit verfolgte er jede ihrer Bewegungen.

Es prasselte schwer auf das Dach. Die Tropfen veränderten sich, wurden kleiner, härter, kälter.

Martina drehte sich zum Haus um, ging langsam darauf zu. Sie sah eine regungslose Gestalt in der Tür stehen. Für einen Moment war alles unscharf, dann leuchtete wieder ein Blitz auf. War das der Täter? Der Typ, der hinter Jürgen her war?

Zitternd blieb sie stehen, unsicher, ob sie durch Angst oder die fallende Temperatur geschüttelt wurde. Sie erkannte Jürgen. Ihre Wut war verraucht und sie war sich sicher, dass sie es schaffen würden, die Probleme zu bewältigen. Wenn er es auch wollte.

Jürgen breitete die Arme aus und erleichtert ließ sie sich hineinfallen.

Sie wussten nicht, dass sie beobachtet wurden.

# 36. KAPITEL

»Hat jemand Fischer angerufen?« Sabine Thelen schüttete den letzten Rest Kaffeepulver in den Filter. »Kaffee ist aus.«

Die Kollegen versammelten sich im Besprechungsraum neben der kleinen Teeküche.

»Ich gehe runter und frag nach Kaffee«, bot Philipp an.

»Fischer ist unterwegs, ich habe eine Streife geschickt.« Oliver rieb sich über den Nacken. Er hatte die kugelsichere Weste mehr als zwei Stunden getragen und nun waren seine Muskeln verspannt. Die Weste schützte, aber sie war schwer und unbequem.

Das Gewitter hatte nachgelassen. Die feuchte Hitze war einer klammen Nacht gewichen. Sabine fröstelte. In ihrem Büro musste irgendwo eine Strickjacke sein.

»Wer übernimmt das Verhör?«

Sie hatten Lothar von Steglitz mitgenommen. Er saß in einem ungemütlichen Zimmer, gemeinsam mit seinem Anwalt. Sabine hätte ihr Monatsgehalt darauf verwettet, dass der Anwalt der Vater von Jens Peerhoven war. Sie hätte die Wette verloren.

»Van Treek. Hasso van Treek.« Er reichte ihr kurz die Hand, der Händedruck war fest und trocken. Er trug einen feinen Anzug, der wie geschneidert aussah und außerordentlich gut saß. Seine Schläfen waren mit grauen Strähnen durchzogen, das Haar korrekt geschnitten, das Kinn frisch rasiert. Eine Brille ohne Rand zierte seine Nase. Er sah aus wie ein Anwalt einer amerikanischen Fernsehserie und genauso verhielt er sich auch. Überkorrekt, jedes Wort bedacht, aber treffsicher.

Der Mann ließ den Blick über sie wandern, musterte sie ausgiebig. Sabine trug eine helle Stoffhose und eine kurzärmelige Bluse. Die blonden, glatten Haare hatte sie mit einem Zopfgummi zu einem Knoten geschlungen, aus dem die Strähnen rechts und links herausschauten. Sein Blick war abwertend und Sabine schob trotzig das Kinn vor. Dies war kein Vorstellungsgespräch und schon gar keine Modeschau.

»Mir ist immer noch nicht ganz klar, warum Sie meinen Mandanten aufs Revier mitgenommen haben.« Er befeuchtete die Lippen.

»Das ist aber schade«, sagte Sabine und drehte sich um. Sie hatte keine Lust, sich auf ein verbales Scharmützel mit ihm einzulassen.

In ihrem Büro fand sie die grüne Strickjacke. Farblich passte sie überhaupt nicht, auf dem Ärmel war ein Tintenfleck und vorne Kaffeespritzer. Ihr fiel ein, dass sie die Jacke eigentlich hatte mitnehmen und waschen wollen. Sie beschloss lieber nicht zu frieren und die sicherlich kritischen Blicke zu ignorieren.

Auf dem Flur traf sie Fischer. Seine Gesichtsfarbe war immer noch eher grau und tiefe Furchen hatten sich um seine Mundwinkel eingegraben, die aussahen, als wären sie mit einem scharfen Messer gezogen. Offensichtlich hatte er Schmerzen.

»Hast du Medikamente?« Sabine legte ihm eine Hand auf die Schulter. Seine Muskulatur fühlte sich hart wie Eisen und völlig verspannt an.

»Ja, habe ich. Aber wenn ich zu viel davon nehme, verwischt alles und ich kann nicht mehr klar denken.«

»Wir haben die Waffen bei von Steglitz sichergestellt. Es waren eine nicht zugelassene Schmeißer MP 48 und eine Thompson M 1928 dabei. Sie waren schussfähig, aber eine Waffenbesitzkarte für sie hatte er natürlich nicht.«

»Und eine MP 40?«

Sabine schüttelte den Kopf. »Es war noch ein Platz im Waffenschrank frei. An den Spuren konnte man erkennen, dass dort bis vor kurzem ein Gewehr gestanden hat. Er schweigt dazu aber. Hat seinen Anwalt mitgebracht.«

»Habt ihr die Wohnung vom Sohn auch durchsucht?«

»Das Team ist gerade da. Ich habe mit Siegfried telefoniert. Bisher haben sie dort noch nichts gefunden.«

Fischer biss sich auf die Lippe. »Okay, dann nehmen wir ihn uns mal vor. Der Sohn hat ein Strafregister.«

»Richtig. Alles Jugendsünden. Raub, geknackte Autos. Kein schweres Verbrechen und alles schon Jahre her.« Sabine winkte mit dem Aktendeckel.

»Er hat eine kriminelle Vergangenheit. Mein Glaube an die Wandlungsfähigkeit des Menschen hat seine Grenzen. Trotzdem sollten wir ihn nicht von vorneherein als Täter sehen, das engt nur unseren Blick ein.« Fischer ging zum Verhörzimmer.

»Von ihm gibt es immer noch keine Spur. Noch haben wir nicht genug, um einen internationalen Haftbefehl zu erstellen.«

»Verdammt schade.« Fischer ging in das Verhörzimmer. Altmann saß am Tisch, ihm gegenüber van Treek und von Steglitz. Nicht nur Geldadel, dachte Fischer, sondern auch die dazugehörigen Titel. Er schnaubte leise.

»Hauptkommissar Fischer, KK 11«, stellte er sich vor. »Ich leite die Ermittlungen im Mordfall von Henning Roepstorf.«

Entgegen seiner sonstigen Angewohnheiten reichte er ihnen nicht die Hand, sondern zog sich direkt einen Stuhl heran. Dann ließ er sich von Sabine die Akte reichen. Er öffnete den roten Pappdeckel und las in aller Ruhe die neuesten Spurenberichte.

Der Anwalt räusperte sich mehrfach. Fischer schaute kurz auf. »Möchten Sie einen Kaffee? Wasser? Sabine, haben wir Kaffee? Ich nehme auch eine Tasse. Und bring doch bitte einen Aschenbecher.«

»Rauchen in öffentlichen Gebäuden ist verboten.« Van Treek runzelte die Stirn.

»Sie können gerne Beschwerde einreichen, Herr van Treek.« Fischer zog seine Zigaretten hervor und legte die Schachtel demonstrativ auf den Tisch. Wenn er bis jetzt gehofft hatte, dass die beiden mitarbeiten und Informationen weitergeben würden, so war nun die Marschrichtung klar. Dies würde ein Kampf werden.

Fischer blätterte um, las wieder. An der Wand hing eine Uhr, die laut tickte. Ansonsten waren nur Atemgeräusche und hin und wieder das Scharren von Schuhen auf dem Linoleumboden zu hören.

Sabine brachte Kaffee und Mineralwasser. Fischer nahm sich eine Tasse, gab Zucker hinzu, rührte nachdenklich um. Dann zündete er sich eine Zigarette an, lehnte sich zurück und musterte Lothar von Steglitz.

»Sie sind Jäger?«, fragte Fischer.

»Ja, schon seit über 30 Jahren.« Der Mann straffte seine Schultern. Er machte dadurch einen aufgeblasenen Eindruck, dachte Sabine.

»Sie haben ein eigenes Revier?« Fischer schaute in seine Unterlagen.

»Hinter Tönisvorst.« Von Steglitz lächelte.

»Und Sie haben eine Waffenbesitzkarte?«

»Natürlich.« Von Steglitz schüttelte leicht den Kopf, als würde er die Frage überflüssig finden.

»Wo ist die MP 40, die in Ihrem Besitz war?«

»Woher wollen Sie wissen, dass ich eine solche Waffe besessen habe?« Von Steglitz holte ein Taschentuch hervor und wischte sich über das Gesicht. Obwohl es draußen inzwischen kühl geworden war, herrschten hier saunaähnliche Verhältnisse. Der Raum hatte kein Fenster und die Tür zum Flur war geschlossen.

»Ich habe hier einen Aktenvermerk, Herr von Steglitz.« Fischer tippte auf die Mappe.

»Diese Frage ist doch nicht relevant in dem Fall.« Herr von Treek verschränkte die Arme vor der Brust. »Oder wollen Sie meinen Mandanten zu etwas befragen, was Jahre zurückliegt? Er hat damals eine Geldstrafe bekommen und bezahlt.«

Fischer nahm ein Blatt Papier hoch, schien es ausgiebig zu lesen, legte es dann wieder zu den Akten. Die Zeit zog sich wie Sirup. »Richtig, er hat seine Strafe bezahlt. Wo ist die Waffe jetzt?«

»Ich sagte doch schon, dass das nichts mit dem Tod von Herrn … – wie war noch der Name? – zu tun hat.«

»Der Ermordete hieß Henning Roepstorf. Ich entscheide immer noch selbst, welche Fragen ich stelle.« Fischer lächelte. »Also?«

»Ich habe die Waffe verkauft. An einen Sammler.«

»Haben Sie dafür einen Beleg?«

»Das … das ist schon Jahre her.« Von Steglitz warf van Treek einen unsicheren Blick zu.

»Mein Mandant muss den Verkauf nicht belegen. Die Waffe war schussunfähig gemacht worden.«

Fischer machte sich eine Notiz. »Also kein Beleg? Die Waffe wurde verkauft? Können Sie das denn anhand eines Kontoauszugs beweisen?«

»Steht mein Mandant unter Verdacht?«

»Wollen Sie nicht doch einen Kaffee?« Fischer lächelte den Anwalt wieder an.

»Hören Sie, es ist spät. Wir verschwenden hier unsere Zeit. Wenn ich Kaffee trinken will, gehe ich in ein Café. Kommen Sie auf den Punkt.«

»Da bin ich schon, Herr van Treek. Roepstorf wurde mit einer MP 40 erschossen.«

Van Treek wurde blass.

# 37. KAPITEL

1944

Die Panzerlehrdivision wurde im Januar 1944 bei Lunéville-Verdun unter Generalmajor Peter Hendrich aufgestellt. Einheiten aus den Panzertruppenschulen Bergen und Krampnitz sollten nach Frankreich verlegt werden. Die Division war voll motorisiert.

»Gott, ist es kalt hier.« Fritz hauchte auf seine Hände, rieb sie dann.

»Die Nächte in Bengasi waren kälter.« Henning Roepstorf stampfte mit den Füßen auf. Sie waren aus Afrika abgerufen worden und nun, Anfang März, auf dem Weg nach Wien. Es schneite.

Der Führer befürchtete, dass Ungarn unter Horthy aus dem Bündnis aussteigen würde und veranlasste die Verstärkung der Truppen in Österreich.

»Warst du schon mal in Wien?«, fragte Fritz.

»Nein. Von der Stadt werden wir wohl kaum etwas zu sehen bekommen.«

Henning sollte Recht behalten. Schon im Mai wurden sie abberufen und nach Nordfrankreich gebracht. Die Invasion der Alliierten stand bevor. Die Stimmung war gereizt und auf dem Nullpunkt.

Sie befanden sich etwa 60 Kilometer von Le Mans, als sie auf einen Spähtrupp gingen. Die Alliierten waren gelandet und rückten landeinwärts vor.

Mit zwei Spähwagen ging es durch die Wälder. Henning Roepstorf und Fritz van Treek waren nun zusammen auf einem Wagen, da die Truppe stark dezimiert war.

»Flieger auf drei Uhr. Abdrehen nach Osten. Deckung nehmen im Wald.«

Die Jagdbomber hatten sie nicht entdeckt. Sie blieben für einen Moment unter den Bäumen, dann befahl Roepstorf die Weiterfahrt.

»Da vorne kreuzt ein Weg.« Fritz beugte sich vor.

»Halt!«, befahl Roepstorf.

Das Stabsfahrzeug kam überraschend von links. Mit hoher Geschwindigkeit fuhr es an ihnen vorbei und in den Wald hinein, an dessen Rand sie standen. Das Infanteriefeuer kam überraschend. Sie sahen die Lichtblitze im Wald.

Sie folgten einem Hohlweg. Der offene Wagen stand quer auf dem Weg. Vor ihnen sahen sie das feindliche Fahrzeug, ein Geländewagen, der sie offensichtlich noch nicht entdeckt hatte.

»Elf Uhr, 600 Meter, Feindfahrzeug. Feuer frei!«, rief Roepstorf.

Der Schuss saß, das feindliche Fahrzeug ging in Flammen auf.

»Wunderbar. Sichern. Fritz, absitzen, wir sehen uns das an.« Henning Roepstorf sprang vom Wagen, Fritz van Treek folgte ihm.

»Ach du Scheiße.«

Der Fahrer und der Beifahrer waren tot. Ein Generalleutnant und SS-Gruppenführer und sein Adjutant. Roepstorf näherte sich dem Fahrzeug, nahm die Erkennungsmarke der beiden an sich. »Für die können wir nicht mehr viel tun. Lass mal schauen, ob sie Befehle dabeihaben.«

»Auf dem Rücksitz liegt eine Tasche.«

Henning nahm die Tasche. »Lass uns zusehen, dass wir von hier verschwinden.«

Erst nach dem Einsatz schaute Henning in die Tasche. Außer einer Mappe mit Befehlen fand er einen kleinen Samtbeutel. Er schaute sich verstohlen um, bemerkte nicht, dass Fritz ihn beobachtete, dann öffnete er den Beutel. Diamanten funkelten im Licht der Lampe. Schnell verschloss er den Beutel wieder und steckte ihn in die Uniformtasche.

## 38. KAPITEL

»Er weiß nicht, wem er die Pistole verkauft hat, er weiß nicht, wo sein Sohn ist, er weiß nichts über Henning Roepstorf. Der Mann weiß nichts.« Oliver Brackhausen streckte sich und gähnte laut.

»Wir können ihn nicht zwingen etwas zu sagen. Trotzdem scheint er etwas zu wissen.« Sabine kauerte sich auf ihrem Stuhl zusammen. Es war inzwischen fast halb drei nachts und sie waren kein Stück weitergekommen. Nach ihren bisherigen Informationen war Bernd von Steglitz immer noch der Hauptverdächtige. In seiner Wohnung waren Spuren von Pulver und Metallsplitter gefunden worden. Außerdem ein Gerät zum Befüllen von Patronen. Weitere Indizien, aber nichts Handfestes.

»Wir machen Schluss für heute. Morgen treffen wir uns um halb acht.« Fischer stand auf, rieb sich den Nacken. »Vielleicht stoßen wir ja mal endlich auf jemanden, der kein erschütternd schlechtes Gedächtnis hat. Gute Nacht, Leute.«

Oliver und Sabine gingen gemeinsam zum Ausgang. Sabine hatte die Arme um sich gelegt, sie fror vor Kälte und Müdigkeit.

Vor dem Präsidium blieb Oliver stehen.

»Was ist los? Weißt du nicht mehr, wo du deinen Wagen geparkt hast?« Sabine lachte leise.

»Ich mag nicht nach Hause gehen. Vera war da und hat ihre Sachen abgeholt. Es wird komisch aussehen, so leer.« Er verzog das Gesicht.

Sabine überlegte einen Moment. »Du kannst bei mir schlafen. Deine Zahnbürste ist noch da.« Sie hatte ihm am Donnerstag eine frische Zahnbürste hingelegt.

»Echt?« Überrascht sah er sie an.

»Versprichst du, dich nicht zu betrinken und dich wie ein Gentleman zu benehmen?« Sabine grinste.

»Indianerehrenwort.«

Als Sabine die Tür zu ihrer Wohnung aufschloss, stürmte ihr laut maunzend die Katze entgegen.

»Tut mir leid, Süße. Du bist bestimmt fast verhungert.« Sabine fütterte die Katze. Oliver war schon ins Bad gegangen. Sie konnte hören, dass er sich die Zähne putzte.

Im Kühlschrank war eine Flasche Weißwein, sie goss sich ein Glas großzügig ein, trank die ersten Schlucke hastig.

Dann setzte sie sich an den Küchentisch, nahm die Katze auf den Schoß. Der Tag war lang und aufreibend gewesen. Obwohl sie müde war, fiel es ihr schwer abzuschalten. Der Einsatz hatte einen heftigen Adrenalinschub ausgelöst und während der Befragung blieb die Spannung bestehen. Sie trank noch einen Schluck Wein, diesmal langsam. Oliver kam aus dem Bad, blieb unsicher im Flur stehen.

»Ich bin in der Küche«, rief Sabine.

Er setzte sich ihr gegenüber. Seine Augen waren klein und blutunterlaufen, der Schatten der Bartstoppeln lag auf seinen Wangen und dem Kinn.

»Willst du auch einen Schluck Wein?«

Oliver schüttelte stumm den Kopf.

»Bier? Habe ich frisch gekauft.«

Wieder schüttelte Oliver den Kopf. Sabine setzte die Katze auf den Boden und stand auf. Sie wollte an Oliver vorbei zum Bad gehen, als sie sah, dass es verdächtig in seinen Augen glitzerte.

Verdammt, dachte sie, Liebeskummer ist ein Elend. Zögernd blieb sie neben ihm stehen und legte ihm die Hand auf die Schulter. Er sah zu ihr hoch, wirkte unsicher und verletzlich.

Na schön, sagte sie sich, na schön. Sie zog ihn zu sich hoch, legte die Arme um seinen Nacken und küsste ihn sanft auf den Mund. Für einen Augenblick blieb er stehen, als wäre er zu Stein erstarrt. Dann erwiderte er die Umarmung, den Kuss. Seine Hände glitten unter ihre Bluse, strichen über die glatte Haut ihres Rückens. Sabine erschauerte. Sie dachte darüber nach, wie sie das Gefühl empfand, versuchte sich zu analysieren. Doch als er sie küsste, seine Lippen öffnete und mit seiner Zunge vorsichtig ihren Mund erforschte, spürte sie nur noch das vertraute Gefühl der Lust.

Ihre Bewegungen wurden hektischer. Sie streifte ihm das T-Shirt über den Kopf, kämpfte mit seinem Gürtel, den Knöpfen, gab den Kampf auf und überließ es ihm, die Hose zu öffnen. Dann legte sie ihre Hände in seinen Nacken, zog das Zopfgummi ab und fuhr mit gespreizten Fingern durch seine langen, dichten Haare.

Irgendwie schafften sie es bis ins Schlafzimmer. Als Sabine sich auf das Bett sinken ließ, dachte sie kurz daran, dass sie seit Martins Tod mit keinem Mann mehr hier gelegen hatte. Markus Klewer, mit dem sie eine kurze Affäre gehabt hatte, hatte sie immer im Hotel getroffen.

Im ersten Moment fühlte es sich falsch an, dann aber küsste Oliver sie wieder, streichelte sie an ihrem empfindlichsten Punkt. Sie gab sich ihm hin, bewegte sich im Takt mit ihm, geschmeidig und glatt wie Öl.

Anschließend lagen sie schwer atmend nebeneinander, Olivers Hand lag auf ihrem Bauch, sein Finger malte Schnecken- und Wellenmuster auf ihre Haut. Sie wussten beide, dass es ein Akt der Verzweiflung und nicht der Liebe gewesen war.

»Es tut mir leid«, sagte Oliver mit gepresster Stimme.

»War es so schlecht?« Sabine versuchte ein Lächeln, es wollte ihr nicht ganz gelingen. Schuld traf sie wie eine geballte Faust in den Magen. Dies war Martins Bett. Martins und ihr Bett, hier hatten sie sich geliebt. All ihre Sinnlichkeit, all ihre Lust und die Fähigkeit, sie zu genießen, hatte er ihr hier geschenkt. Martin war tot, versuchte sie sich klar zu machen. Er war tot, doch sie lebte weiter. Sie hatte ein recht auf Lust, auf Liebe. Doch auf einmal war dieser bohrende Schmerz im Bauch wieder da. Sabine wand sich aus seinen Armen, aus seinen Händen, die sie immer noch zärtlich streichelten.

Sie tapste über den kalten Boden bis ins Bad. Im Spiegel starrte sie sich selbst in die Augen, nahm in dem kalten Licht der Badezimmerlampe eine Wertung vor. Die Haare hingen strähnig herab, auf der Oberlippe hatten sich Schweißperlen gebildet und ihre Haut glänzte, wie von frischem Lack überzogen. Sie liebte Oliver nicht, sie war noch nicht mal in ihn verliebt. Bei diesem Gedanken zögerte sie. Oliver war ein attraktiver Mann. Sie arbeitete gerne mit ihm zusammen. Sie ergänzten sich, so wie Martin und sie sich als Team ergänzt hatten. Da tat sie es schon wieder, Vergleiche ziehen.

War sie ein wenig in ihn verliebt? Liebe war auch etwas von den hundert Dingen, die sie sich nicht mehr zugestand. Einsamkeit zwängte sie ein wie ein altes Kleidungsstück, gut instand gehalten, doch zu oft gewaschen und dadurch eingelaufen. Es wurde Zeit, dass sie sich von dieser Zwangsjacke befreite. Sie duschte schnell, putzte sich die Zähne. Trotzdem würde sie Oliver bitten auf dem Sofa zu schlafen.

Als sie ins Schlafzimmer zurückkam, hörte sie seinen gleichmäßigen Atem. Na gut, dachte sie wieder und legte sich neben ihn. Er murmelte im Schlaf und drehte sich auf die Seite.

»Shhh«, flüsterte Sabine und zog die Decke über sie beide.

Der Wecker klingelte um viertel vor sieben. Sabine drehte sich schlaftrunken um und drückte den Knopf, um den Wecker abzustellen. Dann schloss sie wieder die Augen. Noch fünf Minuten, dachte sie.

Oliver schlug die Augen auf. Wo war er? Er spürte einen warmen Körper neben sich. Sabine, nicht Vera. Ihm fiel die letzte Nacht ein. Oh Gott, dachte er, was habe ich getan? Wie konnte ich nur? Wie kann ich Sabine jemals wieder in die Augen schauen, mit ihr zusammenarbeiten? Er merkte, dass sich seine Muskeln verspannten, sein Atem hektisch wurde. Sabine war seine Teampartnerin, die er sehr schätzte, sehr mochte. Die er vor ein paar Stunden geliebt hatte.

Er würde sich entschuldigen müssen. Oliver drehte sich zu ihr um. Sie lag mit dem Rücken zu ihm und roch wie ein Kind nach Schlaf und Seife und einem blumigen Shampoo. Er legte ihr die Hand auf den Rücken, strich über die zarte Haut. Es fühlte sich gut an und auf eine seltsame Art vertraut.

»Noch ein kleines bisschen«, murmelte sie.

»Ich mach uns Kaffee.« Er küsste sie auf den Nacken, dort wo der Hals in die Wirbelsäule überging und ein kleiner Knubbel war.

Auf dem Weg zur Küche sammelte er ihre Kleidungsstücke ein, die sie gestern nach und nach hatten fallen lassen. Als er das Wasser in die Kanne füllte, fühlte er sich beschwingt. Er setzte den Kaffee auf und ging ins Bad.

# 39. KAPITEL

Jürgen hatte sich letzte Nacht leise ins Schlafzimmer geschlichen, bemüht darum, Martina nicht aufzuwecken. Sie murmelte etwas, schlief aber dann weiter. Er kroch ins Bett und legte sich auf den Rücken. Die Zimmerdecke, die er im fahlen Licht der Straßenlaterne sehen konnte, fing an sich zu drehen. Er griff nach der Bettkante und hielt sich fest. Irgendwann musste er eingeschlafen sein. Als der Wecker klingelte, fühlte er sich jedoch so erschöpft, als hätte er gar nicht geschlafen. Es bereitete ihm unendliche Mühe, die Augen zu öffnen, den Arm zu bewegen und den Wecker auszustellen. Seine Glieder waren bleischwer und er hatte das Gefühl, immer tiefer in die Matratze einzusinken.

Martina war schon aufgestanden, er konnte sie unten hantieren hören. Geschirr klapperte, Wasser lief. Er kämpfte sich aus dem Bett, duschte heiß, trank eine Tasse Kaffee und ging.

Der Regen hatte im Laufe der Nacht endlich nachgelassen, doch die Feuchtigkeit hielt sich auf den Dächern, Karosserien und Bäumen. Zwischen den Häusern verdichtete sie sich zu Dunst.

Die Schutzpolizisten, die die ganze Nacht im Wagen gegenüber von Jürgens Haus gesessen hatten, wurden um sieben von ihren Kollegen abgelöst. Sie nahmen Fischer mit zum Präsidium.

»Guten Morgen.« Fischer ließ sich schwer auf seinen Stuhl fallen. Jemand schob ihm eine Tasse Kaffee zu, doch er winkte ab. Er nahm eine Zigarette, die erste an diesem Tag. Sie schmeckte ihm nicht. Saurer Geschmack war in seinem Mund, sein Magen wünschte sich ein besseres Frühstück als schwarzen Kaffee und Nikotin.

»Alle ausgeschlafen?« Unterdrücktes Lachen folgte der Frage. »Gut, ich auch nicht. Wie gehen wir weiter vor?« Fischer rieb sich über das Kinn.

»Ich fasse mal zusammen, was wir über den Toten wissen.« Sabine nahm ihre Unterlagen hervor. Sie wirkte zerstreut und ein wenig hektisch. Als sie zur Aussage von Jens Peerhoven kam, zögerte sie.

»Er war der erste und bisher einzige, der behauptet hat, dass das Opfer homosexuell war. Ich glaube seiner Aussage nicht.«

»Welchen Grund könnte er haben, in diesem Punkt zu lügen?« Fischer runzelte die Stirn.

»Ich denke, er hat spitzgekriegt, dass wir unser Augenmerk auf Bernd von Steglitz gelegt haben. Bernd ist sein Freund. Eifersucht ist ein starkes Motiv. Auf einen homosexuellen Mann konnte Bernd nicht eifersüchtig sein, der stellte keine Gefahr für seine Freundin dar.«

»Du meinst, Peerhoven hat gelogen, um seinen Freund zu schützen und das Motiv zu schwächen?«, fragte Fischer.

Sabine nickte. »Solange wir keinen weiteren Hinweis über Roepstorfs sexuelle Neigungen haben, würde ich diesen Punkt vernachlässigen.«

»Lothar von Steglitz konnte uns keine Angaben zu seinem Sohn machen, auch nicht zu der Waffe, die er mal besessen hat. Er kannte Roepstorf angeblich nicht.« Fischer las sich das Protokoll noch mal durch. Er blieb an dem Namen des Anwalts hängen. »Van Treek« irgendwo hatte er diesen Namen schon gehört, es war im Zusammenhang mit dem Fall gewesen.

»Dass er Roepstorf nicht gekannt haben will, halte ich für eine Lüge. Sein Sohn hat Henning schon vor Jahren kennen gelernt, als die beiden Sozialstunden ableisten mussten. Er hat Roepstorf sogar mit nach Mallorca genommen, wo die Familie von Steglitz eine Finca hat. Der Name ist sicherlich mal gefallen, noch wahrscheinlicher ist es, dass die Eltern ihn persönlich kannten.«

»Habt ihr die Mutter befragt?«

»Sie ist im Moment nicht da, besucht wohl die Tochter.« Sabine schaute in ihren Notizen nach. »In München.«

»Haben wir irgendwelche Hinweise aus der Bevölkerung?« Fischer sah auf.

»Es haben zwei Männer angerufen, die behaupten, Henning Roepstorf gekannt zu haben«, sagte Philipp Verhöffen.

»Männer?« Jürgen warf Sabine einen Blick zu. Vielleicht war da doch etwas an dem Gerücht über Roepstorfs sexuelle Neigungen. »Was für Männer?«

»Sie sind vom Heimatverein. Roepstorf war dort sehr aktiv. Stadtgeschichte, Familiengeschichte, Ahnenforschung. Sie treffen sich alle 14 Tage. Einer der beiden kommt nachher vorbei. Ich werde mit ihm sprechen. Vielleicht kann er neue Impulse bringen.«

»Was ist mit den Arbeitskollegen?«

»Da bin ich dran. Nichts Neues bisher.« Der Kollege schüttelte den Kopf.

»Die Rechtsmedizinerin hat angerufen. Sie hat jetzt alle Ergebnisse vorliegen. Sie ist heute im Institut und telefonisch zu erreichen.«

»Okay. Wir treffen uns heute Mittag wieder.« Fischer stand seufzend auf. »Irgendetwas Neues vom Chef?«

»Nein, bisher nicht.«

In seinem Büro blieb Fischer am Fenster stehen. Von hier aus konnte er auf den Ostwall sehen. Die Straßenbahn fuhr quietschend um die Kurve. Sonntägliche Ruhe lag über Krefeld. Doch irgendwo war ein Mörder. Ihm fiel ein, dass er seinen Kollegen in Münster hatte anrufen wollen, als sich die Ereignisse hier zuspitzten. Darüber hatte er den Anruf vergessen. Hatte es Sinn, nach Münster zu fahren? Fischer war unschlüssig. Inzwischen war er der Meinung, dass Susanne sich mit einem neuen Liebhaber irgendwo vergnügte. Es war einfach zu unwahrscheinlich, dass der Verrückte, der seinen Wagen manipuliert hatte, auch Susanne bedrohte.

Er nahm das Handy, drückte die Kurzwahltaste.

»Hansi, guten Morgen.«

»Jürgen, ich wollte dich auch gerade anrufen. Dein Sohn ist hier. Halleluja, hat der Temperament.«

»Ich wusste gar nicht, dass du gläubig bist.« Jürgen musste grinsen.

»Es gibt Dinge, die mich zum Beten bringen. Dein Sohn gehört dazu. So viele Vorwürfe habe ich bisher selten auf einmal gehört.«

»Wo ist er? Gib ihn mir.«

»Er ist vor fünf Minuten abgerauscht. Ich bin sicher, dass er wieder kommt. Er wollte jetzt zu einer Freundin von Susanne. Ich hoffe, sie hat starke Nerven.«

»Irmgard? Sie ist geduldiger als Mutter Theresa und sollte heiliggesprochen werden. Sie wird schon mit ihm fertig. Gibt es sonst noch etwas?«

»Karl Fromm ist nicht aufzutreiben. Keiner weiß, wo

er steckt, keiner hat ihn gesehen. Wie vom Erdboden verschluckt.«

Genau wie Susanne, dachte Fischer, seine Kehle zog sich wieder zusammen. Er berichtete seinem Kollegen von seinen Überlegungen.

»Da ist schon was dran, Jürgen. Ich werde das mal bei der Teambesprechung zur Diskussion stellen. Sie hat einen Computer, ich weiß nicht, ob die Spezialisten den schon untersucht haben. Vielleicht finden wir da ja ihren Account bei einer Singlebörse und auch die Verabredung. Damit wären wir dann natürlich ein großes Stück weiter. Es wäre ja zu wünschen, dass die ganze Aufregung umsonst war.« Müller klang skeptisch.

»Okay, halt mich auf dem Laufenden.« Fischer legte auf und rief dann Irmgard an. Sie ging nicht an den Apparat. Fluchend legte er das Handy beiseite. Irgendetwas hatte er übersehen, er wusste nur nicht, was.

# 40. KAPITEL

Sabine und Oliver befragten weitere Freunde von Henning Roepstorf. Inzwischen hatten die Gerüchte die Runde gemacht und alle waren sehr zurückhaltend mit ihren Aussagen. Man kannte ihn, wusste aber nicht viel von ihm. Er war ruhig, nett, unauffällig. So richtig gepasst hatte er nicht in die Gruppe, aber man hatte ihn Bernd zuliebe akzeptiert. Im Laufe der Jahre hatte sich niemand großartig Gedanken darüber gemacht.

Er kam mit, wenn die Gruppe zusammen ausging. Nicht immer, aber dennoch so oft, dass er dazu gehörte. Keiner war näher mit ihm befreundet außer Nadine Albin. Ihre Freundschaft wurde aber von allen als nicht sexuell orientiert angesehen.

»Keiner hat einen Freund erwähnt oder angedeutet, dass Henning homosexuell war.« Oliver stieg in den Wagen. Diesmal hatte er Pech gehabt, der Audi war schon weg, sie hatten den Opel nehmen müssen.

»Eher asexuell. Es macht den Eindruck, als wäre er ein typisches graues Mäuschen gewesen, leidenschaftslos.« Sabine massierte sich den Nasenrücken. Oliver sah sie besorgt an. Sie hatte nichts mehr zu der gemeinsamen Nacht gesagt, tat fast so, als wäre nie etwas passiert. Er war sich nicht sicher, wie er damit umgehen sollte. Er mochte Sabine, schätzte sie sehr, hatte den Sex mit ihr genossen. Ihm war jedoch klar, dass er die Beziehung zu Vera noch nicht abgeschlossen hatte.

»Geht es dir nicht gut?«

Sabine wich seinem Blick aus. »Ich bin nur müde. Was machen wir jetzt?«

»Zurück ins Präsidium. Vielleicht ist ja jemand anderes weitergekommen.«

Als sie beim Präsidium ankamen, war außer Philipp Verhöffen niemand da.

»Habt ihr Zeugenaussagen?« Philipp nahm seinen Job als Spurenleiter sehr ernst.

»Hier.« Oliver legte ihm die Zettel auf den Schreibtisch.

Sabine gähnte laut, schlug sich verlegen die Hand vor den Mund. Die Besprechung verlief quälend langsam und blieb ohne nennenswerte Erfolge. Sie kamen nicht weiter. Ihnen war klar, dass die Zeit gegen sie arbeitete. Bernd von Steglitz blieb der Hauptverdächtige, doch er schien wie vom Erdboden verschluckt.

»Hoffen wir mal, dass noch weitere Hinweise aus der Bevölkerung kommen, die uns weiterbringen.« Fischer blätterte durch den Stapel Meldungen, die über die Sondernummer hereingekommen waren. »Nichts von dem hört sich vielversprechend an. Die üblichen Verrückten, die den Toten gestern noch gesehen haben wollen. Natürlich auch Verschwörungstheorien und der Verrückte, der wie immer die Außerirdischen verdächtigt.« Er seufzte. »Nehmt sie euch trotzdem vor. Wir sehen uns heute Abend wieder. Falls etwas Wichtiges ist, ich bin über mein Handy erreichbar.«

»Der Wagen von Frau Becker ist ›clean‹, da war niemand dran, alles ist in Ordnung. Nur über einen Ölwechsel sollte sie mal nachdenken, sagt der Mechaniker.« Siegfried Brüx war zu Fischer ins Büro gekommen.

»Kann ich den Wagen mitnehmen?«

»Klar, habt ihr eine Garage? Da solltet ihr das Auto unterstellen. Denn nachts sieht auch die Streife nicht alles. Habt ihr über eine gute Alarmanlage nachgedacht? Ich könnte das einrichten, sodass ihr die nächste Woche bekommt.«

»Gute Idee.« Fischer rieb sich müde über die Augen. »Kannst du mir die Postkarte geben, die bei meiner Frau in Münster gefunden wurde?«

»Das Fax? Ist nicht ganz scharf, aber klar, habe ich in der Mappe. Hast du irgendetwas gehört?«

Fischer schüttelte den Kopf. Er hatte die Halskrause vergessen und ein stechender Schmerz schoss durch seinen Nacken.

Nachdem er den Schlüssel und die Papiere des Wagens entgegengenommen hatte, beschloss er nach Hause zu fahren. Im Präsidium gab es im Moment nichts mehr für ihn zu tun und er fühlte sich nicht gut genug, um Zeugen zu befragen.

Martina sah Jürgen überrascht an, als er die Haustür aufschloss. »Willst du dich hinlegen?« Sie kam ihm entgegen, als er die Tür aufschloss.

»Nein, ich wollte dich um einen Gefallen bitten. Ich möchte nach Münster. Dein Wagen ist wieder freigegeben worden. Kannst du mich fahren?«

Martina warf einen Blick ins Wohnzimmer. Dort stand ein Karton auf dem Tisch, zerknülltes Zeitungspapier bedeckte den Boden. Sie hatte begonnen, die Vasen auszupacken. Sie hasste Unordnung, aber ihr war klar, dass Jürgen wenig Zeit hatte. Die Zeitungen konnte sie auch noch später wegschmeißen.

»Willst du nicht erst etwas essen?«

»Ich habe keinen Hunger.«

»Dein Sohn hat angerufen.« Martina überlegte, ob sie ihm sagen sollte, wie ärgerlich er geklungen hatte, seine Stimme war voller Wut, fast schon Hass. Dass er ihr nicht wohlgesonnen war, konnte sie verstehen, auch wenn es eigentlich keinen Grund dafür gab. Sie hatte ihn bisher noch nicht getroffen, war nur ein paar Mal am Telefon gewesen, als er anrief. Er sah in ihr den Grund, weshalb sich seine Eltern getrennt hatten. Dass dies nicht stimmte, mochte er zwar rational wissen, doch er schob ihr trotzdem die Schuld zu.

»Was wollte er?« Fischer lehnte sich gegen den Rahmen der Küchentür. Er klang erschöpft.

»Mit dir sprechen. Ich wollte ihm deine Handynummer geben, doch er hatte schon aufgelegt.«

»Er hat meine Handynummer.« Jürgen nahm das mobile Telefon aus der Tasche, das Display zeigte keinen verpassten Anruf.

Fischer wählte die Nummer von Susannes Freundin Irmgard. Sie meldete sich nicht. Dann versuchte er Florians Handynummer. Sein Sohn meldete sich.

»Hallo, Florian. Du hast angerufen?«

»Ach, der Herr hat Zeit?«

»Florian, was möchtest du von mir?« Jürgen hatte keine Lust, seine Zeit mit sinnlosen Streitereien zu verschwenden.

»Ich war kurz zu Hause. Die Polizei hat Mamas Computer mitgenommen, wieso?«

Jürgen räusperte sich. »Deine Mutter hatte sich bei einer Singlebörse angemeldet.«

»Das glaube ich nicht. Wer sagt das?«

»Irmgard. Susanne hat sich mehrfach mit Männern verabredet. So auch letzte Woche.«

Florian schwieg, dann seufzte er. »Sie muss sehr einsam sein.«

Darauf wusste Jürgen nichts zu erwidern. »Hast du dich umgesehen? Fehlt irgendetwas? Ist etwas anders im Haus?«

»Eine Reisetasche fehlt, sonst nichts. Wie das mit ihren Sachen ist, kann ich nicht sagen. Ich kenne Mamas Garderobe nicht so genau. Ich war nicht lange da, jetzt gerade bin ich bei Freunden.«

»Eine Reisetasche. Bist du dir da sicher?«

»Ziemlich, wieso? Kann aber auch sein, dass Sebastian die hat. Ich war schon ein paar Wochen nicht mehr in Münster.«

»Wo ist Irmgard? Ich habe vergeblich versucht sie zu erreichen.«

»Ihr Vater liegt im Krankenhaus. Er ist gestürzt. Dort wird sie wohl sein.«

Jürgen war erleichtert das zu hören. Obwohl er es sich nicht bewusst gemacht hatte, beunruhigte es ihn doch, dass er Susannes Freundin nicht hatte erreichen können. »Wir wollten nach Münster kommen. Jetzt.«

Er konnte den Atem seines Sohnes hören. »Warum?«, fragte Florian schließlich. »Wenn du Recht hast und Mama hat sich mit Männern verabredet und getroffen, dann ist sie jetzt wahrscheinlich mit einem von ihnen unterwegs. Sie ist uns ja keine Rechenschaft schuldig über ihr Privatleben.«

»Das ist eine von mehreren Annahmen, Florian. Ich wollte kommen, um mit den Kollegen zu sprechen und zu schauen, ob mir noch etwas auffällt.«

»Wann warst du das letzte Mal hier, Papa?« Jetzt war es Jürgen, der schwieg. »Ist schon eine Weile her, nicht wahr? Ich habe gestern etwas überreagiert, es tut mir leid. Wie geht es dir überhaupt, Papa?«

Diese 180-Grad-Wende im Verhalten seines Sohnes überraschte Jürgen. Er machte sich klar, dass Florian inzwischen erwachsen war. Jürgen setzte sich vorsichtig in den Sessel. Martina zog überrascht die Augenbrauen hoch, dann verließ sie den Raum, wollte nicht stören.

»Mir geht es ganz gut«, log Fischer.

»Du hattest einen Autounfall, hat mir dein Kollege gesagt, und eine Gehirnerschütterung. Wie heißt der noch gleich? Der hat uns früher öfter besucht …«

»Hansi. Hans-Jürgen Müller.«

»Genau der. Er sagte, dass es dir gar nicht gut ginge. Ich war allerdings so in Rage, dass ich nicht weiter nachgefragt habe. Er findet doch tatsächlich deine Martina süß. Wahrscheinlich ist sie das auch. Manchmal bin ich so ein Arschloch, es tut mir leid.« Die Stimme seines Sohnes wurde leiser. Er schien wirklich beschämt zu sein.

»Ja, ich hatte einen Autounfall. Jemand hat meine Bremskabel angeschnitten. Ich hatte Glück, es ist mir nicht viel passiert.«

»Warum bist du nicht mehr im Krankenhaus?«

Fischer schnaubte. »Ausruhen kann ich mich auch zu Hause.«

»Immer noch der Alte.« Sie wechselten noch ein paar Floskeln, versprachen in Verbindung zu bleiben. Als Jürgen auflegte, kam Martina zurück ins Wohnzimmer.

»Hat er sich beruhigt?«, fragte sie vorsichtig.

»Anscheinend.« Nachdenklich legte Fischer die Fingerspitzen aneinander. Florian hatte etwas gesagt, es war nur ein Nebensatz gewesen, aber irgendwie fand er ihn seltsam. Es ging um Hansi. Doch Jürgen wollte nicht mehr einfallen, was genau das gewesen war.

## 41. KAPITEL

Auch die Abendbesprechung verlief ohne große Erkenntnisse. Es gab nichts, was sie weiterbrachte. Fischer schickte alle bis auf eine kleine Notbesetzung nach Hause. Sie sollten sich ausschlafen. Am nächsten Morgen würden sie sich noch mal an die Öffentlichkeit wenden.

Sabine ging in ihr Büro und setzte sich an ihren Schreibtisch. Sie hatte nichts zu tun, wollte aber nicht wieder gemeinsam mit Oliver das Gebäude verlassen. Sie waren den ganzen Tag zusammen unterwegs gewesen, hatten vermeintliche Zeugen befragt. Obwohl sie sich normal zueinander verhalten hatten, stand doch eine gewisse Gezwungenheit zwischen ihnen.

Sie hatte im Moment nicht die Kraft, sich mit ihren Gefühlen auseinanderzusetzen, spürte nur, dass diese Achterbahn fuhr. Zweimal hatte sie so wie sonst auch ihre Hand auf Olivers Arm gelegt, doch die Unbekümmertheit war dahin. Als würde seine Haut brennen, hatte sie jedes Mal ihre Hand zurückgezogen. Oliver war das wohl aufgefallen, gesagt hatte er nichts dazu.

In der vierten Etage verstummten allmählich die Geräusche. Einige Male hörte sie noch Türen klappern und die quietschenden Schritte von Turnschuhen auf dem Linoleumboden.

Sie war erschöpft, der Kopf tat ihr weh. Sabine löste den Zopf, schüttelte die Haare aus. Sie meinte jede einzelne Haarwurzel spüren zu können. Am besten wäre es, wenn sie nach Hause gehen würde. Doch zu Hause würde die Einsamkeit auf sie warten. Sollte sie zu ihren Eltern fahren? Sabine war zu müde, um die besorgten Fragen ihrer Mutter zu beantworten.

Sie schloss ihr Büro ab, ging langsam die Treppe nach unten. Als sie mit ihrem Wagen vom Parkplatz in Richtung Bismarckviertel fuhr, fiel ihr ein, was sie noch hatte tun wollen. Sie fuhr die Friedrich-Ebert-Straße durch bis nach Bockum, bog am Schwimmbad links ein und parkte vor dem Friedhof.

Langsam ging sie den Hauptgang unter den großen Bäumen entlang. Hier war es ruhig und friedlich. Nur von weitem konnte man das Rauschen des Verkehrs hören. Wie automatisiert ging sie den Weg, bog rechts ab, dann links. Oft schon war sie zu Martins Grab gegangen, der Weg war ihr vertraut.

An der Grabstelle blieb Sabine stehen. Sie ging in die Hocke, rupfte Unkraut, hielt es in der Hand, presste es zusammen, bis die Hand schmerzte.

»Du fehlst mir, Martin. Ich brauche dich.« Ein Kloß saß in ihrem Hals, sie schluckte hart. »Was mache ich nun? Was soll ich nur tun? Ich … liebe dich. Aber ich werde dich nie wieder anfassen können, nie wieder berühren …« Die Trauer schnürte ihr die Kehle zu. Ihre Nase lief, Sabine fand kein Taschentuch in ihrer Tasche, wischte sich mit dem Handrücken über das Gesicht. »Ach, verdammt.«

Sie richtete sich auf, zerrieb die Tränen in der Haut. Das Grab neben Martins hatte lange brach gelegen. 30 Jahre war die Liegezeit hier oder 25, so genau konnte sich Sabine nicht erinnern, danach lag ein Grab für mindestens zehn Jahre brach. Oder waren es 15? Sabine schüttelte den Kopf. Mit diesen Zahlen hatte sie sich nie befassen wollen, Zeit war eine Weile kein Parameter in ihrem Leben gewesen. Doch nun war Martin schon zwei Jahre tot. Zwei Jahre. Schon oder erst? Sie konnte, sie wollte sich nicht entscheiden.

Das Grab daneben war frisch, ein Erdhügel, bedeckt mit Kränzen und Schalen. Astern, Chrysanthemen, Herbstblumen, Friedhofsblumen.

Ein Holzkreuz stand am Kopf des Grabes.

»Karl Fromm«, las Sabine. Es waren keine Jahreszahlen angegeben, kein Geburts- und Todesdatum. Ihr Blick wanderte zu den Kränzen. »In Gedenken an unsere Tante Heide«, »In Liebe, Heide, für immer«. »Für unsere Kegelfreundin, alle neune, Heide«. Heide? Wieder glitt ihr Blick zu dem Kreuz. Irgendjemandem war ein grässlicher Fehler unterlaufen. Entweder waren die Kränze am falschen Grab gelandet oder das Kreuz war fehlerhaft aufgestellt worden.

Sabine überlegte, ob sie es melden sollte. Doch heute würde sie beim Grünflächenamt niemanden erreichen.

Es war schon dunkel, als sie zu ihrem Auto zurückging. Sie spürte Frieden und eine Art Gelassenheit, so wie immer, wenn sie vom Friedhof, vom einsamen Gespräch mit Martin kam. Es half ihr, dort mit ihm in Kontakt zu treten. Ihre Frage war nicht beantwortet, aber das hatte Zeit. Der Himmel war klar, die Sterne strahlten in der kälter werdenden Luft.

Innerlich ruhiger, fuhr sie nach Hause. Sie sah Olivers Wagen schon, als sie in die Dürerstraße einbog. Die Fenster waren heruntergelassen und laute Musik schallte aus dem Wagen.

»Begging«, der Sommerhit einer Band aus Norwegen. Sabine parkte ihr Auto, holte tief Luft, stieg dann aus. Zögernd ging sie zu ihm. Was wollte Oliver? War er beruflich hier? Gab es eine neue Spur oder war Bernd von Steglitz aufgetaucht?

Sie beugte sich zu ihm. Er saß hinter dem Lenkrad, sah sie an, bewegte sich aber nicht.

»Ist etwas passiert?«

Oliver schüttelte den Kopf. Er hatte seinen Zopf gelöst, die dunklen, glatten Haare hingen ihm inzwischen bis auf die Schultern.

»Ich weiß, es ist ziemlich anmaßend von mir, aber ich ertrag es nicht in meiner Wohnung.«

»Du willst hierbleiben?« Sabine richtete sich auf. Sie wusste nicht, was sie sagen sollte.

»Ich schlafe auch auf der Couch. Es geht mir nicht darum, dich zu bedrängen oder so. Ich …« Er zögerte. »Ich bin bloß so …«

Einsam, dachte Sabine. Sie blickte nach oben. Sie sah eine Sternschnuppe. Das war kein Zufall, das war ein Zeichen.

»Wirst du ein perfekter Gentleman sein?«

Seine Augen strahlten. »Bestimmt.«

# 42. KAPITEL

**Februar 1945**

Lange war Fritz van Treek seiner Heimat nicht mehr so nahe gewesen. Schon als sie in Grevenbroich standen, überlegte er, ob er nicht einen Abstecher nach Krefeld machen könnte. Doch das wäre Fahnenflucht.

Frankreich hatten sie aufgeben müssen. Der Krieg war längst verloren, das war ihnen allen klar. Jetzt wurden die verbleibenden Einheiten der Panzeraufklärungsabteilung 130 nach Kleve gebracht, um dort mit den verbliebenen Wehrmachtsteilen gegen die vorrückenden Alliierten das Ruhrgebiet zu verteidigen.

Ruckelnd fuhr der Zug an. Ihr Spähwagen war durch Granatsplitter beschädigt und deshalb mit anderem Schadgerät auf den Transportzug verladen worden. In Kleve hofften sie ihn wieder instand setzen zu können. Immer wieder wurden sie auf Nebengleise geleitet oder mussten anhalten, weil die schnelleren Personenzüge mit Truppentransporten Vorrang hatten.

»Weißt du, wo wir sind?« Henning Roepstorf zog mit der linken Hand den Kragen zusammen, die rechte hatte er, wie so oft in der letzten Zeit, in der Tasche. Dort, da war sich Fritz sicher, hatte er das Säckchen mit den Diamanten.

Henning hatte ihm erzählt, dass die Weberei der Familie seiner Frau als eine der wenigen in Krefeld noch in Betrieb war. Allerdings waren sie hoch verschuldet.

Fritz konnte verstehen, dass Henning die Kriegsbeute an sich genommen hatte, um seine Familie zu retten. Er hatte herausgefunden, dass der SS-Gruppenführer aus Antwerpen gekommen war. Ganz sicher hatte dieser die Diamanten auch nicht auf legalem Weg erworben.

Mehrfach schon hatte Fritz überlegt Henning aufzufordern mit ihm die Beute zu teilen. Fritz' Familie ging es nicht gut, sein Vater war vor Weihnachten verstorben. Doch noch nicht einmal zur Beerdigung hatte er Heimaturlaub bekommen.

»Ja, ich weiß, wo wir sind. Ein Katzensprung von zu Hause.«

»Krefeld sieht schlimm aus.« Henning war verheiratet, er hatte vor einigen Monaten Heimaturlaub erhalten, wenn auch nur für zwei Tage. Die zwei Tage reichten aus, seine Frau war inzwischen hochschwanger.

»Vielleicht ist mein Kind schon geboren.« Henning seufzte sehnsüchtig. »Wir haben uns immer Kinder gewünscht.«

Ja, dachte Fritz, du hast eine Frau, bald ein Kind, ein Geschäft und auch noch jede Menge Diamanten. Wenn du den Krieg überlebst, hast du ausgesorgt. Etwas in ihm krampfte sich zusammen.

In Osterath fuhren sie aufs Nebengleis. Der alte Bahnhof stand noch, auch das große Gebäude der Ostara, der alten Fliesenfabrik. Die Gastwirtschaft Nothelfer war verdunkelt. Sein Vater hatte Fritz mal mit dorthin genommen. Es gab Schweinshaxen und Sauerkraut, daran konnte Fritz sich noch gut erinnern. Sein Magen knurrte. In seiner Tasche waren noch eine Dose mit Fleisch und zwei Zwieback.

»Wenn das so weitergeht, werden wir Kleve heute Nacht nicht mehr erreichen.« Roepstorf fluchte leise.

Ein Transportzug rauschte an ihnen vorbei. In dem Luftzug hätte Fritz beinahe das Gleichgewicht verloren.

Dann heulten die Sirenen auf.

»Fliegeralarm! Spritzen!«, schrie jemand.

Ein Teil der Offiziere sprang rechts ab und suchte hinter der Mauer der Gaststätte Deckung.

Fritz und Henning liefen über die Gleise nach links und warfen sich am alten Bahnhof ins Gebüsch.

Die Flugzeuge kamen näher, das hohe Sirren der fallenden Bomben vermischte sich mit dem an- und abschwellenden Klang der Sirenen. Kurz bevor die Bomben explodierten, war scheinbar ein Augenblick der Stille, dann krachte es und Fritz wurde von der Druckwelle zurückgeschleudert.

Die Flieger entfernten sich. Er hoffte, dass sie nicht drehten und noch mal angriffen. Der Zug stand in Brand.

Fritz richtete sich auf und suchte nach Henning.

# 43. KAPITEL

»Jürgen? Jemand möchte mit dir reden.« Uta Klemenz stand in der Tür zu seinem Büro.

Hauptkommissar Jürgen Fischer schaute von den Unterlagen auf. Er war am Morgen ohne Kopfschmerzen aufgewacht, auch das Schwindelgefühl hatte nachgelassen. Nur sein Hals fühlte sich noch steif an.

Sie hatten die Morgenbesprechung ohne große Ergebnisse geführt. Außer von Steglitz gab es keinen Verdächtigen. Niemand schien ein Motiv zu haben. Er hatte sich immer noch kein vollständiges Bild von dem jungen Mann machen können.

»Wer ist es und was will er?«

»Ein Herr Schink. Er sagt, du würdest ihn kennen.« Uta Klemenz sah ihn skeptisch an.

»Bitte ihn herein, ich kenne ihn tatsächlich.« Fischer stand auf. »Herr Schink, was führt Sie zu mir? Wie geht es Ben?« Ben war der große Hund des älteren Mannes. Vor einiger Zeit war Ben in die Hände einer Tierfängergruppe geraten. Der Hund hatte schwere Verletzungen davongetragen und für eine Weile war es nicht sicher, ob er überleben würde. Fischer wusste, wie sehr der Mann an dem Tier hing.

»Ben geht es gut, Danke der Nachfrage. Er lahmt noch ein wenig mit dem rechten Vorderlauf, aber der Tierarzt ist zuversichtlich, dass sich das noch gibt.« Er schüttelte Fischer kräftig die Hand, sah ihn über seine Bifokalbrille hinweg an.

»Setzen Sie sich doch. Was führt Sie zu mir?«

»Ich habe in der Zeitung vom Tod des jungen Mannes gelesen. Und im Radio haben sie es auch gebracht. Schlimme Sache.«

Fischer nickte. »Möchten Sie einen Kaffee?«

»Nein, danke. Ich erinnere mich noch, dass ich den Kaffee hier nicht gut vertragen habe. Zu stark. Mein Magen, wissen Sie? Man wird ja nicht jünger.«

»Das stimmt.« Fischer musterte den Mann. Er sah gebrechlich aus, war aber in Wirklichkeit noch sehr fit.

Mehrfach schon hatte er Fischer bei der Aufklärung eines Falles helfen können. »Kannten Sie Roepstorf?«

»Zufälligerweise, ja. Ich kannte schon Gerd, seinen Vater. Der war damals unser Vereinsvorsitzender.«

»Was für ein Verein ist das?« Fischer zog seinen Notizblock heran.

»Der Heimatverein. Wir beschäftigen uns mit der Geschichte der Stadt und mit Ahnenforschung. Ich fand das schon immer spannend.«

»Hmm«, brummte Fischer. Er erinnerte sich daran, dass Hennings größtes Hobby Ahnenforschung gewesen war. Eigentlich hatte Fischer immer gedacht, dass sich nur ältere Leute mit Heimatgeschichte befassten. Ein Vorurteil und falsch dazu, hatte ihn ein Kollege belehrt.

»Ja, Gerd war unser Vorsitzender, bis er umgebracht wurde. Ein schreckliches Schicksal. Vor allem für den Jungen.«

»Umgebracht? Laut meiner Information ist er verunglückt.« Fischer öffnete die rote Mappe.

»Unfall mit Fahrerflucht. Anna, seine Mutter, und nicht nur sie glaubte nie an einen Unfall. Es war beabsichtigt. Der Täter wurde nie gefasst.«

»Wieso dachte seine Mutter das? Gab es ein Motiv? Hatte er Feinde?«

»Das ist schon Jahre her. 20, um genau zu sein. Gerd ist nachts mit dem Hund gegangen und überfahren worden. Dabei trug er immer helle Sachen und lief auch nicht quer über die Straße. Nicht so wie die Jugend heute. Die haben immer ihre Stecker in den Ohren, das Handy in der Hand. Die bekommen überhaupt nicht mit, was um sie herum vor sich geht. Letzte Woche hätte Erna beinahe so einen jungen Schnösel angefahren. Auf der Grenzstraße. Sie erinnern sich doch an meine Lebensgefährtin? Erna Schikowski?«

Fischer räusperte sich und versuchte sich in Geduld zu üben. Er kannte Schink, irgendwann würde dieser schon zum Punkt kommen. Ihn zu drängen war zwecklos.

»Jedenfalls war seine Mutter damals davon überzeugt, dass es jemand auf Gerd abgesehen hatte. Er wollte ein Buch herausgeben und hatte dazu schon viele Informationen gesammelt.«

»Ein brisantes Buch also?«

»Das kann man so nicht sagen. Es ging um seinen Vater. Der war bei der Panzerdivision in Afrika. Gerd hatte alle Briefe und Fotos von ihm. Er hat sich überall informiert, wissen Sie? Der Zweite Weltkrieg ist ein heikles Thema.«

»Ich werde mir nachher mal die Akte besorgen. Falls ein Mordverdacht bestanden hat, müsste das aufgeführt sein.« Fischer machte sich eine Notiz.

»Henning, Gerds Sohn, hat sich dann auch dafür interessiert. Vor ein paar Jahren kam er zu uns in den Heimatverein. Er hatte das ganze Material seines Vaters und wollte das Werk vollenden. Die Familiengeschichte der Roepstorfs ist nicht uninteressant. Anna, Hennings

Großmutter, kommt aus einer der großen Weberfamilien hier. Die Leinens.«

Fischer nickte. Er war kein Krefelder und kannte sich mit der Geschichte der Stadt nicht aus, aber wenn er das Schink jetzt sagte, würde dieser ihm wahrscheinlich einen mehrstündigen Vortrag halten.

»Alter Krefelder Seidenweber-Adel?«

»Ganz genau. Die Familie hatte eine gutgehende Tuchweberei. Schon im Ersten Weltkrieg bekamen sie Aufträge, Stoffe für die Uniformen zu weben. Auch im Zweiten Weltkrieg war das so. Seide für Fallschirme und Tuche für Lastwagenplanen. Leider hat Annas Bruder die Firma heruntergewirtschaftet. Er war wesentlich älter als seine Schwester und hatte im Krieg, im ersten Krieg, das rechte Bein verloren. Damals war man ja noch nicht so weit mit der Chirurgie, und gerade im Feld wurde eher geschlachtet als geheilt.« Schink räusperte sich.

»Möchten Sie vielleicht ein Glas Wasser?«

Der ältere Mann nickte. Fischer holte Mineralwasser und zwei Gläser aus der Teeküche, schenkte ihnen beiden ein.

»Wo war ich stehen geblieben? Ach ja, der Bruder. Er muss grässliche Schmerzen gehabt haben, auch Jahre später noch. Dafür gibt es einen Fachausdruck.«

»Phantomschmerzen?« Fischer rieb sich über den Nacken.

»Genau. Phantomschmerzen. Auf jeden Fall hat er diese betäubt. Mit Morphium. Opiate. Er wurde abhängig, süchtig. Ja, das gab es damals schon.« Schink nahm das Glas, trank einen großen Schluck. »Ich bin froh, dass ich von Süchten aller Art verschont geblieben bin. Weder Alkohol noch Nikotin reizen mich.«

Fischer versuchte den Ordner unauffällig über seine Zigarettenschachtel zu schieben. Schink bemerkte es und grinste.

»Keine Sorge, Herr Kommissar, ich verurteile Raucher nicht. Ich finde auch das neue Gesetz nicht gut. Soll doch jeder tun, was er will, gerade in der Kneipe. Mein Freund Hannes raucht auch. Ein Bierchen ohne Zigarette, sagt er immer, schmeckt gar nicht. Aber ich komm vom Thema ab.«

Fischer lächelte. »Roepstorf.«

»Noch sind wir bei den Leinens. Also der Bruder nahm Opiate. Es wurde immer schlimmer und schlimmer. Sie hatten gute Aufträge, aber das Geld schmiss er zum Fenster heraus. 43 ist er dann bei dem großen Angriff auf Krefeld umgekommen. Anna und ihre Eltern versuchten die Firma zu retten, aber sie waren hoch verschuldet. Vielleicht wäre es ihnen gelungen, doch dann starb der Vater an Diphtherie. Schlimme Sache damals alles. Ich hab ja die Gnade der späten Geburt, habe mich aber intensiv mit dieser Zeit beschäftigt. Und gerade durch Gerd weiß ich eine Menge über die Familiengeschichte.« Wieder nahm er das Glas, trank es aus. Fischer füllte es erneut. Ihm war noch nicht klar, was diese Erzählung mit dem Mord zu tun haben könnte. Wahrscheinlich nichts.

»Anna hat Henning geheiratet, die Ehe blieb erst kinderlos. War ja auch kein Wunder, er war ja bei der Wehrmacht und hatte nur selten Heimaturlaub. Drei Jahre war er in Afrika, glaube ich. Muss schrecklich gewesen sein. Ich habe Hennings Briefe an sie gelesen. Und dann wurde er zurück nach Frankreich versetzt. Das war der letzte Versuch, das letzte Aufbäumen der Kriegsmaschinerie.

Den Offizieren war natürlich schon lange klar, dass der Krieg nicht zu gewinnen war. Henning Roepstorf senior starb 1945, kurz vor Ende des Krieges. Bei einem Fliegerangriff der Engländer auf Osterath. Ist das nicht grausam? Ein paar Tage vor Kriegsende und quasi vor seiner Haustür. Anna hat das damals nur überstanden, weil sie zu dem Zeitpunkt schwanger war.«

»Ja, ein schreckliches Schicksal.« Fischer sehnte sich nach einer Zigarette.

»Anna musste die Firma nach dem Krieg verkaufen. Alleine und mit Kind schaffte sie es nicht mehr. Ein Kamerad von Henning hat ihr die Firma abgekauft. Er kam auch aus einer Weber Familie. Nicht ganz so groß. Woher er das Geld hatte, wusste niemand. Anna vermutete Kriegsbeute. Aber zu dem Zeitpunkt war es ihr egal.«

»Hmm.« Fischer drehte den Kugelschreiber zwischen den Fingern.

»Der Kamerad hatte zusammen mit Henning bei den Panzeraufklärern gedient. Zuletzt war er sogar auf demselben Wagen. Er überlebte den Angriff in Osterath. Die Weberei florierte nach dem Krieg, doch dann kam die billige Seide aus China. Er ist ein geschickter Geschäftsmann, er verkaufte alles und gründete eine Goldschmiedekette. Schmuck. Kennen Sie sicher. Van Treek. Zwei Läden in Krefeld, einen in Düsseldorf. In Köln hat er auch was.«

»Van Treek?« Fischer nickte. Van Treek war von Steglitz' Anwalt.

»Ja, Fritz van Treek. An die 90 muss der jetzt sein. Wohnt im Seniorenstift an der Wilhelmshofallee. Das war seine Entscheidung, nicht die seiner Söhne.«

»Sein Sohn ist Anwalt?«

»Ja, der eine ist Anwalt, der andere führt das Geschäft. Hasso und Konrad van Treek. Kennen Sie die?«

Fischer nickte.

## 44. KAPITEL

»Jürgen? Telefon. Leitung drei. Die WASt aus München. Sie wollen Ermter sprechen wegen des toten Soldaten. Du übernimmst das doch?« Uta Klemenz war, ohne anzuklopfen, in sein Büro gekommen. Fischer warf ihr einen strafenden Blick zu.

»Wer ist da? W… was?«

»Die Dienststelle für die Benachrichtigung der nächsten Angehörigen von Gefallenen der deutschen Wehrmacht. Eine Dienststelle des Innenministeriums. Es geht um den toten Soldaten.« Uta verdrehte die Augen.

»Ich nehme das Gespräch an. Entschuldigen Sie, Herr Schink.« Fischer griff nach dem Telefon. »Hauptkommissar Jürgen Fischer, KK 11 Krefeld. Sie haben Informationen für uns?«

»Grüß Gott, Herr Fischer. Obermann mein Name. Sie haben uns eine Erkennungsmarke geschickt. Der Mann ist 1945 bei einem Angriff der englischen Luftwaffe ums Leben gekommen, und zwar in …« Fischer hörte das Rascheln von Papier. »In Osterath. Am 23. Februar 1945«, sagte eine weibliche Stimme in tiefstem bayerischem Dialekt.

Fischer fiel es schwer, die Frau zu verstehen. »Können Sie das bitte noch mal wiederholen?«

»Die Erkennungsmarke, die Sie uns geschickt haben, gehört zu einem Offizier der Panzeraufklärungsabteilung 130. Er starb bei einem Fliegerangriff auf den Bahnhof Osterath im Februar 1945. Die Soldaten waren auf dem Rückzug aus Frankreich. Sie wurden schnell beerdigt. Nicht alle Leichen konnten identifiziert werden.«

»Aber wie kommt dann die Leiche nach Krefeld in den Zoo?«

»Sie haben mich falsch verstanden, Herr Fischer.« Die Frau bemühte sich, langsam und deutlich zu sprechen. »Die Marke gehört zu einem Mann, der schon beerdigt wurde. Im Februar 1945. Die Leiche, die sie gefunden haben, muss die eines anderen sein. Henning Roepstorf ist in Osterath gestorben, das geht deutlich aus meinen Unterlagen hervor.«

»Wie bitte?« Fischer erstarrte. »Wie heißt der Mann?«

»Henning Roepstorf. Oberleutnant Roepstorf. Sein Tod und der von acht anderen Offizieren wurde am 24. Februar 1945 gemeldet. Die Familien wurden verständigt. Aus den Unterlagen ist nicht klar ersichtlich, ob die Familie ihn beerdigt hat oder ob er in Osterath beigesetzt wurde. Ich gehe von Letzterem aus, damals musste es schnell gehen.« Sie räusperte sich.

Fischers Gedanken rasten. Die Marke gehörte Hennings Großvater. Immer noch wollte ihm nicht klar werden, was dies bedeutete.

»Könnte die Leiche des toten Soldaten nach dem Angriff nach Krefeld gebracht worden sein?«

»Darüber habe ich hier keine Informationen. Die Fliegerbomben zerstörten einen Großteil des Bahnhofs und der Fahrzeuge. Die Offiziere hatten hinter einer Mauer Schutz gesucht, diese brach durch die Druckwelle ein und begrub die Männer unter sich. Der Rest der Einheit wurde noch in der Nacht weiter nach Kleve gebracht. Das steht in meinen Unterlagen. Sie meinen, jemand hatte in der Nacht Roepstorfs Leiche von Osterath nach Krefeld gebracht?«

»Ich habe keine Ahnung, bin gerade etwas perplex. Die Soldaten wurden erschlagen?«

»Ja, durch die Mauer und die Druckwelle.«

Der Soldat im Zoo war erschossen worden. Mit einer MP 40, einer deutschen Waffe. Und 63 Jahre später wurde die Leiche des Enkels in derselben Grube, erschossen mit derselben Waffe, gefunden. Wie standen die beiden Morde in Verbindung?

»Es ist ganz sicher, dass Roepstorf bei dem Angriff getötet wurde?«, fragte er noch einmal.

»Es steht in meinen Unterlagen, Herr Fischer.« Sie klang genervt. »Ich war allerdings nicht dabei. Und auch sonst niemand aus unserer Abteilung. Wir verwalten nur die Unterlagen.«

Fischer bedankte sich, bat sie die Unterlagen zu faxen und beendete das Gespräch.

»Geht es um Annas Mann?«, fragte Jakob Schink. Überrascht drehte sich Jürgen Fischer zu ihm um, er hatte Schinks Anwesenheit ganz vergessen.

»Ja. Haben Sie gehört, dass wir einen toten Soldaten bei der Bombe im Zoo gefunden haben?«

»Das erschien mir nicht ungewöhnlich. Niemand ist in einen Bombenkrater geklettert, um dort etwas herauszuholen. So lebensmüde war keiner. Ist er von der Bombe erschlagen worden?« Schink nahm sich ein weiteres Glas Wasser. Es war heiß und stickig, obwohl Fischer das Fenster geöffnet hatte.

»Nein, er wurde erschossen. Bei ihm fanden wir eine Erkennungsmarke. Und diese gehörte Henning Roepstorf senior. Das kann doch gar nicht sein.«

»Soll ich Anna fragen? Ich weiß nicht, ob ihr Mann hier in Krefeld beerdigt wurde, aber ich könnte sie fragen.«

»Damit werden Sie vermutlich keinen Erfolg haben, denn sie hatte einen Herzinfarkt. Der Tod ihres Enkels war einfach zu viel, nehme ich an.«

»Oh.« Schink senkte den Kopf. »Ich wollte mich bei ihr melden, als ich vom Tod ihres Enkels las, habe es aber nicht geschafft. Ich finde so schlecht Worte des Trostes.«

»Ich habe keine Erklärung, nur die, dass der tote Soldat die Erkennungsmarke von Roepstorf an sich genommen hat. Aber warum sollte er das getan haben?« Fischer rieb sich über die Stirn.

»Vielleicht um sie seiner Frau zu bringen?«, schlug Schink vor.

»War das üblich?«

»Normalerweise wurden die persönlichen Sachen der Familie geschickt oder überbracht.«

»Aber warum hatte der Mann dann keine eigene Marke?« Fischer schüttelte den Kopf.

»Roepstorf war Offizier, vielleicht wollte da jemand höheren Sold erschleichen?« Schink stand auf. »Sie sind beschäftigt, Herr Kommissar. Wenn ich Ihnen noch irgendwie helfen kann, rufen Sie an oder kommen Sie vorbei.« Er schüttelte Fischer die Hand und verließ das Büro.

Wie die beiden Fälle wohl zusammenhingen? Fischer nahm wieder das Telefon und wählte die Nummer der Rechtsmedizin in Duisburg.

»Papanikolaou.« Die Rechtsmedizinerin meldete sich sofort.

»Fischer, KK 11, Krefeld. Ich habe eine Frage, die Ihnen vielleicht seltsam erscheinen wird.«

»Schießen Sie los.«

»Können Sie feststellen, ob der tote Soldat und der junge, tote Mann miteinander verwandt sind?«

»Ist das Ihr Ernst? Ja, das kann ich feststellen, wird aber eine Weile dauern und kostet. So einen Test muss eigentlich der Staatsanwalt anordnen. Wie kommen Sie darauf?« Die Rechtsmedizinerin klang verblüfft.

»Ich denke, der Staatsanwalt wird kein Problem sein. Ich kümmere mich aber darum. Bei der Leiche des Soldaten wurde doch eine Erkennungsmarke gefunden«, erklärte Fischer.

»Richtig, wir haben sie nach München geschickt.«

»Ja, und in München hat man festgestellt, wem die Marke gehört. Der Offizier kam aber laut Unterlagen im Februar 1945 bei einem Fliegerangriff ums Leben. Erschlagen von einer Mauer.« Fischer seufzte.

»Unser Toter wurde erschossen. Hm. Sie meinen, dem Soldaten gehörte die Marke nicht?« Papanikolaou stieß hörbar den Atem aus.

»Ich habe keine Ahnung. Um ehrlich zu sein, verwirrt mich das Ganze ziemlich. Die Marke gehörte nämlich dem Großvater des Jungen.«

»Sippenmord? Nach über 60 Jahren? Das kann nicht sein.«

»Nein, es ergibt keinen Sinn. Ich rufe Altmann an. Wie lange dauert so ein Test?« Fischer malte Kreise auf seine Schreibtischunterlage.

»Von ein paar Tagen bis zu einigen Wochen. Ich kann es dringlich machen.«

Fischer bedankte sich und legte auf, dann wählte er die Nummer des Staatsanwaltes. Altmann stimmte dem Test zu. Er würde die Anordnung nach Duisburg faxen, versprach er.

Der Hauptkommissar nahm sich eine Zigarette, zündete sie an und stellte sich ans Fenster. Auch heute schien die Sonne. Die Sommerferien waren zu Ende. Die Schule hatte wieder begonnen und etliche Schüler standen an der Straßenbahnhaltestelle am Ostwall.

Jürgen Fischer rieb sich über den Nacken. Die Halskrause hatte er im Schrank liegen. Henning Roepstorf junior hatte Ahnenforschung betrieben, genau wie sein Vater Gerd. Vielleicht waren ja sein Vater und er auf etwas gestoßen, etwas, was für sie gefährlich war. Fischer drückte die Zigarette aus und ging den Flur entlang zu Christiane Suttrop. Er wollte sie bitten Gerd Roepstorfs Akte aus dem Archiv zu holen.

## 45. KAPITEL

»Jürgen?« Christiane kam ihm entgegen. »Ich wollte gerade zu dir. Das evangelische Altenheim Wilhelmshofallee hat angerufen. Sie vermissen einen ihrer Bewohner.«

»Bitte?« Fischer runzelte die Stirn.

»Ein Mann, fast 90. Er ist verschwunden«, führte Christiane weiter aus.

»Seit wann?«

»Freitag.«

»Und das melden sie erst jetzt? Wir haben Montag.« Fischer schüttelte den Kopf.

»Übers Wochenende geht er oft zu seiner Familie, normalerweise meldet er sich immer ordentlich ab und sein Sohn kommt ihn holen. Die Heimleitung hatte am Freitag aber Probleme mit einer Bewohnerin und dachte, die Abmeldung wäre im Getümmel untergegangen. So habe ich es jedenfalls verstanden.«

»Gib es an die Schutzpolizei weiter, die sollen ihn suchen.«

»Machen sie schon, ich dachte aber, es interessiert dich trotzdem, Jürgen. Der Mann heißt van Treek und ist der Vater des Anwalts, der gestern hier war«, sagte Christiane.

»Ist ja ein Ding.« Fischer nickte. »Danke. Haben sie den Sohn angerufen?«

»Er war wohl nicht zu erreichen.«

»Es gibt zwei Söhne.« Fischer drehte sich um, irgendwie wurde er das Gefühl nicht los, dass van Treek etwas mit dem Fall zu tun hatte. Nun fiel ihm auch wieder ein, wo er den Namen das erste Mal gehört hatte: im Zoo. Der alte Mann mit der Dauerkarte. Van Treek kannte Henning Roepstorf senior, war mit ihm im Krieg gewesen, hatte sein Geschäft aufgekauft und war nach dem Krieg reich geworden. Alle hingen irgendwie zusammen, aber Fischer fand den Weg durch die Verbindungen noch nicht. »Ach, Christiane, kannst du mir einen Gefallen tun und nach der Akte Gerd Roepstorf suchen?«

Die Sekretärin nickte. »Hast du schon gehört? Sie haben Ermter aus dem Koma geholt. Er wird es schaffen.«

»Gut.«

Im Besprechungsraum saßen Sabine, Oliver und drei weitere Kollegen. Sie gingen die Aussagen durch, die über die Sondernummer gekommen waren.

Fischer schenkte sich eine Tasse Kaffee ein und setzte sich auf die Tischkante.

»Es besteht die vage Möglichkeit, dass der tote Soldat der Großvater von Henning Roepstorf ist.«

»Was?« Sabine blickte auf.

»Ich wurde gerade vom zuständigen Amt in München angerufen. Die Erkennungsmarke, die bei dem Toten gefunden wurde, gehört laut Feldpostnummer Henning Roepstorf senior. Aber in ihren Unterlagen steht, dass Roepstorf am 23. Februar 1945 bei einem Angriff in Osterath ums Leben gekommen ist.«

»Der Blindgänger im Zoo ist auch von Februar 1945«, sagte Uta Klemenz. »Das hatte ich herausgefunden. Eine Fliegerstaffel der Engländer hat an dem Tag den Bahnhof in Osterath angegriffen. Dort stand ein Militärtransport, der aus Grevenbroich kam und auf den Weitertransport nach Kleve wartete. Einer der Bomber hat eine Bombe zu früh ausgeklinkt und sie landete auf dem Gelände des heutigen Zoos. Das war beim Katasteramt zwar verzeichnet, muss aber in Vergessenheit geraten sein.«

»Also gab es dort diesen frischen Bombenkrater. Das erklärt aber immer noch nicht, wie Roepstorfs Leiche von Osterath nach Krefeld gekommen ist und wieso er erschossen und nicht von der Druckwelle getötet wurde.« Fischer rieb sich über das Kinn.

»Wenn er den Angriff überlebt hat und nach Krefeld geflohen ist und dort dann erschossen wurde und der Mörder hat den Bombenkrater als gute Grabstätte angesehen, wäre das nicht möglich?«, schlug Sabine vor.

»Ja, möglich wäre es. Ich lasse die DNA prüfen. Dann wissen wir, ob es Roepstorf senior ist. Was mir aber Gedanken macht, ist der Tod seines Enkels. Kann es da einen Zusammenhang geben? Wir suchen die ganze Zeit nach einem Motiv in der Gegenwart. Was aber, wenn der Mörder nach dem Bomben- und Leichenfund befürchtete, entdeckt zu werden? Kann da das Motiv für den Mord an dem Enkel liegen?« Fischer nippte an dem Kaffee, er war kalt. Der Hauptkommissar verzog das Gesicht und stellte die Tasse weg.

»Das klingt aber ziemlich konstruiert.« Oliver lehnte sich zurück. »Überlege doch mal, der Mörder musste damals mindestens 20 Jahre alt gewesen sein. Dann wäre er heute über 80. Und selbst wenn er heute noch lebt, was für einen Grund könnte er haben, den Enkel umzubringen? Die Wahrscheinlichkeit, dass wir auf ihn stoßen, ist doch mehr als gering.«

»Das ist alles richtig.« Fischer wusste, dass er der Lösung auf der Spur war, sie war greifbar, aber noch konnte er sie nicht fassen. »Roepstorf junior hat Ahnenforschung betrieben. Die Dateien sind auf seinem Computer, richtig?«

»Ja, das stimmt. Meinst du, er hat etwas herausgefunden? Etwas, was in der Vergangenheit liegt und mit dem Tod seines Großvaters zu tun hat?«

»Möglicherweise. Jemand soll sich das mal anschauen. Vielleicht finden wir dort einen verdeckten Hinweis.«

»Ich habe mit der Telekom gesprochen. Am Freitagabend hatte er einen Anruf. Ein Mobiltelefon. Wir haben die Nummer, aber es scheint ein Kartentelefon zu sein, ohne Vertrag«, sagte Uta.

»Das heißt, er ist möglicherweise von seinem Mörder angerufen worden. Vielleicht hat er sich mit ihm verabredet.«

»Das ist sehr wahrscheinlich. Er war Freitag nach der Arbeit bei der Pommesbude Uerdingerstraße, Ecke Viktoria Straße. Dort hat er sich regelmäßig etwas geholt. Die Besitzerin kannte ihn. Sie hat hier angerufen und das mitgeteilt. So gegen acht war das.« Sabine hob den Zettel mit der Zeugenaussage. »Danach hat ihn niemand mehr gesehen.«

»Freitagabend.« Irgendwo in seinem Kopf war die Information, die der Schlüssel zu dem Mord war. Fischer rieb sich die Stirn. Er hatte wieder Kopfschmerzen.

»Jürgen?« Christiane Suttrop stürzte in den Besprechungsraum. Ihre Stimme klang hektisch. »Jürgen, die Streife bei euch vor dem Haus hat angerufen. Martina scheint verschwunden zu sein. Es ist schon Unterstützung unterwegs.«

»Was?« Fischer sprang auf, riss den Kaffeebecher um. »Verschwunden? Wie kann das sein?« Er zog das Handy aus der Tasche, wollte ihre Festnetznummer wählen, drückte die falsche Taste, fluchend wiederholte er den Vorgang.

Er ließ es 20-mal klingeln, während er den Flur entlanglief. Der Aufzug würde zu viel Zeit kosten, er nahm die Treppe, spürte bei jedem Schritt die angebrochene Rippe.

»Warte!« Sabine lief hinter ihm her. »Ich fahre dich.«

Fischer wählte Martinas Handynummer. »Vielleicht ist sie nach Moers gefahren, in das alte Haus.«

Die Streife hätte das mitbekommen müssen, dachte Sabine. Auch sie machte sich Sorgen. Sie konnte nicht verstehen, weshalb Jürgen nach dem Mordanschlag auf ihn nicht im Krankenhaus oder wenigstens zu Hause geblieben war. Natürlich hatten sie eine Mordkommission, aber auch ohne ihn und Ermter würden die Ermittlungen laufen.

»Sie geht nicht dran.« Fischer lief durch das Foyer des Präsidiums, blieb in der Tür stehen, hielt sich die rechte Seite und keuchte.

»Was ist?«, fragte Sabine besorgt.

Er schüttelte den Kopf. »Geht schon, nur die Rippe. Welchen Wagen nehmen wir?«

Sabine hatte erst überlegt ihren Privatwagen zu nehmen, doch das Auto war alt und nicht schnell. Ein Dienstfahrzeug war außerdem besser ausgestattet, sie hatten Polizeifunk und auch Ausrüstung im Auto. Sie hielt einen Schlüssel hoch. »Den Audi.«

In einer anderen Situation hätte Jürgen gescherzt, aber nun kniff er nur den Mund zusammen. Wieder tippte er eine Nummer in das Handy, presste es dann an sein Ohr, während sie zum Parkplatz eilten.

»Oliver und Dieter kommen auch«, sagte Sabine, als sie die Moerser Straße entlangfuhren.

Fischer nahm das Funkgerät, ließ sich mit den Kollegen der Schutzpolizei verbinden. Ihm war eingefallen, dass Martina gar keinen Wagen hatte, um nach Moers zu fahren, er hatte am Morgen ihren BMW genommen.

»Habt ihr sie heute schon gesehen?«, fragte er und hörte, dass sich seine Stimme überschlug.

»Nein. Was ja nicht ungewöhnlich ist. Laut Protokoll ist sie die meiste Zeit im Haus. Vor einer knappen Stunde kam die Post. DHL heißen die jetzt. Ein Päckchen. Der Typ schellte und ich stieg aus, ging rüber. Man weiß ja nie. Ich ließ mir das Päckchen geben, schellte dann auch, aber niemand öffnete. Ich habe geklopft und gerufen, dachte immer noch, vielleicht ist sie vorsichtig und macht einfach nicht auf, aber es rührte sich nichts. Dann habe ich versucht sie anzurufen. Aber es geht keiner dran.« Der Kollege hörte sich aufgelöst an. Normalerweise hätte Fischer versucht ihn zu beruhigen, aber dies hier war nicht normal.

»Scheiße!«, fluchte Fischer. »Bitte nicht Martina, bitte …«

Sabine überlegte, ob es irgendetwas Tröstendes gab, was sie hätte sagen können, ihr fiel nichts ein.

Fischer griff wieder zum Funkgerät. »Was macht ihr?«

»Verstärkung ist da, wir gehen rein.«

»Herrgott!« Fischer hielt das Funkgerät umklammert. »Martina …«

»Wir haben die Tür geöffnet. Sichern jetzt zu beiden Seiten.«

Es knackte und rauschte. Sabine überfuhr die neue Ampel bei Marcellis. Sie bog in den Kreisel ein, hätte fast ein anderes Fahrzeug gestreift. Der Fahrer hupte wütend. Auf der Moerser Landstraße gab sie Gas, überholte einen alten Mercedes, bremste nur kurz bei »Haus Ritte« ab.

»Wo muss ich lang?«

»Durch Traar durch, noch hinter der Tankstelle.«

»So weit?«

»Wir sind jetzt in der Diele. Küche und WC sind klar. Wir gehen jetzt weiter ins Wohnzimmer.« Wieder knackte das Funkgerät.

»Ist das nicht eine Sache des SEK? Was, wenn ein bewaffneter Täter im Haus ist und Martina als Geisel hält?« Sabine schluckte.

»Bis das SEK aus Düsseldorf hier wäre, könnte es zu spät sein.« Fischers Finger, die das Funkgerät umklammerten, waren weiß und blutleer. Schweiß stand auf seiner Stirn.

»Das Wohnzimmer ist sauber. Die Terrassentür steht auf … Kruzitürken, ihr habt einen Garten? Und dahinter ist Feld? Da hätte ein zweites Team stehen müssen.«

»Das ist kein Feld.« Fischers Stimme krächzte. »Das ist ein anderer Garten.« Er hatte sich überhaupt keine Gedanken darüber gemacht, dass jemand von hinten kommen könnte. Jetzt hätte er sich vor Wut beißen können.

»Wir gehen nach oben.« Ein Pfeifen kam aus dem Funkgerät.

»Seid vorsichtig. Wir sind gleich da.« Vor ihnen war der Linienbus. Sabine hatte keine Möglichkeit ihn zu überholen. Sie trommelte mit den Fingern auf dem Lenkrad.

»Was für Räume sind im Obergeschoss?«

Fischer schloss die Augen, versuchte das Haus zu visualisieren. »Rechts ist das Schlafzimmer, geradeaus das Bad. Links sind zwei kleinere Zimmer, die stehen bisher leer. Die Treppe nach oben führt auf den Speicher.«

Es schien eine Ewigkeit zu dauern, bis sich der Kollege wieder meldete. Kalter Schweiß bedeckte Fischers Körper, seine Hände zitterten und er hatte Mühe das Funkgerät zu halten.

»Das Schlafzimmer ist klar … Der eine Raum links auch …« Es knackte und pfiff.

Sabine bog scharf links ein und parkte vor dem Haus.

»Jürgen, denk an die Weste!«

Jürgen überhörte ihren Einwand und sprang aus dem Wagen, bevor dieser noch richtig hielt. Die Haustür stand offen. Im Wohnzimmer sicherten zwei Kollegen die Terrassentür.

Er nickte ihnen zu, lief die Treppe nach oben. In seinem Kopf hämmerte es und die Rippe schien sich in seine Lunge zu bohren. Am Treppenabsatz blieb er stehen. Zwei Kollegen standen rechts, zwei links von ihm, einer wollte gerade die Badezimmertür öffnen, hielt inne, als er Fischer sah.

Jürgen stellte sich an die Tür, drückte den Türgriff sachte nach unten. Er versuchte seine Atmung zu kontrollieren, langsamer ein- und auszuatmen.

Dann öffnete er die Tür, schwang sie nach innen. Sie knallte gegen den Schrank, sprang zurück und hätte ihn beinahe getroffen. Mit der linken Hand hielt er die Tür, in der rechten war seine gezogene Waffe.

Er zielte auf die Wanne.

Martina sah ihn mit vor Schrecken geweiteten Augen an, zog dann die Stöpsel ihres MP3-Players aus den Ohren.

»Jürgen?« Ihre Stimme zitterte.

Fischer ließ die Waffe sinken.

»Herrgott, Martina!«

Sie saß in der Badewanne, der Schaum reichte bis zum Rand. Er warf einen Blick zurück zu den Kollegen der Schutzpolizei. Der Mann hinter ihm hatte die Situation erfasst, er grinste, winkte dann den anderen zu.

»Der Raum ist sauber.«

## 46. KAPITEL

»Ihr habt mich zu Tode erschreckt.« Martina wickelte sich in ein Badetuch. Sie war bleich und zitterte.

»Du uns auch.« Jürgen saß auf dem Badewannenrand. »Als du dem Paketboten nicht geöffnet hast, wurde der Kollege der Schupo misstrauisch. Erst dachte ich, du wärst vielleicht nach Moers gefahren, aber du hattest ja gar keinen Wagen. Ans Telefon bist du auch nicht gegangen. Ich bin tausend Tode gestorben.«

»Sind sie noch da? Deine Kollegen? Im Haus? Es ist mir peinlich, ich möchte ihnen nicht gegenübertreten.« Martina hatte Tränen in den Augen.

Jürgen stand auf, nahm sie in den Arm. »Nun beruhige

dich erst mal. Ich schau unten nach, ob noch jemand da ist, koche dir dann einen Kaffee.«

»Mir wäre Tee lieber.« Martina wischte sich über die Augen, lächelte zaghaft.

»Zu Befehl.«

Nur Sabine war noch in der Küche. Die anderen Kollegen hatten sich zurückgezogen.

»Wie geht es ihr?«, fragte Sabine.

»Sie ist ein wenig schockiert und es ist ihr peinlich.«

Fischer öffnete die Schränke. Er hatte noch keinen Überblick darüber, wo Martina was aufbewahrte. »Irgendwo muss doch der Tee sein«, murmelte er.

Sabine öffnete eine Schranktür. »Da steht er.«

»Woher hast du das gewusst?«

»Habe ich nicht, das war rein intuitiv. Dort würde ich Tee aufbewahren.«

»Frauen.« Fischer setzte Wasser auf. Er konnte Martina oben an der Treppe hören. Offensichtlich traute sie sich nicht herunter. Auch Sabine schien das aufgefallen zu sein.

»Ich warte im Wagen«, sagte sie und ging.

»Die Luft ist rein, Schatz. Du kannst runterkommen. Das Wasser kocht auch gleich.«

Auf dem Küchentresen lag ein schmales Paket. Es war an ihn adressiert. Fischer nahm es hoch, legte es dann aber, ohne es zu öffnen, wieder zurück, weil der Kessel pfiff.

Martina setzte sich an den kleinen Küchentisch. »Es tut mir so leid und es ist mir unsagbar peinlich. Ich habe das Telefon nicht gehört. Ich habe mir auch keine Gedanken darüber gemacht, dass du mich hättest erreichen wollen.«

»Es muss dir nicht peinlich sein. Mir und auch allen anderen ist es lieber so, als wenn tatsächlich jemand hier gewesen wäre und dich in seiner Gewalt hätte.« Fischer stellte die Teekanne auf den Tisch, nahm einen Becher und Zucker aus dem Schrank. »Aber eines solltest du ab jetzt nie wieder tun: Lass die Terrassentür nicht einfach offen stehen. Und schon gar nicht, wenn du in die Badewanne gehst.«

»Jetzt habe ich ein Horrorszenarium vor Augen. Psycho.«

»Soll ich eine Kollegin bitten, bei dir zu bleiben?«

»Nein, so schlimm wird es wohl nicht sein. Ich will mich ja auch nicht anstellen.«

Jürgen küsste sie, ging dann zur Tür. Sein Blick blieb an dem Paket hängen, er wollte gerade danach greifen, als sein Handy klingelte. Er schaute auf das Display, es war die Nummer des Präsidiums.

»Ein bewaffneter Mann ist in den Zoo eingedrungen, Jürgen.«

»Was? Ein Überfall?«

»Kann ich nicht sagen, die Situation scheint ein wenig konfus zu sein. Ich habe das SEK informiert, sie sind unterwegs.«

»Ich auch.« Fischer eilte aus dem Haus und sprang in den Audi. »Zum Zoo, so schnell es geht.« Er stellte das mobile Blaulicht an.

»Was ist passiert?« Sabine gab Gas, die Reifen drehten quietschend durch, dann griffen sie und der Wagen schoss auf die Straße.

»Ich habe keine Ahnung. Ein bewaffneter Mann ist im Zoo.«

Fischer versuchte irgendjemanden im Präsidium zu erreichen, doch alle Leitungen waren besetzt. Dann griff er nach dem Funkgerät.

»Fischer hier. Wir sind unterwegs zum Zoo. Was genau ist dort los?«

Es knackte und rauschte, dann antwortete der diensthabende Kollege. »Ein Mann hat im Zoo eine Waffe gezogen. Im Regenwaldhaus. Er ist irgendwo oben, ich habe das nicht so genau verstanden, kenne mich da auch nicht aus. Er bedroht niemanden speziell, scheint aber verwirrt zu sein.«

»Was für eine Waffe?«, fragte Fischer angespannt.

»Vermutlich eine Pistole.«

Die Fahrt schien sich endlos hinzuziehen. Immer wieder nahm Fischer Kontakt mit dem Präsidium auf, um die neuste Sachlage zu erfahren. Schließlich erreichte er Oliver auf dem Handy.

»Ich bin vor dem Regenwaldhaus. Wir haben den Zoo abgesperrt und sind dabei, ihn zu räumen. Noch ist keiner von uns in das Haus gegangen, wir haben nur die Leute aufgefordert, es umgehend zu verlassen. Es gibt eine Videoanlage im Haus, aber wir können ihn nicht entdecken. Dieter und ich gehen jetzt in den Vorraum.«

»Wir sind gleich da, wartet auf uns, bevor ihr etwas unternehmt.« Fischer schnaubte. »Was ist bloß im Zoo los? Erst eine Bombe, dann zwei Leichen und jetzt auch noch ein Überfall.«

»Vielleicht ist es der Mörder«, sagte Sabine ganz in Gedanken.

»Der Täter, der zum Ort des Verbrechens zurückkommt? Aber warum bewaffnet?«

»Warum bringt überhaupt jemand einen anderen um? Verflucht, die Straßenbahn, ich komm nicht daran vorbei.«

Auf der Höhe von Haus Sollbrüggen schaffte es Sabine,

die Bahn zu passieren. Kurze Zeit später hielt sie vor dem Eingang des Zoos.

»Denk an die schusssichere Weste, Jürgen.«

# 47. KAPITEL

»Ich glaube, ich weiß, wer das ist.« Friedel Schmitz kam ihnen auf dem Hauptweg entgegen. »Wir haben ein paar Aufnahmen überprüft. Im Regenwaldhaus ist eine Videoanlage, um die Fledermäuse zu filmen.« Der Mann keuchte, blieb stehen und wischte sich den Schweiß von der Stirn. Dann reichte er Fischer die Hand. »Ich hab Ihren Namen vergessen, es tut mir leid. Ich weiß aber, wer Sie sind. Von der Kripo, Hauptkommissar …«

»Fischer, Jürgen Fischer. Sabine, das ist Friedel Schmitz, der stellvertretende Zooleiter. Sabine Thelen, meine Kollegin.« Fischer hasste Verzögerungen, er wollte zum Tatort. Es fiel ihm schwer, freundlich zu bleiben. »Was genau ist passiert?«

Sie gingen zügig weiter Richtung Regenwaldhaus. Schmitz folgte ihnen.

»Wenn mich nicht alles täuscht, ist das Herr van Treek, einer unserer Stammbesucher. Er hat schon seit Jahren eine Dauerkarte, kommt fast jeden Tag, bei Wind und Wetter. Er isst gerne im Schlösschen.«

»Van Treek?« Fischer blieb abrupt stehen.

»Ja, Fritz van Treek. Er ist alt. Wenn er mal einen oder zwei Tage nicht kommt, machen wir uns schon Sorgen. Ich weiß gar nicht, wie er die Stufen hochgekommen ist.«

»Stufen?« Fischer ging wieder weiter.

»Wir haben im Regenwaldhaus eine Art Aussichtsplattform. Da wir viele Schmetterlinge haben und die Faultiere und zwei Affenarten dort frei leben. Es sind Stufen, eine Wendeltreppe, die sich durch das Haus nach oben …«

»Und der Mann ist da oben auf der Aussichtsplattform?«, unterbrach ihn Fischer.

»Das vermuten wir. Er ging in das Haus und hat dann die Waffe gezogen. Zu der Zeit war gerade kein Mitarbeiter im Haus. Eine Besucherin sagte das. Sie war ganz aufgelöst. Wir haben dann sofort das Haus geräumt.«

»Wie?« Sie bogen auf den Weg zum Regenwaldhaus ein.

»Wir haben eine Sprechanlage, können Durchsagen machen. Das machen wir immer, eine halbe Stunde bevor die Häuser schließen.«

»Gut.« Inzwischen hatten sie das Regenwaldhaus erreicht. Das kegelförmige Gebäude aus Holz und Plexiglas erhob sich vor ihnen. Die Scheiben waren zum Teil beschlagen. Dahinter konnte man die Umrisse der großen Pflanzen erkennen.

»Das SEK sitzt auf der Autobahn fest, ein Lastwagen mit Gefahrengut ist umgekippt.« Oliver nickte Schmitz zu, sah dann Jürgen an. »Und nun?«

»War schon jemand drinnen?« Fischer hoffte, dass keiner so wagemutig gewesen war.

Oliver schüttelte den Kopf. »Nur im Vorraum. Da ist eine Art Schleuse. Weiter sind wir nicht. Man kann fast nichts sehen, die Pflanzen sind zu groß. Sie verdecken die Sicht zur Aussichtsplattform.«

Fischer holte tief Luft, zuckte zusammen, spürte schmerzhaft seine angebrochene Rippe. »Er hat niemanden bedroht? Keine Forderungen gestellt?«

Schmitz rieb sich wieder mit dem Taschentuch über die Stirn. »Wie schnell können Sie das Problem lösen?«

Fischer sah ihn an. »Das Problem? Es geht um Menschenleben. Haben Sie einen Plan von dem Haus? Damit wir uns orientieren können?« Er wandte sich Oliver zu. »Wenn das wirklich van Treek senior ist, sollten wir versuchen seine Söhne zu erreichen. Setze dich mit dem Präsidium in Verbindung.«

Oliver nickte und nahm das Handy hervor. Er ging die Schritte zur Seite, um zu telefonieren.

»Einen Plan? Natürlich.« Schmitz zog ein Faltblatt aus der Tasche. »Ich hoffe, dieser ist Ihnen genau genug. Dieses Faltblatt ist für Besucher.«

»Ich brauche eine genauere Skizze. Gibt es so etwas?« Fischer spürte, dass er immer ungeduldiger wurde.

»Ja, aber das muss ich erst suchen. Die ist bei mir im Büro.«

»Bitte beeilen Sie sich.« Fischer öffnete die Tür zum Regenwaldhaus. Drei Kollegen standen dort. Die Luft im Vorraum war heiß und stickig.

Fischer spürte den Schweiß auf seinem Rücken. »Wo vermutet ihr ihn?«

»Ich nehme an, er ist da ganz oben. Das Haus ist pyramidenförmig. In der Mitte sind dicke Leimbinder – Holz als zentrale Stütze. Treppen führen auf eine Art Plattform rund um diese Leimbinder, dieser ›Säule‹.« Dieter machte mit den Händen entsprechende Gesten, um Jürgen die Form zu zeigen. »Treppen aus Stahl führen wendelförmig nach oben und dann wieder nach unten. Das Haus ist als Rundgang angelegt. Hier ist der Eingang und da hinten der Ausgang.«

»Dann hat er die Sicht auf uns, kann aber quasi auch hinter der Säule Schutz suchen.« Fischer stieß die Luft aus und zog eine Grimasse.

»Ganz genau. Wenn wir hier reingehen, kommt erst so eine Art künstliches Gewölbe, wo Fledermäuse und Insekten leben. Da ist man von der Sicht und auch vor Schüssen geschützt, aber danach? Keine Ahnung, was er von dort oben sehen kann und was nicht.«

»Er hat eindeutig die bessere Position. Nun gut, ich muss herausfinden, was er will.« Fischer betrat dann das Tropenhaus.

Das Regenwaldhaus hatte eine deutlich höhere Luftfeuchtigkeit.

»Jürgen!« Sabine folgte ihm. »Nie alleine zu einem Tatort, hast du das vergessen?«

»Sabine, geh. Schick Oliver, wenn es denn sein muss. Bitte geh, das ist gefährlich.«

»Es ist immer gefährlich. Oliver hat nicht meine Erfahrung. Geh vor, ich sichere dich.«

Für einen Moment zögerte er, dann musste er ihr Recht geben.

»Okay, du bleibst hinter mir.« Er warf einen Blick zurück über die Schulter, stellte beruhigt fest, dass sie auch ihre Weste trug. Bei einem Schuss von oben stellte das allerdings keine Sicherheit dar.

Jürgen ging durch das Gewölbe. Rechts von ihm waren beleuchtete Terrarien, links wurden Bilder von der Fledermaushöhle auf einem Monitor übertragen.

Aus den Augenwinkeln sah er eine Bewegung, als er weiterging, zuckte zusammen, zielte mit der Pistole, die er in beiden Händen hielt.

Doch die Bewegung kam von den Blattschneiderameisen, die in einem langen Zug unermüdlich Material in ihren Bau schleppten.

Fischer ging langsam weiter, die Arme gestreckt, die Waffe in den Händen. Er schaute nach rechts und links, spürte seinen Nacken schmerzhaft. Es fiel ihm schwer, den Kopf zu heben. Bis auf grüne Blätter und bunte Blüten sah er nichts. Dann torkelte ein Schmetterling in sein Sichtfeld.

Fischer fluchte leise.

»Was ist?«, wisperte Sabine.

»Ich sehe nichts.« Die Chance, von oben erkannt zu werden, war groß, größer als die Möglichkeit, jemanden zwischen den tropischen Pflanzen ausfindig zu machen.

»Hallo?«, rief Fischer. Seine Stimme wurde von den Blättern geschluckt, schien zu verhallen. Er versuchte es noch einmal, etwas lauter. »Herr van Treek?«

Niemand antwortete. Es raschelte im Dickicht und irgendetwas huschte über den Boden.

Fischer wagte sich drei weitere Schritte vor. »Hallo?«

Aus Blätterrauschen war nichts zu hören. Dann hustete jemand trocken.

»Hallo? Herr van Treek? Sind Sie hier?« Fischer ging weiter, immer den Blick nach oben gerichtet. Hin und wieder blieb er stehen, wenn er eine Bewegung sah. Sabine folgte ihm dicht.

»Du bist irre, Jürgen. Irre. Lass uns auf das SEK warten«, flüsterte sie.

»Geh zurück«, zischte er.

»Warum machst du das?«

»Geh zurück und lass mich. Ich muss etwas herausfinden.«

Je weiter sie vordrangen, umso mehr hatte Sabine das Bedürfnis zu flüchten. Die Luft war feucht und stickig. Unter der Weste klebte ihr T-Shirt an der Haut.

Es roch nach tropischen Pflanzen, süßlich mit der leichten Spur von Verwesung. Sie beschritten eine Brücke. Unter ihr schwamm ein großer Rochen wie ein schwarzer gigantischer Vogel. Sabines Blick blieb für einen Moment an dem eleganten Fisch hängen, dann zog eine Bewegung ihre Aufmerksamkeit auf sich.

Ein Äffchen kletterte an einem Zweig entlang.

Fischer war stehen geblieben. Links von ihnen befand sich ein Becken mit Alligatoren. Sie lagen regungslos im Wasser, waren aber deutlich zu erkennen. Sabine las auf einer Tafel, dass es sich um Kaimane handelte.

»Herr van Treek? Wir wissen, dass Sie da oben sind!«

Irgendetwas scharrte auf Eisen oder Stahl, ein hässliches Geräusch, das Sabine eine Gänsehaut verursachte.

Fischer schaute sich zu ihr um, zog die Augenbrauen hoch. Seine Waffe zielte nach oben. Sie sah den Schweiß auf seiner Stirn und seiner Oberlippe, sah seine fahle Gesichtshaut und wusste, dass es ihm nicht gut ging.

»Herr van Treek? Wir kennen uns, haben uns letzte

Woche hier im Zoo getroffen. Ich bin Hauptkommissar Jürgen Fischer. Wir machen uns Sorgen um Sie.«

Wieder raschelte es. Und dann fing es an zu regnen. Sabine zuckte zusammen. Wassertropfen fielen auf ihre Haut, vor ihr auf den Boden. Die großen Blätter der Pflanzen bewegten sich sacht unter der Berührung der Tropfen, auf der Wasseroberfläche des Kaimanbeckens erschienen Blasen. Es war die Regenanlage, wurde Sabine klar. Künstlicher Regen.

Wieder war dieses scharrende Geräusch zu hören. Ein paar Meter vor ihnen konnten sie den Beginn der Wendeltreppe sehen. Ein Stahlgebilde, das sich nach oben schraubte. Die Plattform konnte Sabine nur erahnen. Bewegte sich dort oben etwas? War das ein Mensch oder ein Tier oder waren es nur die Blätter der Pflanzen?

Plötzlich hörten sie einen Tumult am Eingang. Sabine drehte sich um, hob die Waffe, die sie mit beiden Händen hielt.

Jemand kam den Weg entlang.

»Sie können hier nicht rein!« Das war Olivers Stimme. »Bleiben Sie stehen!«

»Sie haben gesagt, dass mein Vater hier ist. Mein Vater! Er ist 90.«

»Was ist da los?«, fragte Fischer.

»Keine Ahnung. Hört sich so an, als sei van Treeks Sohn hier.«

»Raus mit ihm. Solange wir nicht wissen, was mit dem Alten los ist, gefährdet der Sohn sich nur selbst.«

»Herr van Treek, bitte kommen Sie mit.« Oliver klang ärgerlich.

»Den Teufel werde ich tun. Vater? Vater, bist du da?«

»Raus hier!«, brüllte Fischer.

»Konrad?« Die Stimme kam aus dem Blätterwald. Es war eine alte, eine brüchige Stimme.

»Vater? Was machst du hier? Die Polizei sagt, du bist bewaffnet.«

Fischer hob seine Waffe, zielte dorthin, wo er den Mann vermutete. Der Sohn kam näher zu Sabine. Sie schüttelte den Kopf und bedeutete ihm das Haus zu verlassen.

»Ich will mit meinem Vater reden.«

Sabine kannte den Mann nicht. Es musste der andere Sohn sein.

»Gehen Sie raus«, zischte Fischer. »Wenn er schießt, können wir Sie nicht schützen.«

»Er wird nicht auf mich schießen. Lassen Sie mich mit ihm reden.«

»Wissen Sie, ob er bewaffnet ist?«, fragte Sabine.

Konrad van Treek schüttelte den Kopf.

»Besitzt er eine Waffe?«

Der Mann vermied den Blickkontakt, ein Nerv unter seinem Auge zuckte.

»Was für eine Waffe ist es?«, zischte Sabine.

Van Treek schüttelte den Kopf. »Ich möchte mit ihm reden. Alleine.«

»Ganz sicher nicht, Herr van Treek.« Fischer drehte sich nicht zu ihm um. »Gehen Sie raus, lassen Sie uns unsere Arbeit tun. Solange wir nicht wissen, ob er bewaffnet ist und was er will, können Sie nicht hier drin bleiben.«

»Er ist ein alter Mann. Verzweifelt.« Van Treek ging einen weiteren Schritt auf Sabine zu. Oliver stand dicht hinter ihm, schien aber unschlüssig zu sein, wie er handeln sollte. Sabine versuchte Olivers Blick zu fangen, aber es gelang ihr nicht. Sie spürte den Schweiß zwischen ihren Brüsten.

»Wieso ist er verzweifelt?«, fragte sie.

Immer noch schaute van Treek sie nicht an. »Lassen Sie mich alleine mit meinem Vater reden, bitte. Ich kann ihn beruhigen.«

Schweiß stand auf seiner Stirn, er war bleich.

»Sie haben Informationen, die für uns wichtig sind. Bitte gehen Sie mit meinem Kollegen nach draußen und erzählen ihm, was mit Ihrem Vater ist.«

»Lassen Sie mich zu ihm.« Er machte einen weiteren Schritt auf sie zu, stand nun direkt vor ihrer Waffe.

»Konrad, geh nach Hause. Es ist vorbei.« Das war die Stimme des Vaters.

»Nein, Vater. Bitte. Hasso kann dir helfen. Bitte.«

»War Ihr Vater am Wochenende bei Ihnen?« Sabine stand breitbeinig vor ihm, die Arme ausgestreckt, die Waffe in beiden Händen. Konrad van Treek wand sich nach links, automatisch bewegte sie sich mit.

Er schüttelte leicht den Kopf. »Ich werde Ihnen nichts sagen, wenn ich nicht alleine mit meinem Vater sprechen darf.«

»Herr van Treek«, rief Fischer. »Kommen Sie runter. Falls Sie eine Waffe haben, legen Sie diese vorsichtig auf den Boden. Sie wollen doch bestimmt niemanden verletzen.«

»Hasso kann mir nicht mehr helfen. Es ist vorbei, Konrad. 63 Jahre ist es gut gegangen und nun ist es vorbei. Ich wusste, dass ich irgendwann dafür bezahlen muss.«

»Vater, bitte. Man kann dir nichts nachweisen. Bitte.« Wieder versuchte Konrad van Treek, sich an Sabine vorbeizuschieben.

»Bleiben Sie stehen!«

# 48. KAPITEL

Plötzlich ging alles ganz schnell. Konrad van Treek drängte sich hinter Sabine, packte sie an den Schultern, griff in seine Jackentasche und hielt ihr eine Waffe an den Kopf. Sabine roch das Waffenöl und spürte den kühlen Lauf der Pistole an ihrer Schläfe.

»Lass die Waffe fallen, los«, zischte er in ihr Ohr.

Rechts von ihnen stand Oliver, links Fischer, der sich nun umdrehte und erstarrte. Oliver griff zu seinem Holster, er hatte seine P99 nicht gezogen.

»Denk erst gar nicht daran«, warnte ihn van Treek. »Und Sie legen Ihre Waffe ganz langsam auf den Boden oder ich erschieße Ihre Kollegin.«

Sabine spannte die Muskeln an. Van Treek bohrte den Lauf tiefer in ihre Haut, es tat weh.

»Lass deine Waffe fallen«, zischte er in ihr Ohr.

Für einen Moment zog Sabine in Erwägung, sich aus seinem Griff zu winden. Doch das Risiko, dass er in diesem Moment abdrücken würde, war ihr zu groß. Sie ließ ihre Walther P99 aus den Händen gleiten.

Oliver sah zu Jürgen hinüber, sie standen beide bewegungslos da. Brackhausens Hand war immer noch am Holster, sehr langsam und vorsichtig versuchte er den Druckknopf zu öffnen.

»Mach keinen Scheiß, Junge, oder willst du, dass die Kleine stirbt. Streck die Hände aus«, befahl van Treek und versuchte Brackhausen und Fischer gleichzeitig im Blick zu behalten.

Jürgen überlegte fieberhaft, wie er den Mann in seine Gewalt bringen und Sabine befreien konnte. Seine Walther hochzureißen und zu versuchen auf van Treek zu schießen war zu gefährlich. Er hätte keine Zeit zu zielen und van Treek könnte in dem Moment Sabine herumreißen. Er signalisierte Oliver, dass dieser van Treek ablenken sollte.

Oliver nickte kaum merklich, machte einen halben Schritt auf van Treek zu. »Sie wollten mit Ihrem Vater sprechen, Herr van Treek. Gut, wir lassen Sie mit ihm reden. Geben Sie unsere Kollegin frei, dann können Sie alleine zu Ihrem Vater.«

»Zurück, sofort.« Van Treek sah ihn wütend an. Mit einem harten Ruck drehte er Sabine so, dass Oliver ihr Gesicht sehen konnte. Ihre Augen waren angstvoll geweitet, sie biss sich auf die Lippe.

»Okay, okay. Machen Sie doch keinen Blödsinn. Was haben Sie davon, wenn Sie ihr etwas antun? Was hat Ihr Vater davon?«

»Lassen Sie meinen Vater aus dem Spiel.«

Fischer schob sich Zentimeter für Zentimeter näher. Er beobachtete van Treek genau, ein Nerv an dessen Schläfe zuckte.

Dann hörte er Schritte auf den Metallstufen der Treppe.

»Konrad, was machst du da? Geh, Junge, geh nach Hause. Ich habe die Tat begangen, ich werde dazu stehen. Mach dich nicht unglücklich.«

Der alte Mann kam langsam die Treppe herunter. Fischer schaute sich um. Er konnte immer noch nicht erkennen, ob der Vater bewaffnet war.

»Ich komme jetzt herunter. Ich bin schuldig, ich nehme die Schuld auf mich.«

»Nicht, Vater«, brüllte Konrad van Treek. Er stieß Sabine das Knie in das Gesäß, zwang sie in Richtung Treppe zu gehen. In diesem Moment wandte er Oliver den Rücken zu. Oliver griff nach seiner Walther P99, entsicherte sie, überlegte kurz dem Mann in den Kopf zu schießen. Aber die Gefahr für Sabine war zu groß.

»Zur Seite«, fuhr Konrad van Treek Fischer an. Jürgen wich in das Beet aus, er hatte nicht viel Platz, hinter ihm war ein Wasserbecken, eine Art Flusslauf. Der alte van Treek war auf der Treppe stehen geblieben. Jürgen konnte keine Waffe in seiner Hand erkennen. Van Treek trug einen Sommermantel und die rechte Hand war in der Tasche verborgen. Mit der linken hielt er sich am Geländer fest.

»Was machst du da, mein Junge? Lass das Mädchen laufen. Sie hat nichts damit zu tun.«

»Ich will dir helfen, Vater.« Seine Hand kniff immer fester in Sabines Schulter, wie ein Schraubstock. Sabine atmete flach ein und aus. Sie konnte den sauren Angstschweiß des Mannes riechen.

»Du kannst mir nicht mehr helfen. Ich habe Schuld auf mich geladen, ich stehe dazu.« Langsam stieg er noch eine Stufe tiefer, sah Fischer an. »Vor 63 Jahren habe ich einen Mann erschossen.«

»Ja«, Fischer nickte. »Ich weiß. Henning Roepstorf.«

»Oberleutnant Roepstorf. Er war der Chef der 3. Kompanie Aufklärungsabteilung, Panzerlehrdivision 130. Wir waren auf dem Rückzug aus Frankreich. Es war Februar und bitterkalt. Von Grevenbroich aus sollten wir nach Kleve transportiert werden.«

»Ja, Herr van Treek. Das ist lange her.« Fischer schaute zu Konrad, dieser hielt immer noch Sabine umklammert, den Waffenlauf an ihrer Schläfe. Er zitterte, ob vor Wut oder Aufregung konnte Fischer nicht sagen. Die Waffe war eine Makarow, ein Selbstlader, mit dem der Täter mehrere Schüsse schnell hintereinander abgeben konnte. Sie kam aus dem Ostblock und war in Deutschland verboten.

»An dem Abend mussten wir in Osterath halten, weil ein Truppenzug Vorrang vor unserem schweren Güterzug hatte. Es gab Fliegeralarm. Wir sind runter vom Wagen und ab in die Büsche. Damals war da noch die Gaststätte Nothelfer, heute ist da so ein Grieche. Die einen sind hinter die Mauer und in Deckung. Henning und ich sind zur anderen Seite, zum alten Bahnhof. Und dann kamen sie, acht oder neun Jagdbomber und rattatta … die Flak und wir in den Schotter. Die Bomben, das war so ein Sirren und dann kurz nichts und dann PENG. Die Mauer fiel um …«

Der alte Mann zog die Hand aus der Tasche, er hielt eine Pistole fest, mit dem Handrücken wischte er sich über den Mund.

Fischer hoffte, dass die Waffe gesichert und nicht geladen war. Er blickte zu Konrad van Treek, dieser schüttelte den Kopf.

»Henning ist dann los in dem Tumult. Weg. Acht unserer Leute sind von der Mauer erschlagen worden, acht. Und Henning lief los, durch Osterath. Und ich hinterher. ›Was machst du, Mann‹, hab ich geschrien. ›Was soll der Zinnober, du kannst dich doch nicht davonmachen?‹ Aber er lief weiter und ich immer hinterher. Ein Wagen kam vorbei und hat uns mitgenommen. Henning wollte nach Krefeld, zu seiner Frau. Wollte ihr was geben. Wir sind durch Fischeln, da hatten auch Bomben eingeschlagen und es brannte. Ich wusste, was er ihr geben wollte, ich wusste es. Und dann hab ich gar nicht nachgedacht, ich hab nicht nachgedacht. Es war so klar, dass ich das tun musste und so einfach. Von der Ritterstraße aus sind wir dann wieder gelaufen. Überall lagen Häuser in Schutt und Asche. Auch Hennings Haus war ausgebombt. Daher war seine Frau bei einer Bekannten untergekommen. Und dann sind wir quer durch, am Sprödentalplatz vorbei und zur Uerdingerstraße. Der Bombenkrater war ganz frisch. Keiner war zu sehen, nur die Tiere im Zoo schrien. Damals war das noch der Tierpark und viel kleiner. Und dann habe ich die Waffe gehoben. Die Plane, die lag schon da. Eine Wachstuchplane. Keine Ahnung, wo die herkam. Ich hab ihn darin eingewickelt und in den Bombentrichter gestoßen.« Jetzt erhob er die Hand mit der Luger. Fischer hörte das Klicken, als er sie entsicherte.

»Er hat nichts gemerkt, ahnte gar nicht, was passieren würde. Es war so einfach. Ich hab schon einige erschossen, aber nie einen Kameraden.« Der alte Mann schüttelte den Kopf. In seinen Augen standen Tränen.

»Du hattest doch einen Grund, Vater. Einen Grund.«

Der alte Mann schüttelte den Kopf. »Ja, aber es war nicht richtig. Ich wollte meine Familie retten, die Firma. Ich wollte die Diamanten.«

»Was ist mit seinem Enkel passiert?« Fischer wollte, dass der Mann weiterredete. Er hatte sich Konrad van Treek auf etwa zwei Meter genähert. Der Sohn sah seinen Vater an, schien Fischer nicht zu bemerken. Sabine war bleich, ihre Augen zeigten Angst und Schmerz. Fischer musste die Waffe wegreißen und Sabine aus Konrads Griff befreien.

»Gerd hat es wohl immer geahnt. Er hat nach dem Grab gesucht, wollte, dass die Offiziere exhumiert werden, zumal niemand die Hundemarke von Henning hatte. Ich habe angegeben, dass er mit hinter der Mauer gewesen sei, hab ihn für tot erklären lassen. An die Marke hatte ich erst gedacht, als er schon im Bombenkrater lag. Da war es zu spät. Ein paar Schüppen Erde und man sah ihn nicht mehr. Es war ganz einfach. Die Diamanten hatte er in seinen Mantel eingenäht und auf der Fahrt durch Fischeln holte er sie raus. Als sein Sohn Gerd Jahre später beim Heimatverein aktiv war und dieses Buch schreiben wollte, da war er des Öfteren bei mir. Schrecklich, der Unfall. Fahrerflucht, wissen Sie?«

Bei diesen Worten zuckte Konrad van Treek zusammen. Fischer ließ ihn nicht aus den Augen, schob einen Fuß noch weiter nach vorne.

»Und dann war da noch der Enkel. Als die Bombe gefunden wurde, wusste ich, dass alles aus war. Ich würde auffliegen, ich würde büßen müssen für meine Tat. 63 Jahre habe ich mich gequält und nun, nun ist es endlich ans Tageslicht gekommen. Ich habe meinen Kameraden erschossen. Ich bin ein Schwein. Und ich habe Schuld am Tod seines Sohnes und seines Enkels. Ich nehme die Schuld auf mich. Ich füge mich dem Gesetz. Auf Mord eines Kameraden steht Tod durch Erschießen.«

Fritz van Treek hob die Luger, öffnete den Mund, hielt den Lauf hinein.

»NEIN!«, schrie sein Sohn. »Vater, nein!«

Der Schuss krachte und hallte in dem hohen Haus wieder. In diesem Moment überwältigte Fischer Konrad van Treek und riss ihm die Makarow aus der Hand und zog

Sabine zu sich. Oliver hatte nur darauf gewartet, stürzte an Fischer vorbei und stieß Konrad van Treek zu Boden.

Für einen Moment war alles still, dann hörte Fischer seinen hektischen Atem und das Tropfen von Blut in das Wasserbecken unter der Treppe.

»Sabine? Bist du verletzt?«, fragte er angstvoll.

Sie schüttelte den Kopf, starrte wie gebannt auf den alten Mann, der nun langsam die Treppe hinunterrutschte. Die Explosionsgase hatten seine Mundhöhle zerfetzt, das Projektil hatte das Hinterhauptbein getroffen und zertrümmert. Gehirnmasse verteilte sich trichterförmig auf der Treppe, tropfte hinunter.

Sabine drehte sich um und übergab sich. Ihre Beine zitterten und kalter Schweiß bedeckte ihren Körper. Ein Teil von ihr wusste, dass sie unter Schock stand, ein anderer Teil konnte nicht fassen, was passiert war.

Oliver kniete auf dem Rücken von Konrad van Treek, zog seine Arme nach hinten und sicherte sie. Der Mann schluchzte laut.

# 49. KAPITEL

»Wie geht es Sabine?« Oliver nahm eine Wasserflasche, schraubte sie auf und trank.

»Sie wird über Nacht im Klinikum bleiben, steht unter Schock. Der Psychologe ist bei ihr.« Fischer rieb sich den Nacken. Er spürte, dass die Anspannung nur langsam wich.

»Wir hatten Glück, dass Konrad van Treek sein Geständnis abgelegt hat, bevor sein Bruder auftauchte. Irgendwann hätten wir alles konstruiert, aber es geht doch nichts über ein ausführliches Geständnis.«

»Wir dürfen keinen Formfehler machen. Schließlich hat er zwei Menschenleben auf dem Gewissen. Er wollte seinen Vater schützen, aber das ist keine Entschuldigung.« Fischer seufzte.

»Bei Gerd Roepstorf ist er davongekommen. Fahrerflucht. Das wird sicher nicht als Mord, sondern als Unfall mit Todesfolge oder Totschlag gesehen werden. Ich habe immer noch nicht verstanden, warum er den Sohn umgebracht hat. Wir wären doch nie auf van Treek gekommen.«

»Das konnte er aber nicht wissen, Oliver. Ich nehme an, dass er den Enkel als potenzielle Gefahr gesehen hat und fürchtete erpresst zu werden. Konrad wusste, dass sein Vater dem Kameraden damals die Diamanten abgenommen hat. Das an sich ist kein schweres Vergehen. Es war sowieso Kriegsbeute. Der Enkel hätte keinen Anspruch darauf gehabt.« Fischer stöhnte leise. Sein Kopf pochte wieder. »Mord verjährt allerdings nicht und sein Vater hatte gemordet.«

»Aber den Enkel mit derselben Waffe zu töten und die Leiche dann auch noch dorthin zu bringen, war doch schwachsinnig. Wir hätten daraufkommen können. Wir wären es wahrscheinlich auch.«

»Viele Mörder wollen entdeckt werden. Es war ein Vertuschungsmord, um den Vater zu schützen.«

»Psychologie. Das ist mir zu hoch.« Oliver gähnte. »Müssen wir heute noch die Berichte machen?«

Fischer überlegte kurz. Seit Freitag hatte keiner von ihnen viel Schlaf gehabt. Der Fall war gelöst, die Täter überführt.

»Das hat bis morgen Zeit, denk ich. Ich spreche kurz mit Altmann, aber wenn er keine Einwände hat, gebe ich allen für heute frei.«

Uta Klemenz stürzte in das Besprechungszimmer. »Bernd von Steglitz ist aufgetaucht. Die Streife hat gerade gemeldet, dass er seine Wohnung betreten hat. Sollen sie zugreifen?«

»Du bist nicht auf dem Laufenden, Uta. Bernd war es nicht.«

»Was?«

»Du kannst alle Kollegen zusammentrommeln, ich werde einen kurzen Abriss geben und dann machen wir für heute Feierabend.« Fischer schaute auf seine Armbanduhr. Es war kurz vor ein Uhr mittags.

»Feierabend? Ist das dein Ernst?«

»Durchaus. Ein Täter ist tot, der andere gefasst und geständig. Es wird noch einiges an Papierkram geben, aber das läuft uns ja nicht davon.«

»Zwei Täter? Einer tot?«

Fischer seufzte. »Ja. Rufst du bitte die Kollegen zusammen?«

»Weiß eigentlich das Altenheim schon Bescheid?«, fragte Oliver. »Die haben Fritz van Treek doch als vermisst gemeldet und die Schupo sucht ihn.«

»Verdammt, das habe ich ganz vergessen.« Fischer griff zum Telefon. Danach wählte er Altmanns Nummer, erklärte die Sachlage. Altmann hatte nichts dagegen, dass sie sich frei nahmen. Er wollte nur so schnell wie möglich einen kurzen Bericht, um den Haftbefehl ausstellen lassen zu können.

Hauptkommissar Jürgen Fischer informierte die Kollegen über den Verlauf des Morgens und schickte sie dann nach Hause. Jürgen schrieb noch einen Bericht und faxte diesen dem Staatsanwalt.

Als er vor der Tür des Aufzugs stand, spürte er, wie müde er war. »Jonas liebt Dana« stand noch immer auf der Tür. Fischer fuhr die Moerser Straße entlang, als er zur Blumentalstraße kam, bog er rechts ab. Der Gedanke an Sabine ließ ihm keine Ruhe, er wollte noch mal nach ihr sehen.

Vorsichtig öffnete er die Tür zu ihrem Zimmer im Klinikum. Sabine saß auf dem Bett und zog sich die Schuhe an.

»Was machst du da?«, fragte Jürgen überrascht.

»Ich geh nach Hause. Dieser Krankenhausgeruch ist nichts für mich.« Sabine lächelte gequält.

»Das verstehe ich, aber wäre es nicht trotzdem besser, wenn du noch eine Nacht hierbleiben würdest?«

»Das sagt der Richtige.«

»Der Fall ist abgeschlossen. Konrad van Treek hat gestanden, er hat damals Hennings Vater überfahren und am Freitag den Jungen erschossen. Die Waffen seines Vaters waren bei ihm im Haus. Er hat Henning unter einem Vorwand angerufen und sich mit ihm getroffen. Dann hat er ihn erschossen und zum Zoo gebracht.«

Sabine nickte. Dann stand sie auf, nahm ihre Jacke. »Fährst du mich nach Hause?«

»Sicher.«

Auf der Fahrt schwieg sie.

»Hast du mit dem Psychologen gesprochen?«, fragte Fischer, als er auf die Cracauer Straße einbog.

»Ja, das hat mir auch gut getan. Ich war so dumm, hätte Konrad mehr auf Abstand halten müssen. Er hätte mich nie in seine Gewalt kriegen dürfen.«

»Du konntest nicht ahnen, dass er nicht nur der besorgte Sohn war, der zu seinem Vater wollte. Und keiner von uns hat gewusst, wie gefährlich er war und dass er eine Waffe hatte.«

»Möglich, aber trotzdem hätte mir das nicht passieren dürfen. Nach der Entführung damals habe ich lange Albträume gehabt. Ich habe Angst, dass sich das jetzt wiederholt.«

»Dann solltest du dir Hilfe suchen.«

»Ich weiß und diesmal werde ich das auch schneller machen. Vielleicht ist es jetzt gar nicht so schlimm. Damals fehlte mir Martin so sehr.« Sabine nahm ein Taschentuch aus ihrer Tasche und putzte sich die Nase. »Da fällt mir ein, dass ich noch mit der Friedhofsverwaltung sprechen wollte. Ich war gestern – war das wirklich erst gestern? – an Martins Grab. Und da ist ein frisches Grab, direkt neben seinem. Jemand muss sich da vertan haben. Die Kränze waren für eine Heide und auf dem Kreuz stand ein ganz anderer Name. Karl Fromm, glaube ich.«

»Was?« Fischer war gerade von der Friedrich-Ebert-Straße in die Dürerstraße eingebogen und bremste jetzt abrupt.

»Ja, das muss ein Fehler sein, nicht wahr?«

»Bist du dir sicher, dass da ›Karl Fromm‹ stand? Kannst du mir das Grab zeigen?«

»Natürlich. Wieso? Kennst du Karl Fromm?«

Fischer räusperte sich. »Ein kleiner Ganove mit diesem Namen lebt in Münster. Er hat meine Adresse und die von Susanne. Ein alter Kollege von mir hat ihn letzte Woche verhaftet und einen Zettel mit meiner Adresse und meinem Namen bei ihm gefunden. Und jetzt ist Fromm spurlos verschwunden.«

»Wieso wird er denn hier beerdigt und nicht in Münster? Wahrscheinlich ist das nur eine zufällige Namensgleichheit.«

»Wahrscheinlich.« Fischer runzelte die Stirn. »Ich will mir das trotzdem ansehen.« Er fuhr wieder an, bog dann links ab.

# 50. KAPITEL

Sabine verlangsamte den Schritt, als sie sich Martins Grabstätte näherten.

»Dort.« Sie zeigte auf die Kränze und Gestecke. Durch das heiße Wetter welkten die Blumen schon. Ein süßlicher Geruch lag in der Luft.

Mit der Fußspitze schob Fischer die Kranzschleifen auseinander.

»Heide, wir werden dich nie vergessen«, las er. Auf fast allen Schleifen stand der Name »Heide«. Das schlichte Holzkreuz trug aber tatsächlich den Namen »Karl Fromm«. Er ging an den Kränzen vorbei und hockte sich neben das Kreuz, auf dem nur der Name stand.

»Ist es nicht üblich auch Geburts- und Todesjahr anzugeben?«

»Eigentlich schon.« Sabine hatte die Arme vor der Brust verschränkt. Sie sah so aus, als würde sie sich selbst festhalten.

Jürgen beugte sich noch weiter vor. »Irgendwie sieht das so aus, als hätte das jemand selbst gemacht. Die Schrift ist unregelmäßig. Man kann doch mit einem Lötkolben etwas in Holz brennen.«

»Gravur? Es sieht selbst gemacht aus?«

»Ja, das Kreuz auch.« Fischer fasste es nicht an, er hatte keine Latexhandschuhe dabei. Er richtete sich auf, schaute sich um. »Wo sind hier Ansprechpartner?«

»Es ist nicht immer jemand da. Wir müssten uns an das Grünflächenamt wenden, die sind zuständig.«

Fischer nickte, spürte ein Kribbeln, wie eine Vorahnung. Er schaute zu Sabine, sie sah bleich aus.

»Ich bring dich nach Hause, du brauchst Ruhe.« Sabine widersprach ihm nicht.

Nachdem er sie abgesetzt hatte, überlegte Fischer zurück ins Präsidium zu fahren. Er entschied sich dagegen und fuhr nach Traar.

Martina war überrascht. Jürgen ließ sich aufs Sofa fallen, streckte die Beine aus. Er fühlte sich ausgelaugt.

»Magst du etwas essen?«, fragte Martina.

»Eine Kleinigkeit vielleicht.« Er schloss die Augen. Nur einen Moment, dachte er, nur ganz kurz. Dann schlief er ein.

Fischer wurde wach, als er das Klappern von Geschirr hörte. Er rieb sich über das Gesicht und schaute auf die Uhr, es war kurz vor 15 Uhr, knapp eine Stunde hatte er geschlafen. Am liebsten hätte er sich ins Bett gelegt. Stattdessen stand er auf und ging in die Küche.

»Es riecht köstlich. Was hast du gekocht?«

»Risotto. Bist du hier, weil es dir nicht gut geht? Solltest du nicht doch noch mal zum Arzt gehen?«

»Ich habe Feierabend gemacht. Und die anderen nach Hause geschickt. Wir haben den Fall aufgeklärt.« Jürgen erzählte ihr kurz, was an dem Vormittag passiert war.

»Das gibt es doch gar nicht.« Martina stellte die Teller auf den Tisch. »Es dauert noch einen Moment. Willst du Kaffee?«

»Gerne.« Jürgen setzte sich an den kleinen Tisch. Sie wollten in dem großen Wohnzimmer noch einen Essplatz einrichten, aber für sie beide reichte der Tisch in der Küche. Jürgen fand es schön, dort zu sitzen.

»Das ist übrigens für dich gekommen.« Martina reichte

ihm das schmale Päckchen, das der Paketbote heute früh gebracht hatte. Sie wurde rot. Immer noch war ihr der Gedanke an den Morgen peinlich.

Fischer schmunzelte. Er sah sich das Päckchen an, es gab keinen Absender, abgestempelt worden war es in Münster. Er riss die Verpackung auf und öffnete das Paket. Darin befand sich die »Westfälische Nachrichten« vom Samstag.

»Merkwürdig«, murmelte Fischer und schlug die Zeitung auf.

»Was ist das?« Neugierig schaute Martina ihm über die Schulter.

»Die Tageszeitung aus Münster vom Wochenende. Warum schickt man mir die? Und wieso ist sie heute schon da?«

»Liegt ein Brief bei?«

Jürgen schaute in dem Umschlag nach, blätterte die Seiten um, fand nichts. »Nein, kein Brief.«

Fischer überflog den Hauptteil, legte ihn zur Seite, studierte die lokalen Nachrichten. Es gab Berichte, die mit der Polizeiarbeit zu tun hatten, aber nichts, was ihm signifikant erschienen wäre.

Martina hatte den Tisch gedeckt und stellte nun den Topf auf ein Brettchen zwischen ihnen. Jürgen legte die Zeitung zur Seite. Schweigend aßen sie, dann sprachen sie über den Fall, tranken noch einen Kaffee.

»Ich würde gerne nach Moers fahren und noch ein paar Sachen holen. Kleinigkeiten. Kann ich den Wagen haben?«, fragte Martina.

»Sicher. Soll ich mitkommen?«

Martina schüttelte den Kopf. »Nein, ruhe dich aus. Ich muss ein paar Schubladen durchwühlen, einiges aussortieren. Keine schwere Arbeit. Was ist eigentlich mit deinem Wagen?«

»Totalschaden. Ich kümmere mich morgen darum. Da werde ich mir wohl etwas anderes zulegen müssen. Zu dumm, dass das gerade jetzt passiert ist. Durch den Umzug ist mein Konto ziemlich leer.« Fischer seufzte.

»Das ist doch kein Problem. Brauchen wir überhaupt zwei Wagen?«

Fischer lachte leise. »Ich denke schon. Ich kann mich nicht jedes Mal von einer Streife abholen lassen, wenn etwas passiert ist. Ich muss manchmal nachts raus und wir sind hier etwas ab vom Schuss.«

»Lass uns nachher darüber reden.« Martina küsste ihn auf die Wange und ging.

Als sie den Wagen startete, sprang Jürgen auf. Er lief ihr hinterher, aber sie sah ihn nicht.

Der Schutzpolizist, dessen Wagen am Straßenrand parkte, schaute Fischer erstaunt an.

»Ist etwas passiert?«

Fischer rieb sich über die Stirn. »Ich habe nicht nachgedacht. Sie fährt ganz alleine nach Moers in ihr altes Haus.«

»Ach herrje. Ich fahr ihr hinterher.«

Fischer nannte ihm die Adresse und bedankte sich. Auf lange Sicht war das keine Lösung. Irgendjemand hatte auf ihn einen Anschlag verübt, aber er und Martina konnten sich nicht in einen Bunker verziehen. Die einfachste Lösung wäre, den Täter zu fassen. Aber bisher gab es keinen Anhaltspunkt.

Er räumte den Tisch ab, nahm seine Kaffeetasse und die Zeitung aus Münster und ging ins Wohnzimmer. Dort öffnete er die Terrassentür, genoss den lauen Wind und den Duft der Blumen. Die Blumen erinnerten ihn an den

Friedhof. Fischer rief beim Gartenbauamt an. Der zuständige Sachbearbeiter hatte Urlaub, aber seine Kollegin wollte nachschauen, ob ein Karl Fromm in der letzten Zeit in Bockum beerdigt worden war. Sie würde sich bei ihm melden.

Es war ganz sicher ein Zufall, hoffte Jürgen. Eine Namensgleichheit.

Er nahm wieder das Telefon, wählte die Nummer des Präsidiums in Münster.

»Lichtenthal, KK 11. Was kann ich für Sie tun?«

»Willi? Jürgen hier. Jürgen Fischer.«

Einen Moment schien der Mann in Münster zu überlegen. »Fischer, DER Fischer? Mensch, Jürgen, von dir habe ich ja ewig nichts gehört.«

Fischer lachte. »Stimmt. Ich will euch immer mal besuchen, aber es kommt ständig etwas dazwischen.«

»Kenne ich, kenne ich. Ist das ein privater oder ein beruflicher Anruf?« Lichtenthals Stimme wurde wieder ernst.

»Teils, teils. Habt ihr irgendetwas über Karl Fromm herausbekommen?«

»Wen? Der Name sagt mir nichts.« Lichtenthal klang verwundert.

Fischer stutzte. »Fromm, Karl Fromm. So ein Ganove, den ihr letzte Woche festgenommen hattet, aber wieder entlassen musstet. Er wird im Zusammenhang mit der Vermisstenanzeige meiner Frau gesucht.«

»Was? Deine Frau wird vermisst? Seit wann?« Nun klang der Kollege entsetzt.

»Seit letzter Woche. Es muss doch eine Akte geben.«

»Moment.« Lichtenthal legte den Hörer beiseite. Fischer konnte hören, dass er in Unterlagen blätterte, dann leises Stimmengemurmel.

»Uns ist der Fall nicht bekannt. Mit wem hattest du denn gesprochen?«

»Bitte?« Gänsehaut überzog Fischers Arme. »Ich habe mit Hansi gesprochen. Hans-Jürgen Müller. Ist er im Haus?«

»Ich schau mal nach.« Wieder legte Lichtenthal den Hörer weg. »Nein«, sagte er schließlich. »Er hat Dienst, aber er ist nicht aufzufinden. Auch bei der Schutzpolizei gibt es keine Akte. Hast du deine Frau als vermisst gemeldet?«

»Das ist eine lange Geschichte, ich melde mich nachher noch mal.« Fischer legte auf, rief dann Siegfried Brüx an.

»Du hast doch mit Münster gesprochen? Wegen der Postkarten und meiner Frau.«

»Ja, habe ich. Glückwunsch übrigens zur Lösung des Falles Roepstorf.«

»Mit wem hast du da gesprochen und hast du ein Aktenzeichen?« Fischer suchte die Zigaretten in seiner Tasche, fand sie nicht. Er stand auf und ging in die Küche.

»Das war ein Kollege Fromm. Vornamen weiß ich nicht.«

Fischer erstarrte. »Bist du dir da sicher?«

»Ja. Das Aktenzeichen … müsste auf dem Fax stehen. Moment.«

Jürgen nahm eine Zigarette aus der Schachtel, zündete sie an. Seine Hände zitterten.

»Das ist ja komisch, da ist gar kein Aktenzeichen«, sagte Brüx schließlich.

»Ich komme gleich im Präsidium vorbei.« Jürgen drückte auf den roten Knopf, wählte dann wieder die Nummer in Münster.

»Lichtenthal …«

»Willi, habt ihr einen Kollegen, der Fromm heißt? Eventuell bei der Spurensicherung?« Fischer merkte, wie nervös er klang.

»Nein. Ich kenne auf jeden Fall keinen. Soll ich nachschauen?«

»Bitte.«

Jürgen kam ein furchtbarer Gedanke. Er ging zurück ins Wohnzimmer. Der Luftzug hatte die Zeitung von dem Tisch geweht. Jürgen bückte sich, ganz in Gedanken, und hob sie auf. Die Seite mit den Todesanzeigen kam zuoberst zu liegen.

»Wir betrauern den Tod
unserer geliebten
Susanne Fischer,
geborene Kappl
*03.11.1963 +09.08.2008 «

Neben der Anzeige war ein Bild, ein altes Steinkreuz. Es sah aus wie das Kreuz auf der Postkarte, die ihm nach Münster geschickt worden war. Die Anzeige war aufgeklebt.

# 51. KAPITEL

Das Fax mit dem Bild musste oben im Schlafzimmer auf seinem Nachttisch liegen. Fischer lief nach oben, sein Herz pochte angestrengt und die angebrochene Rippe schmerzte.

Er fand den Hefter und schlug den Pappdeckel auf. Es war exakt das gleiche Motiv.

Ihm wurde schlecht. Der neunte August, das war am Samstag, an dem Tag, an dem die Zeitung erschienen war, vorgestern.

Was wollte der Täter ihm damit sagen? Dass er Susanne am Samstag umgebracht hatte?

Es stand keine Streife vor dem Haus und er hatte keinen Wagen.

»Jürgen?«

Fischer hielt das Handy immer noch in der Hand, nun nahm er es wieder ans Ohr.

»Jürgen? Wir haben hier niemanden mit dem Nachnamen«, sagte Lichtenthal.

»Ist Müller jetzt da?«, fragte Fischer gepresst.

»Nein, immer noch nicht.«

Ohne ein weiteres Wort zu sagen, legte Fischer auf, dann wählte er die Handynummer von Oliver.

»Brackhausen.« Oliver klang verschlafen.

»Ich brauche deine Hilfe, ich muss sofort nach Münster, habe aber keinen Wagen.«

»Hmmm«, Oliver brummte und atmete tief ein. »Ich kann in zehn Minuten bei dir sein.«

Es waren die längsten zehn Minuten in Fischers Leben, so erschien ihm das zumindest. Er lief durch das Haus, schaute immer wieder aus dem Küchenfenster. Als Oliver schließlich vor dem Haus hielt, eilte Jürgen hinaus.

»Nach Münster?«, fragte Oliver. Sein Haar war verstrubbelt und hing ihm lose auf die Schultern.

»Habe ich dich aus dem Bett geholt?«

»Ist schon okay. Ist etwas passiert?«

»Ich bin mir nicht ganz im Klaren darüber. Entweder erlaubt sich jemand einen monströsen Spaß mit mir oder da ist jemand durchgeknallt.«

»Bremsleitungen anzuritzen ist nicht wirklich spaßig.«

Fischer nickte und biss sich auf die Lippen. Florian fiel ihm ein. Sein Sohn war in Münster. Seit gestern hatten sie nicht miteinander gesprochen. Er wollte ihn anrufen, doch sein Handy piepste zweimal, danach erlosch das Display.

»Verflucht. Der blöde Akku!«

»Nimm meins.« Oliver zog sein mobiles Telefon aus der Hosentasche.

»Ich weiß die Nummer nicht auswendig.« Fischer fluchte wieder. »Aber vielleicht ist er ja zu Hause.«

Florian ging nicht an den Apparat. Jürgen rutschte nervös auf dem Sitz hin und her.

»Nun beruhige dich mal und erzähl mir, was passiert ist.«

Fischer berichtete von seinen Entdeckungen. »Ich habe immer nur mit Hansi gesprochen. Mit meinem Freund und ehemaligen Kollegen. Er ist bei der Schutzpolizei. Wir haben die Ausbildung gemeinsam gemacht und bei einigen Fällen zusammengearbeitet. Durch ihn habe ich Susanne kennen gelernt.«

»Du hast also nur mit ihm gesprochen. Und jetzt denkst du, dass er mit da drin steckt?« Oliver schüttelte ungläubig den Kopf.

»Ich habe keine Ahnung. Es will sich mir nicht erschließen. Aber mir ist eingefallen, dass er etwas zu Florian gesagt hat, was er gar nicht wissen kann.« Fischer stöhnte auf.

»Was denn?«

»Er sagte, Martina wäre hübsch. Ich bekomme den Satz nicht mehr ganz auf die Reihe, es war auch nur ein Nebensatz, den mein Sohn gesagt hat.«

»Guter Geschmack.« Oliver lächelte.

»Richtig. Aber angeblich wusste er gar nicht, dass Susanne und ich getrennt sind und Martina hat er noch nie gesehen. Jedenfalls nicht, dass ich wüsste.« Fischer strich sich nervös über den Kopf.

»Das hat angefangen mit dieser Postkarte?«

»Ja. Das war so wie damals, vor ein paar Jahren. Da bekam ich auch Postkarten von einem Täter. Warum der mir die Karten geschickt hat, habe ich nie heraus bekommen. Ich habe die MK gar nicht geleitet, war nur einmal vor der Presse erschienen, am ersten Fundort. Vielleicht deshalb.«

»Die Gedankengänge von Serientätern sind für mich unergründlich. Aber der Mann ist tot. Warum glaubst du, hast du diese Karten bekommen? Und was hat Müller damit zu tun?« Oliver warf einen kurzen Blick zu Fischer.

»Ich weiß es nicht, ich weiß es wirklich nicht. Hansi wusste natürlich von den Karten.« Fischer rieb sich über das Kinn.

»Ihr seid befreundet? Wirklich befreundet oder nur Kollegen?«

»Wir waren befreundet, haben früher öfter etwas zusammen unternommen und uns aber in den letzten Jahren aus den Augen verloren«, sagte Fischer nachdenklich.

Für eine Weile fuhren sie schweigend, jeder in seine Gedanken vertieft. Irgendwann fing Oliver an, leise vor sich hin zu summen. Fischer schaute ihn verblüfft an.

»Hast du gute Laune?«

»Ja. Entschuldigung.« Oliver lächelte verlegen.

»Hast du dich wieder mit Vera versöhnt?«

»Nein, das ist vorbei. Aus und vorbei.« Oliver räusperte sich. »Aber ich glaube, ich bin dabei, mich neu zu verlieben.«

»So schnell?«

»Es ist sicherlich etwas ungewöhnlich. Ich weiß auch noch nicht, ob daraus was wird.« Oliver fuhr sich mit der rechten Hand durchs Haar, strich eine Strähne hinter das Ohr.

»Wer ist es denn? Kenne ich sie?«

Oliver zog eine Grimasse. »Ja.«

»Nun sag schon.«

»Sabine.«

Fischer sah ihn erstaunt an. »Unsere Sabine?«

Oliver nickte.

»Sachen gibt es.« Jürgen schüttelte den Kopf. »Und? Weiß sie es schon?«

Brackhausen hustete verlegen. »Rate mal, aus welchem Bett du mich geholt hast.«

»Na, dann wünsche ich euch Glück.« Fischer fiel ein, dass Martina nicht wusste, wo er war, und ihn auch nicht erreichen konnte. »Darf ich noch mal?« Er deutete auf Olivers Handy.

»Klar. Oder willst du deine Information über uns dem Pressesprecher mitteilen?«

»Der würde es sicher amüsiert zur Kenntnis nehmen, aber keine Pressemitteilung daraus machen. Allerdings weißt du, wie sehr bei uns getratscht wird. Die Buschtrommeln schweigen nie. Ich will nur Martina anrufen, sie ist nach Moers gefahren und weiß nicht, dass wir unterwegs sind.«

»Becker.« Martina klang zurückhaltend. Fischer fiel ein, dass sie die Nummer nicht kannte.

»Ich bin es. Oliver und ich fahren nach Münster. Wir sind sicher heute Abend wieder zu Hause.«

»Nach Münster? Gibt es etwas Neues?«, fragte Martina beunruhigt.

»Ja, aber es würde zu lange dauern, es dir zu erklären. So richtig verstehe ich es ja selbst noch nicht.«

»Na gut, bis später.«

»Ich liebe dich, Martina.« Fischer war von sich selbst überrascht. Für gewöhnlich machte er solche privaten Erklärungen nicht am Telefon, doch diesmal war es ihm wichtig.

# 52. KAPITEL

»Wohin?«, fragte Oliver, als sie sich Münster näherten.

»Das überlege ich die ganze Zeit schon. Ich glaube, erst mal zu mir nach Hause.« Es klang seltsam, denn Fischer war schon lange nicht mehr hier zu Hause. »Nimm die nächste Abfahrt.«

Fischer wies Brackhausen durch die Vororte bis zu der Siedlung, wo er vor 20 Jahren mit Susanne das kleine Haus gekauft hatte. Ihr Wagen, ein roter Fiat, stand in der Einfahrt.

Fischer stieg aus, streckte sich. Immer noch tat ihm der Nacken weh und nach der Fahrt war er am ganzen Körper verspannt.

»Eine Stunde, zehn Minuten. Das ist eine gute Zeit«, meinte Oliver.

»Ich habe es schon mal in 45 Minuten geschafft. Aber das war eine Ausnahme.« Fischer schellte. Niemand öffnete. Fischer schellte erneut. Susanne hatte die Klingel durch eine neue mit einem anderen Ton ersetzt. So wie sie nach seinem Auszug eigentlich alles verändert hatte. Neue Wandfarben, neue Möbel, sogar den Garten hatte sie umgestaltet. Dort, wo früher der Rasen war, durch das Fußballspielen der Jungens voller Löcher und kahler Stellen, war jetzt weißer Kies. Den alten Apfelbaum hatte sie durch einen Zwergahorn ersetzt. Statt des Teiches gab es ein flaches Wasserbecken aus Granit.

Nur die Stockrosen vor dem Haus und die rote Kletterrose, die inzwischen an der Regenrinne bis zum Dach empor gewachsen war, hatte Susanne gelassen. Die Rosen waren fast verwelkt und dufteten süßlich.

Dies war nicht mehr sein Haus, er war hier nicht mehr zu Hause. Jürgen hoffte, dass er in Traar ein neues Zuhause, eine Heimat zusammen mit Martina finden würde. Ihre Beziehung war anders, nicht geprägt durch die Jahre mit den Kindern. Die beiden Jungen waren sein ganzer Stolz, aber es hatte auch immer mal wieder Schwierigkeiten mit ihnen gegeben. Streit und unaufgeräumte Zimmer, Liebeskummer und laute Musik. Dinge, die eine Familie ausmachten, aber auch Alltag, der die Liebe zerreiben konnte.

Obwohl sie sich getrennt hatten und Fischer Martina von Herzen liebte, dachte er doch im Guten an Susanne.

Er hoffte inständig, dass sie jemanden getroffen hatte, mit dem sie glücklich sein konnte.

»Hast du noch einen Schlüssel?«, fragte Oliver.

Fischer schüttelte den Kopf. »Aber vielleicht kommen wir durch den Keller rein.«

An der Garage vorbei war ein schmaler Weg. Hinter der Garage führte eine Steintreppe zum Keller. Fischer stieg die Treppe herunter. Im Abfluss hatte sich Laub angesammelt und es roch modrig. Die Stahltür war verschlossen. Er ging wieder nach oben. Die Vorhänge im Wohnzimmer waren zugezogen, entgegen Susannes früheren Gewohnheiten. Der Kies knirschte unter seinen Schritten.

Auch die Terrassentür war verschlossen. Doch an der Seite stand immer noch der steinerne Löwe, den Florian mit zehn Jahren so toll gefunden hatte, dass Jürgen ihn für ihn kaufte. Jürgen schob den Löwen zur Seite. Darunter lag der Zweitschlüssel für den Keller. Susanne hatte ihn hier deponiert, weil die Jungens immer mal wieder ihre Schlüssel vergaßen.

»Manche Dinge ändern sich nie.« Für einen Moment überlegte er, ob es überhaupt Sinn machte, in das Haus zu gehen. Es war niemand da. Trotzdem hatte er das Gefühl, nachsehen zu müssen.

»Schöner Garten«, sagte Oliver und sah sich um. »Japanisch? Hätte ich dir gar nicht zugetraut. Ich dachte, du würdest einen normalen Garten bevorzugen.«

»Tue ich auch.« Jürgen schnaubte.

Er stieg wieder die Treppe hinunter. Die Tür ließ sich leicht aufschließen. Er öffnete sie und roch sofort den ihm bekannten Geruch. Für einen Moment stutzte er. Dieser Geruch, metallisch und beißend, gehörte nicht hierher, nicht zu seinem Haus, nicht in sein privates Leben.

Er griff an die Wand, fand den Schalter, machte das Licht an.

Florian starrte mit weit aufgerissenen Augen die gegenüberliegende Wand an. Sein Mund war mit Gewebeband zugeklebt, er war mit Handschellen an das Heizungsrohr gekettet. Aus seiner Nase lief ein dünnes Rinnsal Blut.

Er lag schief da, hatte das eine Bein verdreht, es sah gebrochen aus. Für einen Moment zögerte Fischer, doch dann sah er, dass sich die Brust seines Sohnes langsam hob und senkte. Florian lebte.

Brackhausen stand immer noch oben auf der Terrasse.

»Oliver!«, rief Jürgen, er lief zu seinem Sohn, roch den Urin und sah die Pfütze auf dem Betonboden. Mit einem Ruck riss Fischer das Gewebeband ab.

Florian holte tief Luft, beugte sich dann vor und erbrach sich.

Fischer hörte Brackhausen hinter sich. »Um Gottes willen!«

»Ruf die Kollegen und einen Krankenwagen, sofort!«

»Das Handy ist im Wagen.« Oliver drehte sich um und lief die Treppe wieder hoch.

Fischer kniete neben seinem Sohn, wischte ihm den Mund ab. »Gleich kommt Hilfe.«

Florian sagte nichts, würgte wieder, richtete sich dann auf und starrte auf die gegenüberliegende Wand.

»Wer war das? Und wo ist er? Was ist passiert?«

Florian war verletzt und stand unter Schock, trotzdem wollte Fischer so schnell wie möglich Antworten haben. Dann folgte er dem Blick seines Sohnes. In der Mitte der Wand war die Tür zur Waschküche. Den Raum hatte Fischer vor Jahren gefliest. Susanne hatte immer über die weißen Fliesen geschimpft, auf denen man jedes Staubkorn sah.

Eine Blutspur zog sich von der Tür bis zur Waschmaschine.

Fischer stand auf, ging die fünf Schritte zur Türöffnung. Mechanisch betätigte er den Lichtschalter. Das helle Licht der Glühlampe goss sich erbarmungslos über den Raum.

Es roch nach Tod. Fischer hatte den Geruch längst erkannt, wollte das aber nicht wahrhaben.

Auf den Fliesen vor der Waschmaschine lag Susanne. Sie war nackt, ihre Beine weit gespreizt. Ein Messer steckte in ihrem Bauch. Ihre Hände waren über dem Kopf zusammengebunden. Die Augen aufgerissen und blicklos.

»Er ist oben«, krächzte Florian mit gebrochener Stimme. »Er wartet auf dich.«

Fischer zog seine Walther P99 und stieg die Kellertreppe empor.

Hans-Jürgen Müller saß im Wohnzimmer auf der Couch. Die weißen Polster waren voller Blut, doch das schien ihn nicht zu stören. Er hatte seine Waffe auf Fischer gerichtet.

»Du hast lange gebraucht, um herzukommen. Zu lange. Ich hätte nicht gedacht, dass du mit deinem Privatwagen hierher fährst. Die Bremsleitungen sollten nur eine zweite Sicherheit sein.«

»Warum? Warum, Hansi? Warum Susanne?«, fragte Fischer verzweifelt.

»Weißt du noch, wie du sie kennen gelernt hast?« Hansi lächelte.

»Wir waren tanzen. In den Mai tanzen.«

»Genau. Und sie war mit mir da. Aber nachdem sie dich gesehen hatte, vergaß sie mich. Sie schaute durch mich hindurch. Ich habe lange mit mir gekämpft, wollte euch euer Glück gönnen. Ein Haus, zwei Söhne, deine Karriere bei der Kripo.«

»Wir waren Freunde.« Jürgen schüttelte den Kopf. »Freunde.«

»Ja, das waren wir. Dann kam Schröter. Unser erster Serientäter. Du bekamst die Aufmerksamkeit der Presse, auch das noch. Du bekamst sogar die Aufmerksamkeit des Täters. Karten hat er dir geschickt, Postkarten. Wir haben zusammen an dem Fall gearbeitet, aber du wurdest danach befördert.«

»Du bist doch auch aufgestiegen, Hansi.« Fischer lauschte. Wo blieb Oliver? Wo blieben der Notarzt und die Kollegen?

»Du hast Susanne verlassen. Du hast diese wunderbare Frau verlassen. Ich habe nie aufgehört sie zu lieben, weißt du? Ich wusste von Anfang an, dass ihr getrennt seid, habe sie besucht, getröstet, habe ihr im Garten geholfen oder wenn es etwas Schweres zu schleppen gab. Dafür war ich gut genug. Dann hat sie sich verabredet. Nicht mit mir, ich war ja nur der Freund. Sie hat sich mit anderen Männern getroffen, die Schlampe. Sogar übers Internet hat sie sich verabredet. Mit mir wollte sie nur Freundschaft.«

»Man kann Liebe nicht erzwingen.«

»Nein, das ist wohl so. Ich fand, es war an der Zeit, euch zu bestrafen. Ihr hattet so viel und es hat euch immer noch nicht gereicht.« Müller spuckte die Worte aus.

Fischer hörte leise Schritte hinter sich.

»Du hast dir eine neue Frau ausgesucht. Eine Staatsanwältin. Glückwunsch. Sie ist wunderschön. Wun-derschön.« Müller zog das Wort lang, lachte dann. Es klang hinterhältig.

Fischer nickte. »Hast du das alles alleine organisiert?«

»Es war ganz einfach. Ich habe die Anrufe zum Präsidium von meiner Dienstnummer auf mein Handy umgeleitet. Einen Karl Fromm gab es nie – hast du das Kreuz gefunden? Das war nur ein Spielchen, eine kleine Nebenrolle. Ich fand es witzig. Ich habe deine Karriere in Krefeld verfolgt. Das war nicht schwer, immer stand etwas von dir in der Presse. Schon in der ersten Woche in Krefeld rettest du eine Kollegin. Bravo. Das Mädchen ging regelmäßig zum Friedhof. Damals habe ich dich noch regelmäßig observiert. So stieß ich auf deine Sabine.« Er lachte und machte eine abfällige Geste. »Wie gesagt, das mit dem Kreuz war nur ein Spiel, ein Witz.«

Fischer schüttelte den Kopf. Hans war verrückt geworden.

»Zurück zu deiner neuen Maus. Ich hoffe, sie geht nicht in den Keller und macht das Licht an. Verbrennungen würden ihr nicht gut stehen. Und sie sollte nicht nackt im Garten tanzen.« Er lachte leise und bedrohlich.

Fischer glaubte, Sirenen zu hören. »Du wirst damit nicht durchkommen. Gib auf Hansi. Leg die Waffe auf den Tisch.«

»Nein.«

Es war nur ein Zucken, eine kleine Bewegung des Zeigefingers. Er hörte den Knall erst, als die Wucht des Geschosses ihn nach hinten schleuderte. Mit dem Kopf schlug er gegen den Türrahmen der Kellertür. Es war genauso, wie immer erzählt wurde. Die Zeit dehnte sich aus, wurde langsamer, eine andere Dimension. Er fiel, krümmte sich, hörte einen Schrei und dass die Tür aufgebrochen wurde. Dann noch weitere Schüsse. Er blickte im Fall zu Hansi und sah, dass dieser die Arme hoch riss.

»Jürgen, um Gottes willen, Jürgen.« Oliver kniete neben ihm.

Er wollte etwas sagen, schmeckte einen Schwall Blut in seinem Mund.

»Jürgen, halt durch.«

Doch das hörte Jürgen schon nicht mehr.

ENDE